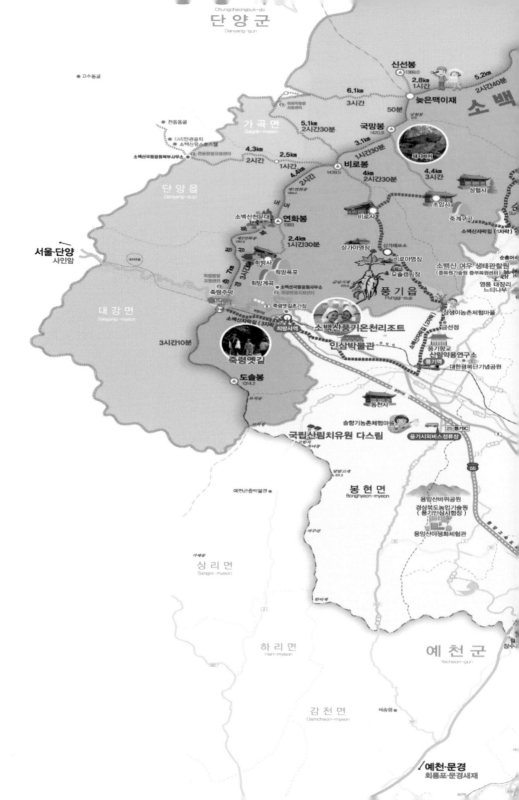

시 읊으며 거닐었네

③ 소백산 마가리

차례

1. 칼의 노래

"사관은 임금의 언행을 기록하는 것인데 멀리 엎드려 있으므로 임금의 동정을 미처 듣고 알지 못하는 바가 많아 일에 불편이 많습니다. 청컨대 임금께 조금 가까이 있게 하셔서 기록함에 빠뜨림이 없게 하소서."

기사관記事官 이현보李賢輔가 연산군에게 아뢰자,

"나의 말소리가 분명하지 못하니 비록 자세히 말하더라도 과연 다 듣지 못할 것이다. 정청政廳에 사관들을 참여시키는 일은 조종祖宗의 고사古事가 아니니 좋을 수 없다. 하물며 신진으로서 감히 의논 드리는 것은 지극히 불가한 일이니 잡아다가 장형에 처하라."

1504년(연산군 10) 12월 24일, 연산군은 정6품 정언正言 이현보를 안동 안기역安奇驛의 종으로 유배했으니, 연산은 폭군이 틀림없다.

1564년 (명종 19년) 2월 3일, 퇴계 이황의 맏아들 이준李寯이 안기도安奇道에 도임到任하였으며, 1784년 정월에 단원 김홍도金弘道를 안기역도安奇驛道 역참驛站의 찰방察訪으로 제수하여 약 2년 반 정도를 안동에서 근무했다. 이에 앞서 도화서圖畫署의 화사畫師 김홍도는 익선관翼善冠에 곤룡포袞龍袍를 갖춘 정조의 어용御容을 그렸었다.

　　찰방은 역리驛吏를 포함한 역민의 관리, 역마 보급, 사신 접대 등을 총괄하는 역정驛政의 최고 책임자이다.
　　안기역은 현재의 안동시 안기동 안기 모랭이에 있었으며, 찰방은 역장이나 우체국장을 겸하는 벼슬로 대간이나 정랑직에 있는 명망 있는 문신이 맡아 지방 수령의 실정을 보고하는 역할도 하는 비중 있는 자리였다. 안기 찰방은 안기역을 중심으로 하는 11개 역과 역도를 담당하는 종6품 관리이다.

　　역참驛站에는 공무로 여행하는 관리들이 숙박하는 원院이 있었다. 고개 너머의 제비원은 안기역의 원院 중에 하나이다.
　　흔히 '제비원 미륵'으로 불리는 '안동이천동마애여래입상'은 깊은 명상에 잠긴 듯 가늘게 뜬 눈과, 엷은 미소를 띤 붉은 입술, 근엄하면서도 자비로운 표정을 짓고 있어, 안동 사람들은 가족의 건강과 화목을 주고, 재해로부터 보호해 주는 성주로 믿었다.
　　〈성주풀이〉에서 제비원을 성주의 본이라 하였다.

성주의 근본이 어디메뇨,

경상도 안동 땅의 제비원이 본이 돼야

제비원에다 솔씨 받아 동문 산에다 던졌더니

그 솔이 점점 자라나서 황장목이 되었구나.

(……)

와가 초가에 집을 이어놓고

양친부모 모시다가 부귀영화 살아보세.

〈성주풀이〉는 제비원에서 자란 황장목을 베어다가 집을 짓고 아들을 낳아 길러 과거에 급제한다는 내용이다.

안동은 시대에 따라 고타야, 고창古昌, 길주, 복주, 영가永嘉로 불리었다. 고구려나 백제는 물론 경주에서도 멀리 떨어진 문화적 완충지대로서 문화적 고립성과 후진성을 지녔으나, 왕건王建의 고려 건국을 도운 삼태사三太師 이후 고려 왕실의 지지 세력이 되어 공민왕이 '안심하고 몽진할 수 있는 동쪽의 도호부'라는 뜻으로 '안동'이라 하였으며, 공민왕 몽진 이후 중앙의 문화가 유입되었다.

안동부사 송재 이우李堣는 안동 관아 서편 연못가에 애련정愛蓮亭을 지어서 이황과 그의 형제들을 가르쳤고, 농암 이현보李賢輔가 안동향교에서 강론할 때, 18세의 이황은 안동향교의 행단杏壇에서 성학聖學의 꿈을 꾸었다.

1550년, 풍기 군수 퇴계 이황은 백운동白雲洞 서원의 동주로서 명종으로부터 사액賜額을 받아 소수서원을 일으켜 세웠다. 관직에서 물러난 후 도산서당에서 후학을 지도하였으며, 훗날 도산서당은 사액을 받아서 도산서원이 되었다.

안동의 선비들은 성심을 다해 백성을 위하고 관직에서 물러나면 귀향하여 후학을 기르는 것을 책무로 여겼으며, 명분과 의리를 중시하는 퇴계의 주리적 사상은 서원과 향약을 통해 지역사회의 전통으로 이어지면서, 권위적 주류의 불의와 외세의 폭력에 저항하는 재야적 성향이 뿌리내렸다.

퇴계의 제자 김성일은 임진왜란이 일어나자 〈초유문〉을 지어 의병을 모았으며, 류성룡은 정읍현감 이순신을 전라좌수사로 천거하고 영의정과 도체찰사를 겸해 군사를 지휘하여 나라를 구한 후 병산서당에서 후학을 가르치며 《징비록》을 저술하였다.

청음 김상헌은 최명길이 작성한 항복문서를 찢고 고향 안동 풍산의 소산으로 낙향하여 청원루淸遠樓에 머물면서 삼전도의 수모를 견디지 못하여 〈삼구정三龜亭에 올라〉 시를 읊었다.
화가 오용길은 삼구정의 '百年喬木 十畝淸陰'의 운치를 살렸다.

안동 삼구정의 소나무와
배롱나무를 십수년 에걸쳐 그리다

百年喬木老風霜　백 년 자란 높은 나무 풍상 속에 늙었거니
十畝淸陰擁一堂　십 묘 넓이 맑은 그늘 당을 온통 에워쌌네
從古地靈生此國　예로부터 지령께서 이 지방을 내었거니
至今形勝擅吾鄕　지금 와서 그 형승은 이 마을이 으뜸이네.
平泉花石猶堪惜　평천장의 꽃과 돌은 아까워할 만하거니
防墓松楸可忍傷　방묘 가에 자란 송추 차마 손상시키리오
鶴嶠未平江未陸　학교 다리는 안 무너지고 강은 육지 안 됐거니
共看龜算與俱長　거북처럼 오래도록 서 있는 걸 함께 보리.

한국고전번역원 | 정선용 (역) | 2006

십무十畝 :《시경》위풍魏風편, 정사政事가 어지럽고 위태로워지자 현인賢人이 벼슬을 버리고 전원으로 돌아가고자 부른 노래.

김상헌의 청음淸陰은 '소나무의 시원한 그늘'을 운치 있게 일컫는 말로, '十畝淸陰擁一堂'은 삼구정의 소나무를 의미한다.

조선은 성리학을 장려하고 중앙집권적 정책으로 국력을 강화시켜 약 200여 년 동안 평화로운 전성기를 맞았다. 특히 세종시대는 문학, 과학, 예술, 건축 등 다양한 분야에서 문화의 꽃을 피웠으나, 임진왜란과 병자호란으로 국력이 쇄락해져 갔다.

서양의 선진 과학문명을 적극 수용하지 못하고 쇄국으로 점차 문명에 뒤처지면서 약소국으로 전락하게 되었다.

조선의 지배권을 놓고 청과 벌인 전쟁에서 승리한 일제는 만주에서 러시아의 주도권을 인정해 주는 대신, 한반도에서 일본의 주도권을 요구하였다.

일본군이 청나라 여순항에 정박한 러시아 극동함대를 공격하고, 다음 날 제물포에서 또 다른 러시아 군함 2척이 일본군 공격에 침몰했다. 1904년 2월 10일, 일본은 러시아에 전쟁을 선포했다.

1904년 10월, 러시아 발틱함대가 유럽과 아프리카 대륙을 돌아서 8개월간의 긴 항해로 1905년 5월 27일 대한해협으로 들어오자, 진해만에 있던 일본군 연합함대의 도고 헤이하치로는 쓰시마 앞바다에 학익진(이순신의 한산대첩 전술)을 치고 일렬종대로 항해하는 발틱함대를 공격하여 승리하였다.

1904년, 러일전쟁을 위해 군수물자 수송 등의 이유로 부산에서 서울 간 철로 공사를 진행하여, 1905년에 경부선이 개통되었으며, 중앙선 철도는 1935년부터 철도 공사를 시작하였다.

1942년 1월, 안동역에서는 조선총독이 참석하여 중앙선 개통식이 열렸었다.

1950년 7월 11일부터 소백산에서 북한군을 저지하던 국군은 풍기-영주-옹천까지 후퇴를 거듭하다가 북한군이 안동 시내로 쳐들어오자, 8월 1일 안동의 인도교와 철교를 폭파하고 후퇴하였다.

7월 17일, 미군이 안동을 단양으로 착각하고 폭격한데 이어, 9월 3일과 9월 15일의 폭격으로 안동의 안동역, 도립병원, 사범학교 등 주요 건물들이 폭탄을 맞았으며, 이황 형제들이 공부하던 애련정愛蓮亭이 폭탄으로 사라졌다.

현 안동역 역사는 1960년에 다시 건설되었다. 60년이 지난 오늘날, 중앙선 복선전철화 사업이 진행되고 있으며 앞으로 이전하게 될 새 안동역은 옛 안기역 지역이니, 역사의 아이러니(irony)이다.

기차역은 떠나는 사람과 보내는 사람이 이별하는 곳이다. 친구와 이별은 우수憂愁, 사랑하는 남녀 간의 이별은 애수哀愁라고 한다. 안동역 광장의 〈안동역에서〉 노래비는 런던의 안개와 안동의 눈〔雪〕이 다를 뿐 한국판 애수(Waterloo Bridge)가 아닐까.

바람에 날려버린 허무한 맹세였나
첫눈이 내리는 날 안동역 앞에서
만나자고 약속한 사람

열차 안으로 들어서는 나를 힐끔 보더니 창밖으로 눈을 돌려서 홍얼거리는 품이 장거리 여행에 지루해 보였다.
"안 오는 건지~ 못 오는 건지…"
의자를 돌려서 마주보고 앉은 등산복 차림의 일행들 중 한 명이 창밖을 보면서, '안동역에서' 곡조를 흘날리는데, 마침 한 젊은 여성이 객실 안으로 들어왔다.

"지금 왔다 아이가……."

"히히…"

완행열차에는 느긋함의 여유가 있다. 삼삼오오 모여 앉아 정담을 나누는 모습은 경부선 KTX 객실에서는 볼 수 없는 풍경이었다.

나와 동석한 노인은 백발일 뿐 동안童顔이었다. 그는 부산에서 고향 영주까지 간다고 하였다.

안동역을 출발한 열차가 점차 속도를 높이기 시작하자, 우측의 강둑이 시야에서 낮아지면서 법흥교 아래로 낙동강이 흘렀다.

강 건너편은 청량산에서 뻗어온 산줄기가 끝맺는 무산巫山이다. 황지에서 발원하여 북쪽에서 흘러온 천천穿川과 영양 일월산에서 시작하여 동쪽으로 흘러온 반변천이 무산巫山의 양쪽에서 두 물이 Y자로 합류하여 강폭이 넓은 와부탄瓦釜灘을 이룬다.

낙동강의 법흥교가 뒤로 멀어지면서, 임청각臨淸閣과 7층 전탑이 세월의 풍진風塵을 덮어쓰고 왼편 차창에 모습을 드러냈다. 옆좌석의 그 등산객들 중에 한 명이 임청각에 얽힌 전설을 흘렸다.

"도깨비가 100칸을 짓다가 한 칸을 남기고 닭이 울었다네."

"99칸이라고? 건물 배치가 영 아닌데."

"일제日帝가 임청각 가운데로 철로를 가로질러 놓았데."

임청각은 안채·사랑채·별당·정원·행랑·사당 등 99칸으로 알려져 있으나, 중앙선 철로가 가로질러가면서 일부만 남았다.

임청각 동쪽의 '안동신세동 7층 전탑塼塔'으로 알려진 '법흥사지 7층 전탑'은 흙을 구워서 만든 벽돌을 쌓아 올린 탑으로 통일신라시대에 창건된 법흥사에 속해있던 탑이다.

탑은 기단基壇 위로 높이 17m, 기단너비 7.75m의 7층의 탑신을 착실히 쌓아올린 모습이다. 기단의 각 면에는 화강암으로 조각된 8부중상八部衆像과 사천왕상을 세워놓았고, 기단 남쪽 면에는 계단을 설치하여 감실龕室을 향하도록 하였다. 탑신은 진한 회색의 무늬 없는 벽돌로 쌓아 올렸으며, 지붕돌은 계단 모양의 층단을 이루는 일반적인 전탑 양식과는 달리, 윗면에 남아 있는 흔적으로 보아 기와를 얹었던 것으로 보인다.

국내에 남아있는 가장 크고 오래된 전탑이며, 지붕에 기와를 얹었던 자취가 있는 것으로 보아 목탑을 모방한 전탑이다.

임청각 우물방은 약봉藥峯 서성徐渻과 류후조柳厚祚, 그리고 석주石洲 이상룡李相龍을 포함한 9명의 독립유공자가 태어난 유서 깊은 곳이다. '임청臨淸'이란 도연명의 〈귀거래사〉에서 차운한 것이다.

登東皐而舒嘯 동쪽 언덕에 올라 긴 휘파람 불고,
臨淸流而賦詩 맑은 물가에서 詩를 짓는다.

1858년, 안동 임청각에서 태어난 석주는 퇴계의 학통을 이은 영남의 유학자 김성일의 11대 종손 서산 김흥락의 가르침을 받았다. 그는 '강화도 조약'에 충격을 받고 성리학 이외의 모든 종교와 사상을 사학邪學으로 배격하는 척사위정斥邪衛正 활동에 앞장섰다.

1895년 10월 8일, 일본 공사 미우라 고로의 자객刺客들에 의해 경복궁 옥호루 곤녕합에서 명성황후가 죽임을 당하는 이른바 을미사변을 당하자, 이상룡은 구국 의병활동을 시작하였다.

이상룡을 비롯한 안동 지역의 구국운동가들은 제국주의 열강의 침략에 맞서기 위해서는 교육을 통한 민중교육 운동을 위한 근대식 교육의 필요성을 깨닫게 되었다.

1907년, 석주 이상룡은 여강서원(호계서원)의 재산을 기금으로 김병후·하중환·김동삼 등과 상의하여 학교 설립 기성회를 조직, 내앞마을 김대락의 옛집인 백하구려白下舊廬의 사랑채를 확장하여 근대식 중등학교인 협동協東학교를 열었다. 안동군의 동쪽에 위치한 7개 면이 힘을 합쳐 설립한다는 뜻에서 협동協東이라고 하였다.

협동학교의 교사들은 내앞 마을의 의성 金씨, 임동 韓씨, 전주 柳씨 집안의 인물들이 주류를 이루었으며 교과목은 수신·국어·역사·지리·외국지지·한문·작문·미술·대수·지리·체조·창가·화학·생물·동물·식물·박물 등 17개 과목으로 구성되었다.

협동協東학교가 유림들에 의해 사문난적으로 몰린데다가, 국권이 상실되고 학교를 해산 당하자, 이상룡은 노비를 면천免賤하고, 재산을 정리하여 김홍락·김동삼 등의 의성 김씨, 왕산 허위 집안사람들과 만주로 망명亡命하였다. 이상룡의 〈거국음去國吟〉 중에서

已看大地張網羅　이미 이 땅에 적의 그물 쳐진 것을 보았으니
焉有英男愛髑髏　어찌 대장부가 제 한 몸을 아낄 수 있으랴.
好住鄕園休悵惘　잘 있거라 고향동산 슬퍼하지 말아라,
昇平他日復歸留　태평한 그날이 오면 돌아와 머무르리.

1911년 1월 5일, 노인과 아녀자兒女子를 동반한 이상룡 일행은 안동에서 1주일을 꼬박 걸어서, 추풍령에서 기차를 타고 서울을 거쳐 신의주까지 간 다음 얼음판 위를 눈보라와 칼바람을 맞으며 압록강을 건너서 1911년 4월 10일 유하현 삼원포에 닿았다.

이상룡은 이회영을 비롯한 신간회 망명 인사들과 함께 경학사를 조직하고, 신흥강습소를 시작하였다가 후에 무관학교로 바꿨다. '청산리 전투'는 신흥무관학교 출신들이 주축이 되었다.
경북인의 만주망명은 1911년 2,500명을 시작으로 1920년대까지 10,000명, 그리고 광복이 될 때까지 망명의 행렬은 계속되었다.

1925년, 대한민국임시정부 초대 국무령에 추대 되었던 석주 이상룡은 '昇平他日復歸留'의 소망을 이루지 못하고 74세이던 1932년 6월 15일에 만주 지린吉林에서 서거하였다.

허주 이종악, 동호해람東湖解纜(임청각)

1763년 4월, 임청각 주인 허주虛舟 이종악李宗岳은 임청각 앞 동호東湖에서 반변천 도연폭포까지 선유하면서 12폭의《허주부군산수유첩》을 그렸다. 제1도 〈동호해람東湖解纜〉은 선유를 시작하려는 장면이다. 영남산을 배경으로 기와집 군락이 임청각이다.

석주 선생이 서거한 10년 후에 황제(Mikado)를 뜻하는 증기기관차 '미카3'이 독립운동의 상징인 임청각을 가로질러 99칸의 일부가 헐려나갔으며, 그의 후손들은 헐벗고 배우지도 못하였다.

원효의 '촉루囑累'는 해탈에 있으나, 석주의 '촉루髑髏'는 죽음을 의미하는 해골이었으니, 그는 멸문지화를 모를 리 없었지만 대장부로서 '焉有英男愛髑髏'를 각오한 것이다.

대한민국 국민은 일제에 나라를 빼앗기고 유리하는 백성의 심정을 이해할 수 있을까. 당시의 애국지사들은 자신의 정체성과 신념은 모든 것을 희생하고서라도 찾아야 할 것으로 믿었다.

이상화李相和 시인은 〈선구자의 노래〉에서 자신을 '미친 사람'이라고 했다.

아무래도 내 하고저움은 미친 짓뿐이라.
남의 꿀 듣는 집을 문흘지 나도 모른다.
사람아 미친 내 뒤를 따라만 오너라
나는 미친 홍에 겨워 죽음도 뵈줄 텐데.

조선시대 안동의 안기역은 예천·영덕·영주로 등 다른 지방으로 통하는 거점 역이었다.

'일제가 중앙선 철로 공사를 할 때, 낙동강 철교를 건너서 안기역에서 곧장 옹천역으로 직행하지 않고, 굳이 영남산을 한 바퀴 돌아서 옹천역으로 철로를 놓은 것은 무슨 까닭일까?'

안동댐이 시야에서 사라지고, 열차가 터널 속으로 들어갔다. 터널을 빠져나오자마자 오른쪽 차창에 펼쳐지는 가수내〔嘉水川〕 마을은 왕건과 견훤甄萱의 최대 격전지 고창 병산전투가 있었던 곳이다.

견훤은 신라의 왕궁을 불사르고 왕의 부인을 끌어다 강제로 욕보이고, 신라의 진귀한 보물과 병기를 빼앗고 자녀들을 끌고 갔으니, 견훤은 신라 땅 고창(안동) 사람들의 적賊일 수밖에 없었다.

왕건은 병산甁山과 저수봉에서 삼태사의 지원으로 견훤의 군사 8천 명을 격퇴하였다. 시체가 쌓여서 냇물이 짜다고 간수내(가수내)라 불리다가, 지금은 '아름다운 골짜기, 가수내〔嘉水川〕'라 한다.

왕건이 바오달〔軍幕〕을 쳤던 가수내〔嘉水川〕 마을 무은산茂隱山 언덕에 학봉鶴峯 김성일金誠一 부부의 묘역이 있다.

1591년 3월 1일, 선조가 학봉 김성일에게 물었다.

"그러한 정상은 발견하지 못하였는데 윤길이 장황하게 아뢰어 인심이 동요되게 하니 사의에 매우 어긋납니다."

"수길이 어떻게 생겼더냐?" 선조가 물었다.

김성일은 외국 사절을 맞으면서 편복便服 차림으로 외아들 학송을 안고 방약무인했던 평수길의 무례한 행동을 떠올리며,

"그의 눈은 쥐와 같으니 족히 두려워할 위인이 못됩니다."

김성일이 황윤길과 다르게 복명한 것은 일본에 갔을 때 윤길 등이 겁에 질려 체모를 잃은 것에 분개하였기 때문이기도 하지만, 당시의 정여립鄭汝立의 기축옥사도 영향이 있었을 것이다.

정여립은 호남 지역에서 대동계大同契를 조직하여 무술 연마를 하였으며, 1587년에는 왜구를 소탕하기도 하였다. 그러나 1589년 10월의 정여립이 모반을 꾸민다는 서인들의 고변으로 정여립이 자살하였고, 그와 연루된 동인이 3년 간 1,000여 명이 희생되었다.

정여립의 기축옥사의 여파는 영남의 유림들에게도 밀려왔다.

1590년 성재 금난수가 월천 조목에게 보낸 편지〔答趙士敬〕에,
'합천陜川군수 조목이 관직을 버리고 돌아오는 일을 김취려金就礪에게 물어보니, "시세時世가 불안하여 화가 사림에까지 뻗쳤고 목숨을 보존한 자는 우리 동문의 벗들뿐이다. 사경士敬이 저 남쪽에 있으면서 매우 편치 못하니 조용한 곳으로 돌아오는 것만 못하다고, 내 뜻이 이러하기에 우연히 말을 했을 뿐인데 백향伯嚮 민응기(퇴계 만형의 외손자)가 심부름꾼을 보내어 그대 집에 고하고 합천에 편지를 보내었으니 크게 웃을 일이다."라고 하였습니다.'

위화도 회군으로 역성혁명을 일으킨 李씨 왕가는 두 차례의 왕자의 난과 중종반정을 겪으면서 사병私兵에 대한 불안중(trauma)이 있어서 상비군을 두지 않았다. 국력에 비해서 해안선이 긴 조선은 상비군을 둘 수 없으니 유사시 수령들이 군사를 이끌고 지정된 방위지역으로 가서 중앙에서 파견된 장수나 각 도의 병·수사를 기다려 지휘를 받는 중앙군제였다.

퇴계는 임진왜란이 일어나기 전에 이미 국방책을 상소하였다.

"대저 국가가 왜인에게 화친을 허용하는 것은 가하지만 방비는 조금도 늦추어서는 안 되고, 예로 접대하는 것은 가하지만 너무 지나치게 추봉推奉해서는 안되고, 양곡과 예물로써 그들의 마음을 얽어매어 실망하지 않도록 하는 것은 가하지만 무한한 요구를 들어주어 증여가 지나쳐서는 안 됩니다. (…)

미리 검속하는 것이 제일이라고 하는 것이니, 오늘날 마땅히 강구하여야 할 점입니다."

김성일은 백성의 고초를 먼저 걱정하였다. 당시로서는 일본이 즉시 쳐들어온다는 확증이 없었고, 정여립의 기축옥사로 인심이 극도로 해이했던 백성들에게 불안, 공포, 약탈 등의 혼란을 초래할 뿐 군사 활동에는 달라질 것이 없었기 때문이다.

'그들이 꼭 침범할 것이라고도 하고, 꼭 침범하지 않을 것이라고도 말하는 것은 소견이 다른 것에 불과할 따름이다. 설사 사신 세 사람의 말이 모두 동일하게 침범할 리가 없다고 하더라도, 서계書契를 보고, 그 내용을 취해 주문해야 할 것이다.'

선조는 왜란에 대비하여 영·호남의 큰 읍성을 증축하고 수리하게 하였다. 왜적은 수전에 강하지만 육지에 오르면 불리하다는 것으로 오로지 육지의 방어에 힘썼다. 경상 감사 김수金晬는 축성을 제일 많이 하였으나 평지를 취하여 모양만 갖추었을 뿐, 높이가 겨우 2~3 장에 불과했다. 다만 민정民丁을 끌어 모아 곳곳에 성을 쌓았으므로, 마을마다 어수선하여 인심이 크게 무너졌다.

김성일은 두려워할 것은 섬 오랑캐가 아니라, 인심이라고 했다.

"만약 인심을 잃는다면 금성탕지金城湯池(견고한 城)가 있고, 튼튼한 갑옷과 날카로운 무기가 있더라도 장차 어디에 쓰겠는가."

왜적이 도성 안에 들어오기도 전에 임금이 떠난 경복궁을 불태운 것은 왜적이 아니라 성난 백성이었다.

도요토미 히데요시는 미천한 출신으로 다이묘들을 휘어잡을 만한 확실한 업적이나 그들을 압도할 만한 카리스마가 있어야 했다. 히데요시는 전쟁만을 일삼는 사무라이들의 시선을 자신에게서 조선 침략으로 돌린 정치적인 술수였다.

1592년(선조 25) 4월 15일, 700여 척으로 부산포에 처들어온 범(왜군)은 동래성을 짓밟고 대를 쪼개 듯 파죽지세破竹之勢로 한양도성을 향하여 거침없이 처들어왔다. 조용한 아침의 나라 조선朝鮮은

2백 년 동안 전쟁을 모르고 지낸 백성들이라 전국이 한 달 만에 왜군에게 짓밟혔다.

학봉 김성일이 왜적이 침범하기 3일 전인 4월 11일 경상우병사로 배임 받아서 창원으로 가던 중이었다.

선조는 우선 전쟁의 책임을 물어 김성일을 국문할 것을 명하였다. 김성일은 창원으로 향하던 걸음을 돌려서 직산稷山에 이르렀을 때, 다급해진 선조는 김성일을 초유사招諭使로 명하였다.

초유사는 의병을 지휘·통제하며 직접 관병을 전관專管하는 사령관이다. 김성일은 직산에서 말을 되돌려 다시 영남으로 내려갔다. 전장으로 달려가는 급박한 시기에 기묘년 겨울에 눈 덮인 함경도 국경의 오랑캐들이 떠올랐다.

1579년(기묘년) 9월부터 이듬해 4월까지 함흥과 길주의 병영의 군기軍器를 점고하러 갔었다. 김종서金宗瑞가 육진六鎭을 설치한 지역으로 얼음이 얼면 강을 건너오는 오랑캐 기병을 방수防戍하기가 어려운 곳이다. 두만강이 바라보이는 운두성에서 살을 에는 바람을 맞으며 눈 속을 헤쳐 나가는 초병들을 보면서 김성일은 〈칼의 노래〔劍歌歌正苦〕〉를 읊었었다.

초유사 김성일은 왜적을 맞아 험난한 전쟁터로 말을 몰아가면서 죽음을 각오하고 〈칼의 노래〉를 불렀다. 오뉴월이지만 그의 앞길은 삭풍朔風에 눈보라 치는 험난한 길이었다.

劍歌歌正苦　칼의 노래 부르자니 정히 괴로워
衰颯壯士顔　장사의 기상이 처량하구나.
出門欲何適　문 나서서 어디로 향해 가는가,
門前行路難　문 앞에는 가는 길이 험난하리라.

5월 5일, 초유사招諭使 김성일이 함양에 이르니, 군수 이각李覺이 혼자 텅 빈 관아에 앉아 있었으며, 늙은 아전 몇 명만 남아 있을 뿐이었다. 왜倭가 침범해 온다는 소식에 가는 곳마다 관군은 겁이 나서 흩어지고, 고을의 사족士族들은 산속으로 숨어버렸다.

외적이 침입했는데, 적을 격퇴할 군사가 겁이 나서 달아나는 지경이니 사족들이 산속으로 숨을 수밖에 없었을 것이다.

김성일이 군수를 독려하여 함안의 전 현감 조종도趙宗道와 전 직장 이노李魯 등 고을 사람들을 불러 모으고 그 자리에서 곧바로 격문檄文을 초草하여 역사에 남을 명문장名文章 초유문招諭文을 작성하여 백성을 타일렀다.

〈경상도의 사민士民들을 불러 모아서 유시하는 글〉*

「나라의 운수가 중간에 와서 불운하여 섬 오랑캐들이 몰래 군사를 동원해 우리 강토를 함부로 침범하여 동쪽과 서쪽 두 방면에서 돌진해 들어왔다. 그런데 큰 성과 큰 진에는 일찍이 방비책을 설치하지 않았던 탓에 열흘 사이에 험한 관문과 높은 고개를 넘어 곧바로 서울을 공격하게 되었다. 이에 주상께서는 서울을 떠나 파천播遷하고, 온 나라 사람들은 도망쳐 숨게 되었다. 우리나라가 생긴 이후

---

*《학봉전집》한국고전번역원 | 정선용 (역) | 1998.

로 오랑캐의 화란이 오늘날처럼 참혹한 적은 일찍이 없었다.

여러 곤수閫帥들은 국가의 간성干城인데도 왜적들이 침입했다는 소문만 듣고서 도망하기도 하였으며, 적병을 겁내어 움츠러들기도 하였다. 수령들은 한 고을의 군장君長인데도 모두들 자신의 처자식을 안전한 곳에 피난시키고 무기고를 불태웠다. 그리하여 한 사람도 충의忠義를 떨쳐 일어나 앞장서서 왜적을 치는 자가 없었다. 그러니 불쌍한 우리 군사와 백성들이 누구를 믿고 누구를 의지하여서 도망해 흩어지지 않을 수가 있겠는가.

거센 물결에 한 번 무너지자 이를 막아낼 도리가 없게 됨에 따라 성에는 창을 든 군사가 없었고, 고을에는 죽기를 각오하고 싸우는 신하가 없었다. 이에 왜적들은 마치 무인지경無人之境에 들어오는 것처럼 몰려 들어와 마침내 영남 한 도가 왜적들의 소굴로 되어 버렸는바, 형세가 마치 흙더미가 무너지고 기왓장이 깨지듯 하여 잠시도 보전하지 못하게 되었다. 이것이 얼마나 큰 변고인가.

그러나 이것이 어찌 단지 변장邊將이나 수령들만의 잘못이겠는가. 이 지방의 선비와 백성들도 또한 그 책임을 모면하지는 못할 것이다. 옛날에 큰 난리를 만나서도 나라를 잘 지킬 수 있었던 것은, 윗사람은 죽기를 각오하고 싸울 뜻이 있었고, 아랫사람은 윗사람을 위해 목숨을 바칠 마음이 있었기 때문이었다.

그런데 지금은 왜적들이 아직 이르지 않았는데도 선비와 백성들은 앞장서서 먼저 도망쳐 산속으로 숨어 들어가 구차스럽게 목숨을 부지하려는 계책을 하였다. 이에 수령에겐 백성이 없게 되고 장수에겐 군졸이 없게 되었으니, 장차 누구와 더불어 왜적을 막을 수 있겠는가.

어떤 사람은 말하기를, "옛날에 추鄒나라와 노魯나라가 전쟁을 할적에 추鄒나라 관리들은 전사한 자가 30여 명이나 되었는데도 백성들은 한 사람도 죽지 않았다. 이것은 관리들이 평상시에 백성들의 고통을 잘 돌보아주지 않았기 때문이다. 지금 선비와 백성들이 흩어져 달아나는 변고가 있는 것이 어찌 《맹자》에서 이른바 '너에게서 나온 것은 너에게로 되돌아간다.'는 것이 아니겠는가." 하는데, 아아, 이것이 무슨 말인가.

근년 이래로 조세租稅가 가혹하였고, 부역賦役도 과중하였으니, 백성들이 과연 명령을 감당해 내지 못하였을 것이다. 그러나 성을 쌓고 해자를 파고 방비하는 도구를 갖추는 것은 모두가 전쟁을 미연에 방지하기 위한 것으로, 지금 와서 본다면 성상께서 백성들을 보호하려는 원대한 생각에서 그렇게 하였던 것이다. 이것이 어찌 백성들을 학대하면서 자신을 이롭게 한 것이겠는가. 더구나 추나라와 노나라의 싸움은 비록 한쪽이 이기고 한쪽이 지기는 하였지만, 이는 다 같은 중국의 나라들로서, 백성들의 입장에서는 그다지 이롭거나 손해될 것이 없었던 것이다.

그러나 이 오랑캐의 풍습을 가진 왜적들은 우리 땅에 한 번 들어오자 즉시 웅거하려는 뜻을 품었다. 그리하여 우리의 부녀자들을 잡아가서 처첩으로 삼고, 우리의 장정들을 마구 죽여 씨를 남기지 않았으며, 즐비한 민가를 모두 불태워 잿더미로 만들고, 공사公私의 재물을 모두 차지하였다. 이에 독기는 사방에 가득 차고 죽은 사람의 피는 천 리에 흘렀으니, 백성들이 참혹하게 화를 당한 것을 어찌 차마 다 말할 수 있겠는가.

지금은 실로 지사志士는 창을 베고 자면서 왜적을 쳐 죽여야 할 때요, 충신은 국난을 구하기 위하여 목숨을 바쳐야 할 시기이다. 그런데 경상도 67개 고을 가운데에 아직까지 의義를 주창하여 의병을 일으킨 사람이 없다. 그러면서 오히려 남들보다 먼저 도망치지 못할까 걱정하고, 깊은 산속으로 숨지 못할까만 걱정하고 있다. 그러니 어찌 탄식을 금할 수 있겠는가. 설령 산속으로 들어가서 왜적을 피하여 마침내 자신과 가족들의 목숨을 보전한다 하더라도, 열사는 오히려 그렇게 하는 것을 수치스럽게 여길 것이다. 그런데 하물며 보전할 길이 절대로 없을 것인데야 말해 무엇하겠는가. 내가 그 이유에 대해서 낱낱이 말하여 사민士民들의 의혹을 깨우치고자 한다.

지금 왜적들은 서울을 침범하는 일에 급급하여 지체하지 않고 행군해 갔기 때문에 병화兵禍가 여러 고을에 두루 미치지 않았다. 그러나 왜적들이 목적을 달성한 뒤에 흉악한 무리들이 국내에 가득 차게 될 경우, 그때에도 산골짜기가 과연 죽음을 피할 수 있는 곳이 될 수 있겠는가. 이를 비유해 보면 마치 큰 물결이 하늘까지 치솟고, 거센 불길이 들판을 불태우는 것과 같은바, 불쌍한 우리 백성들이 다시 어디에서 몸을 붙이고 살 수가 있겠는가.

산골짜기에서 나오지 않을 경우에는 시일이 오래 지나면 식량이 떨어져서 깊은 산속에서 앉은 채로 굶어 죽을 것이다. 그리고 산골짜기에서 나올 경우에는 부모와 처자식이 왜적에게 사로잡혀 욕을 당할 것이며, 예의를 지키는 사족土族은 짓밟혀 결딴이 나게 될 것이다. 왜적에게 항복하면 영원토록 올빼미같이 흉악한 족속이 될 것이고, 항복하지 않으면 모두가 왜적의 칼날 아래 죽은 귀신이 될 것이다. 이것이 어찌 지혜가 있는 사람이라야만 알 수 있는 것이겠는가. 그러나 이것은 단지 이해利害와 생사生死만을 가지고 말한 것이다.

아아, 군신 간의 큰 의리는 천지 간에 영원히 변치 않는 도리로서, 이른바 사람이 지켜야 하는 떳떳한 법도인 것이다. 무릇 이 땅에서 살아가고 있는 사람으로서 임금이 피난하고 종묘사직이 무너지며 만백성들이 다 죽을 판인데도 아무런 관심도 없어 마음이 움직이지 않는다면, 천지간에 영원히 변치 않는 도리에 대해서 어떻겠는가. 더구나 지금은 부모가 왜적의 칼날을 맞아 죽고 형제와 처자식이 서로 보전하지 못하게 되어, 집안의 화가 위급한 처지이다.

그런데도 자식이나 동생된 자가 머리를 감싸 쥐고 쥐새끼처럼 숨기만 하고, 죽을 각오를 하여 함께 보전하길 생각하지 않는다면, 자식된 도리에 있어서 어떻겠는가.

돌아보건대, 우리 영남 지방은 본디 인재의 부고府庫라고 일컬어져 왔다. 1000년의 국운을 유지한 신라와 500년의 국운을 지탱한 고려 및 우리 조선의 200년 동안에 충신과 효자의 아름다운 명성과 뜨거운 의열은 청사靑史에 빛나고 있는바, 아름다운 절의와 순후한 풍습은 우리나라에서 으뜸이 되었다. 이에 대해서는 사민들이 모두 다 잘 알고 있는 바이다.

또 근래의 일을 가지고 말하더라도, 퇴계와 남명 두 선생이 한 시대에 나란히 나서 도학을 처음으로 강명講明하면서 인심을 순화시키고 윤기倫紀를 바로잡는 것으로써 자신의 임무로 삼았다. 이에 선비들 가운데에는 두 선생의 교육에 감화되고 흥기하여 본받는 사람이 많았다. 이들은 평소에 많은 성현들의 글을 읽었으니, 이들의 자부심이 어떠하였겠는가.

하루아침에 왜변을 만나서는 오로지 살기만을 구하고 죽기를 피하는 데 급급하여, 스스로 군주를 버리고 어버이를 뒤로 하는 죄악에 빠지고 말았다. 그러니 구차스럽게 한 목숨을 부지한다고 하더라도 장차 어떻게 한 하늘 아래에서 살 수가 있겠으며, 죽어 지하에 들어가서는 또한 무슨 낯으로 우리 선현들을 뵐 수 있겠는가.

의관을 갖추고 예악禮樂을 배운 몸으로 치욕을 당할 수가 있겠으며, 머리를 깎고 문신을 새기는 야만인의 풍습을 따를 수가 있겠는가. 200년을 지켜 내려온 종묘사직을 차마 왜적들의 손에 넘겨줄 수가 있겠으며, 수천 리의 조국 강산을 차마 왜적들의 소굴이 되도록 내버려 둘 수 있겠는가. 문명한 나라가 변하여 오랑캐의 나라로 되고, 인류가 변하여 금수가 될 것인데, 이것을 참을 수 있겠으며, 그렇게 되도록 내버려 둘 수 있겠는가.

수공首功을 공의 으뜸으로 삼는 진秦나라는 애당초 순전한 오랑캐가 아니었는데도, 노련魯連은 오히려 달가운 마음으로 바다에 빠져 죽으려 하였다. 지금 이 섬 오랑캐들은 얼마나 추잡한 종족인가. 그런데도 우리 강토를 멋대로 훔쳐서 차지하고 우리 백성들을 함부로 죽이고 욕보이도록 내버려 둔 채, 내쫓아 버리고 죽여 버릴 것을 생각하지 않는단 말인가.

어떤 이는 말하기를, "저놈들은 용기가 있고 우리는 겁이 많으며, 저놈들의 무기는 날카롭고 우리 무기는 무디다. 그러니 설령 군사를 일으키더라도 아무런 소용이 없다." 하고 있다. 아, 어쩌면 이리도 생각이 모자란단 말인가.

옛날의 충신과 열사는 이기고 지는 것으로써 뜻을 바꾸지 않았고 강하고 약한 것으로써 기운을 꺾지 않았다. 의리에 있어서 마땅히 해야 할 일이면 비록 백 번 싸워 백 번 지더라도 오히려 맨주먹을 휘두르고 흰 칼날에 맞서 싸워 만 번 죽어도 후회하지 않았다. 하물며

이 왜적들은 비록 강하다고는 하지만 군사를 이끌고 멀리 들어와 전쟁에서 꺼리는 것을 범하였다. 그러니 어찌 제대로 잘 돌아갈 수 있겠는가. 우리 군사가 비록 겁이 많다고는 하지만,

용감하고 겁내는 것이 어찌 일정한 것이겠는가. 충의가 북받치면 약한 자도 강해질 수 있고, 적은 군사로도 많은 군사를 대적할 수 있는 법이니, 단지 마음 한 번 다르게 먹기에 달려 있는 것이다.

지금 무너져 도망친 군사가 산골짜기에 가득히 널려 있다. 이들은 처음에는 비록 몸을 빠져 나와 살려고 하였으나, 끝내 한 번 죽음을 면하기가 어렵다는 것을 잘 알고 있다. 이에 모두들 스스로 떨쳐 일어나서 나라를 위하여 온 힘을 다 바칠 것을 생각하고 있으나, 단지 앞에서 주창하는 자가 없어서 가만히 있을 뿐이다. 이때를 당하여 한 사람의 의사義士가 떨쳐 일어나 큰 소리로 한 번 외치기만 하면, 원근에서 구름같이 모이고 메아리처럼 호응하여 앉은 자리에서 계책을 세울 수 있을 것이다.

또한 성상께서 이미 애통해하는 교서敎書를 내리셨으며, 또 나를 형편없다고 여기지 않으시고 백성들을 불러모아 유시하는 책임을 맡기셨다. 당唐나라의 무식한 군사와 사나운 군졸들도 오히려 흥원興元의 조서詔書를 보고 울었는데, 하물며 예의를 숭상하는 지방에 사는 선비로서 어찌 팔뚝을 걷어붙이고 의분에 넘쳐 군부君父의 위급함에 달려나가지 않겠는가.

진실로 원하노니, 이 격문檄文이 도착하는 날 수령은 한 고을에 분명하게 효유하고 변장은 사졸들을 격려하라. 그리고 문무文武의 조정 관원들과 부로父老, 유생儒生 등 모든 사람들은 서로서로 유시하라. 그리하여 동지를 불러모아 충의로써 서로 단결하여 방비책을 세워 스스로 막기도 하고, 군사들을 이끌고 싸움을 거들기도 하라. 부자들은 유차달柳車達처럼 곡식을 날라 군량을 대고, 용사들은 원충갑元冲甲처럼 용기를 내어 적을 무찌르라.

　　집집마다 사람마다 각자가 싸우면서 일시에 함께 일어나면, 군사의 위용은 크게 떨치고 용기는 백배나 되어, 괭이나 고무래도 튼튼한 갑옷과 날카로운 무기로 변할 것이다. 그러니 비록 큰 칼과 긴 창이 앞에 닥치더라도 무엇이 두렵겠는가. 만약에 성공하면 나라의 부끄러움을 완전히 씻을 것이며, 성공하지 못하더라도 의로운 귀신이 될 것이다. 제군들은 힘쓸지어다.

　　나는 일개 썩은 선비이므로 비록 전쟁하는 일은 배우지 못하였으나, 임금과 신하의 대의는 들어서 알고 있다. 온 도내가 뒤엎어진 나머지에 책임을 맡았는바, 뜻은 초楚나라를 보전하려는 생각이 간절하나 신포서申包胥의 충성을 본받을 수 없고, 조묘祖廟에 통곡하고 군사를 일으킴에 한갓 장순張巡의 충렬을 사모하고 있다. 그러면서도 오히려 의사義士들의 힘을 빌려 기울어진 국가를 다시 회복시키는 공을 세우기를 기대하고 있다. 조정에서 나중에 상을 줄 것이니, 마땅히 잘 알지어다.」

의병창의도, 의령 충의사(곽재우 기념관)

김성일의 〈초유문〉은 당시의 사대부들을 설득하여 의병을 일으키는 원동력이 되었으니, 격서의 전범典範인 최치원의 〈황소격서檄黃巢書〉 만큼 위력이 있었으며, 프랑스 국가 〈라 마르세예즈La Marseillaise〉 만큼 호전적이지 않았다.

> Aux armes, citoyens!　무기를 들어라, 시민들이여!
> Formez vos bataillons,　너희들의 군대를 만들어라.
> Marchons, marchons!　전진하자 또 전진하자.

피히테의《독일 국민에게 고함》은 나폴레옹의 독일 점령에 대응하여 독일의 민족주의를 옹호한 글이지만, 피히테 자신은 종군하지 않고 강화조약이 체결된 이후에 저술되었을 뿐이다.

초유사招諭使 김성일은 곽재우·김면·정인홍 등을 의병장으로 삼아 서로 협동하게 하고, 호남으로 가는 길목의 진주성의 방비를 튼튼히 하여 제1차 진주대첩에서 왜군을 물리쳤다.

김성일의 진주대첩은 마치 장비의 장판파長坂坡 전투를 연상케 한다. 조조군의 파상공격 앞에 유비는 백성과 처자들을 버리고 후퇴하였으나, 장비는 장판교에서 조조의 군사를 막아서서 조자룡趙子龍이 조조의 청홍검靑紅劍을 빼앗아 휘두르며 조조의 진을 휘젓고 다닐 수 있도록 한 것 같이 김성일은 곽재우를 도왔으며 호남으로 가는 왜군의 길목을 막았다.

1592년(선조 25) 6월 1일, 초유사招諭使 김성일이 장계를 올려 곽재우郭再祐의 공과功過를 논하고 용서를 청하였다.

"김수金睟가 곽재우를 반적叛賊이라 하였으나, 그가 복죄服罪하지 않을 뿐만 아니라 인심을 수습하기 어려우니, 처벌을 늦춘다면 틀림없이 성공을 거둘 것입니다."

홍의장군紅衣將軍 곽재우는 적진을 나는 듯이 치고 달리어 적이 일제히 쏘아댔지만 맞출 수가 없었다.

1592년(선조 25) 6월 28일, 경상우도 초유사 김성일이 경상도 지역의 전투 상황을 보고하였다.

「신은 죄가 만 번 죽어도 마땅한데 특별히 천지 같은 재생의 은혜를 입어 형벌을 당하지 않았을 뿐만 아니라 또 초유招諭의 책임을 맡겨주시니, 신은 명을 받고 감격하여 하늘을 우러러 눈물을 흘리면서 이 왜적들과 함께 살지 않기로 맹세하였습니다.

지난달 29일에 직산에서 남쪽으로 달려가 이달 5일에 공주에 도착하였는데, 대가가 서쪽으로 행행하였다는 소식을 전해 듣고는 북쪽을 바라보고 통곡하며 비록 도보로라도 호종의 대열에 끼어 말굴레 밑에서 죽고자 하였으나 갈 수 있는 방법이 없었습니다. 신은 의리로 보아 차마 물러나 앉아 있을 수 없어 빈주먹으로라도 김수金睟를 따라 싸움터에서 죽고자 하였습니다.

그러나 초유의 명을 받았으니 마음대로 임무를 저버릴 수 없어 백성들을 혈성血誠으로 개유開諭하고 충의忠義로써 격려하면 작은 힘이나마 얻어 나라를 위하는 신의 마음을 바칠 수 있겠기에, 잠시 죽음을 참고서 구차스럽게 모진 목숨을 보전하고 있습니다.

본도에 함락되어 패전한 뒤에 무너져 사방으로 흩어진 자들이 도망한 군사나 패전한 병졸만이 산속으로 들어간 것이 아니라, 대소 인원들이 모두 산속으로 들어가 새나 짐승처럼 숨어 있으니 아무리 되풀이해서 알아듣도록 설득해도 응모하는 사람이 없었습니다.

그런데 근일에는 고령에 사는 전 좌랑 김면金沔, 합천에 사는 전 장령 정인홍鄭仁弘이 그의 동지인 현풍에 사는 전 군수 곽율郭赳, 전 좌랑 박성朴惺, 유학 권양權瀁 등과 더불어 향병을 모집하니 따르는 사람이 많습니다.

인홍은 정예병이 거의 수백 명이며 창군槍軍은 수천 명이나 되는데, 고을의 가장假將 손인갑孫仁甲을 추대하여 장수로 삼아 왜적을 방어할 계책을 세우고 있고, 삼가에 사는 훈련 봉사 윤탁尹鐸, 전 봉사 노흠盧欽도 의병을 일으켜 서로 응원하려고 합니다. 김면은 스스로 장수가 되어 바야흐로 병사들을 모집하는데, 적병들이 갑자기 쳐들어오자 병사들을 거느리고 나가 싸우니 왜적들이 패전하여 달아나므로 10여 리를 추격하여 거의 대첩大捷을 거두려는 찰나에 복병伏兵이 갑자기 나타나니 우리 군사가 놀라 무너져 퇴각하였습니다.

순찰사가 전 현령 조종도趙宗道로 하여금 소모관召募官을 삼으니 제법 많은 인민을 불러 모아 여러 일들을 수습하였습니다.

의령에 사는 곽월郭越의 아들인 곽재우郭再祐는 젊어서 활쏘기와 말타기를 연습하였고 집안이 본래 부유하였는데, 변란을 들은 뒤에는 그 재산을 희사하여 의병을 모집하니 수하에 장사들이 상당히 많았습니다. 가장 먼저 군사를 일으켜 초계의 빈 성城으로 들어가 병장기와 군량을 취득하니, 이때 동현에 사는 정대성鄭大成이란 자가 무리를 모아 도적질을 하였으므로 합천 군수 전현룡田見龍은 재우까지 도적으로 의심하여 감사와 병사에게 급히 통보하였습니다. 이에 감사와 병사가 마침내 명령을 내려 대성을 사로잡아 참수하니, 재우의 병사도 흩어졌습니다.

도사 김영남金穎男이 그는 도적이 아니라고 말하자 감사 김수金睟는 전현룡의 말을 믿지 않고 신으로 하여금 초유하도록 하기에 신이 즉시 공첩을 보내어 재우를 부르니 며칠 뒤에 단성현으로 신을 찾아왔습니다. 그 사람은 비록 담력과 용맹은 있으나 심원한 계책이 없으며 또 당치도 않게 큰 소리만 잘 칩니다. 패주한 수령이나 변장 등의 소식을 들으면 꼭 참수하라고 하여 심지어는 감사와 병사에 대해서도 불손한 말을 많이 하니 그를 비방하는 말이 비등하여 미친 도적이라고들 합니다.

그러나 이런 위급한 때를 당하여 이런 사람을 잘 다루어 쓰면 도움이 없지 않을 것이기에, 즉시 동현으로 보내 돌격장으로 칭호하여 그로 하여금 왜적들을 공격하게 하였습니다. 그렇게 하였더니 재우는 그 아비가 명나라 북경에 갔을 때에 가져 온 황제의 하사한 붉은 비단 철릭帖裏을 입고서, 장사들을 거느리고 의령현의 경내 및 낙동강가를 마구 누비면서 왜적을 보면 그 수를 불문하고 반드시 말을 달려 돌격하니, 화살에 맞는 적이 많아서 그를 보면 바로 퇴각하여 달아나 감히 대항하지 못합니다.

"이 지방에는 홍의 장군이 있으니 조심하여 피해야 한다."

왜적에게 사로 잡혔던 사람이 돌아와 왜적들이 말했다고 합니다.

의령 한 고을 사람들이 그에 힘입어 조금 편안해졌습니다. 신은 비록 그의 거친 것을 의심합니다마는 격려하고 권장하여 힘을 다하도록 하여 서서히 그의 하는 바를 살피겠습니다.

진주에 사는 유생 3백여 명이 또 서로 통문을 돌려 의병을 일으켜 왜적을 방어하기로 계획하였습니다. 비록 그 결과가 어떻게 될지는 모르겠지만, 국가가 믿는 것은 인심이니 인심이 이와 같기를 하찮은 소신은 밤낮으로 하늘에 축원하였습니다.

변란이 발생한 초기에 도내의 병사·수사·방어사·조방장 등이 각 고을의 군기軍器들을 옮겨 전쟁터에 쌓아두었다가 무너져 달아날 때는 물이나 불속에 던져버리기도 하고 도중에 버리기도 하였기 때문에 병기가 일체 없어졌으며, 창고 곡식은 수령 등이 왜적이 닥치기도 전에 먼저 스스로 겁을 먹고서 창고를 불사르기도 하고 혹은 백성들이 훔쳐 먹도록 내버려 두기도 하였기 때문에 군량도 일체 없어 졌습니다. 의병이 비록 일어났어도 병기와 군량이 없어서 사람들이 견고한 뜻이 없어 적변賊變을 들으면 모였다가는 바로 흩어져 버립니다. 백방으로 생각해 봐도 도무지 병기와 군량을 조달해 낼 방도 가 없으니 민망하기 그지없습니다.

왜적은 대부대가 서울로 떠난 뒤에 잔여 왜적이 1백여 명, 혹은 50~60명씩 부대를 편성하여 곳곳에 둔취屯聚하고 있습니다. 성주성 을 점거하고 있는 적은 고작 40~50명뿐인데도 우리 병사가 감히 그 소굴을 엿보지 못하며 왜적이 목사·판관이라고 자칭하고 관곡을 나 누어 주니 백성들이 모두 복종하고 있습니다. 낙동강에 왕래하는 적 선이 1백여 척, 혹은 수십 척씩이나 강을 뒤덮고 끊임없이 오르내리 는데, 이는 모두 약탈한 물건을 운송하는 배들입니다.

또 한 떼의 적들이 좌도의 경주·영천·신령·의흥·군위·의성·안동 등지를 경유하면서 도처마다 함락하는데 감히 적의 예봉銳鋒을 감당 할 수 없어 좌·우도의 길이 끊어졌으니 지금은 어느 곳으로 가고 있 는지 모르겠습니다. 우도에 침범한 왜적의 한 패는 김해·창원·우병 영·칠원 등지를 약탈하여 소굴로 삼고, 또 한 패는 연해의 여러 섬에 출몰하니 여러 진보鎭堡의 모든 장수들은 왜적을 바라만 보고 겁을 먹어 앞다투어 도망하여 육지로 나왔으므로 바다의 군영이 일체 텅 비어 버렸습니다.

정암진 승첩도, 의령 충의사(곽재우 기념관)

(⋯)

이 진주를 보존하려면 반드시 인근을 침범한 적을 공격하여야 병세를 펼칠 듯하기에 곤양 군수를 중위장으로, 사천 현감 및 진주 판관을 좌우 돌격장으로 삼아 정병 3백 명을 거느리고 가서 함안군에서 왜적을 공격하게 하였습니다. 그런데 불행하게도 연일 비가 내려 접전하지 못하였는데 적은 대군이 이른 것을 바라보고는 곧 퇴각하여 흩어졌습니다. 잠시 후에 왜적 1백여 명이 또 고성을 침범하였다는 소식을 듣고 고성은 진주와 사천에서 매우 가깝기 때문에 부득이 회군하여 합동으로 공격하였는데, 적이 배반한 백성을 거느리고 현성縣城에 웅거하여 철환鐵丸을 많이 쏘고, 또 배반한 백성을 시켜 활을 마구 쏘도록 하니 관군이 접근할 수 없었습니다.

(⋯)

신이 지금 성지聖旨를 받들어 흩어져 도망한 사람들을 초유招諭하여 돌아와 모이도록 하니, 유식한 부로父老나 유생들이 모두 '백성들도 이대로 있다가는 끝내 반드시 죽게 될 것임을 알고서 모두 스스로 분기할 것을 생각하고 있지만, 도내에 장수가 없으니 우리들이 비록 나가더라도 누구에게 의뢰하여 성공할 것인가.'라고 하기에, 신도 어떻게 답변할 수가 없었습니다. 그리고 근래에 부역이 번거롭고 무거워 백성들이 편히 살 수 없는데다가 형벌마저 매우 가혹하므로 군졸이나 백성들의 원망하는 마음이 뱃속에 가득한데도 호소할 길마저 없어 그들의 마음이 이산된 지 벌써 오래입니다. 그러므로 왜국은 정수征戍나 요역徭役이 없다는 말을 듣고 마음속으로 이미 그들을 좋아하고 있는데, 왜적이 또 민간에 명을 내려 회유하니 어리석은 백성들이 모두 왜적의 말을 믿어 항복하면 반드시 살고 싸우면 반드시 죽는 것으로 여깁니다. 그러므로 연해의 무지한 백성들이 모두 머리를 깎고 의복도 바꾸어 입고서 왜적을 따라 곳곳에서 도적질하는데, 왜적은 몇 명 안 되고 절반이 배반한 백성들이니 매우 한심합니다.

지난번 애통해 하시는 교서가 내리자 들은 사람들이 눈물을 흘리지 않는 이가 없었으니 인심이 쉽게 감동되는 것을 알 수 있습니다. 지금 만약 관대한 명령을 내리어 전쟁이 평장된 뒤에는 요역을 경감하고 부세를 가볍게 하며, 형벌을 완화하고 옥사獄事를 느슨히 하며, 진공進貢을 감축하고 포흠을 면제하며, 일족一族이 연대 책임지는 법을 제거하고 공적을 세운 장수에 대한 율律을 소중히 하여 일체 군민軍民에 해가 되는 것은 모두 면제하겠다고 약속하여, 국가가 구습을 개혁하고 백성들과 다시 시작한다는 뜻을 알게 하면 백성들의 마음이 거의 감격하여 기뻐할 것입니다. 백성들의 마음이 이미 기뻐하면 하늘의 뜻을 돌이킬 수 있으며, 왜적이 아무리 창궐한다 해도 섬멸의 공을 거둘 날이 멀지 않을 것입니다.」*

김성일의 장계는 《선조실록 27권》에서 발췌한 것으로, 개인 문집

---

*한국고전번역원 | 김신호 (역) | 1987.

의 자료보다 사료史料로서 가치가 지극히 높다할 것이다.

　김성일이 초유사招諭使가 되어 처음에 진양(진주)에 도착하였을 적에 목사 이경李璥은 지리산 골짜기에 숨어 있었고, 성 안에는 적막하여 사람 그림자가 없었다. 학봉은 조종도趙宗道, 이노李魯와 더불어 산하를 바라보고는 비통한 마음을 금할 수 없었다.

　조종도가 학봉의 손을 잡고는 말하기를,

　"진양은 거진巨鎭이고 목사는 명관名官인데도 지금 이와 같으니, 앞으로의 사세는 다시 손써 볼 도리가 없을 것이므로, 빨리 죽느니만 못합니다. 공과 함께 이 강물에 빠져 죽었으면 합니다." 하고는, 공을 강가로 이끌었다. 학봉이 웃으면서 말하기를,

　"한 번 죽는 것이야 어려운 일이 아니나, 헛되이 죽는다면 무슨 소용이 있겠는가. 필부들이나 지키는 작은 의리를 나는 따라 하지 않을 것이다. 선왕先王께서 남기신 은택이 아직 다 없어지지 않았고, 주상께서도 이미 자신을 죄책하는 교서를 내리셨다.

　이에 하늘이 현재 화를 내린 것을 후회하고 있다. 여러분들과 더불어 군사를 모은 다음 나누어 점거하고 있다가 함부로 쳐들어오는 왜적을 막는다면, 적은 숫자의 군대로도 충분히 나라를 흥복興復시킬 수가 있어서, 회복의 공을 분명히 이룰 수 있을 것이다.

　만약 불행히도 그렇게 되지 않았을 때에는 당唐나라의 장순張巡처럼 지키다가 죽어도 되고, 안호경顏杲卿처럼 적을 꾸짖다가 찢겨서 죽어도 된다. 그런데 그대는 어찌하여 그처럼 서두르는가. 이 강물을 두고 맹세하거니와 나는 죽음을 두려워하는 사람이 아니다."

학봉은 시를 지어 각오를 다지며 세 장사는 크게 통곡하였다.

> 矗石樓中三壯士 　촉석루 누각 위에 올라 있는 세 장사
> 一杯笑指長江水 　한 잔 술로 웃으면서 장강 물을 가리키네.
> 長江之水流滔滔 　장강 물은 밤낮으로 쉬지 않고 흘러가니
> 波不渴兮魂不死 　물 마르지 않는 한 우리 넋도 안 죽으리.

1593년 김성일은 제2차 진주성 전투에서 피로疲勞가 누적되어 쓰러졌다. 당시 혹심한 병란에 백성은 굶주리고 전염병까지 크게 유행하였다. 이에 김성일이 직접 나아가 진구賑救하면서 밤낮으로 수고하다가 자신도 전염되어 숨을 거두었다.

오늘날, 한국 사회 일각에서 제기되고 있는 맥아더에 관한 비판은 '한반도 분단 고착화'에 그의 책임이 상당하다고 보는 입장이다.

중공군이 압록강에 출몰하자, 유엔군의 38선 북진에 대한 한국 지도자와 국민 대다수의 바람이었고, 이미 미국 군부를 비롯한 트루먼 대통령도 동의했던 것이다.

1950년 9월, 김일성은 부산을 점령하기 위해 남한지역의 청장년을 의용군으로 동원하여 9개 사단을 편성하고, 북한에서 새로 6개 사단을 창설하여 전한반도를 장악하려던 급박한 상황이었다.

만약 맥아더가 상륙작전을 하지 않았다면 어떻게 되었을까?

학봉 김성일만큼 임진왜란을 몸소 겪은 이는 없을 것이다. 임진 왜란이 발발하기 2년 전인 1590년 (선조 23) 4월 29일, 통신사를 시작으로 1593년 4월 29일 진주성 공관에서 병사할 때까지 만 3년 간 임진왜란의 와중에 주역으로 동분서주하며 목숨 바쳤다.

만일 김성일이 그 당시에 역병에 걸리지 않았다면, 김수金睟로부터 곽재우를 구한 것 같이 원균이 함부로 이순신을 모함할 수 없었을 것이며, 왜가 정유재란을 도발하지 못했을 것이다.

학봉 김성일은 퇴계로부터 도학의 연원이 담긴 〈병명屛銘〉을 받은 수제자로서, 그의 학문은 장흥효-이현일-이재-이상정-유치명, 김홍락으로 이어져, 명분과 의리를 중시하는 김성일의 주리적 사상은 항일 의병·독립운동의 주류 사상이 되었다.

학봉 김성일의 묘역에서 준엄한 일갈一喝이 들리는 듯했다.

男兒眼孔須明著　남아는 모름지기 눈 크게 뜨고 분명하게 보거라
此路從誰繼遠風　누가 이 길을 따라 먼 훗날 바람을 잇는지를.

김성일이 〈평의지에게 주는 詩〉이지만, 이 땅에 대를 이어갈 후손들에게 주는 메시지가 아닐까.

열차 안은 여전히 시끌벅적하였다.

"김성일이 보고를 잘못해서….."

그 등산객 일행들 중에 한 사람이 내뱉듯 한 마디 하자,

"그게 아니라, 평소에 국방에 소홀한 것이지."

말없이 팔장을 끼고 앉았던 한 일행이 독백獨白했다.

"문제는 당파 싸움이야….."

그때, 이상李箱 김해경金海卿이 끼어 들었다.

싸움하는사람은

즉싸움하지아니하던사람이고

또싸움하는사람은싸움하지아니하는사람이었기도하니까

싸움하는사람이싸움하는구경을하고싶거든싸움하지아니하던사람이

싸움하는것을구경하든지싸움하지아니하는사람이싸움하는구경을하든지

싸움하지아니하던사람이나싸움하지아니하는사람이

싸움하지아니하는것을구경하든지

하였으면그만이다.

이상의 〈오감도烏瞰圖 제3호〉

그 등산객 일행들이 어리둥절해서 주위를 둘러보았으나, 오감도
烏瞰圖가 보일 턱이 없다.

"뭐라카노, 싸움하는사람은싸움하지아니하던사람이라꼬?"

"뭐라카노,싸움하는사람이싸움하는구경을하고싶거든싸움하지아니하던사람이싸움하는것을구경하든지…. 아, 헷갈려"

왜군이 물러가고 청군이 몰려왔다가 또 일제日帝가 닥쳤으니, 가수내 마을은 외적이 번갈아 등장하는 연극무대와 같았다.

중앙선 철로가 생기면서, 철마鐵馬가 기적을 울리며 '칙칙폭폭' 나타났다가 머리칼을 풀어헤친 듯 검은 연기를 뿜으며 사라질 때까지 학봉 부부는 밤낮으로 지켜보아야 했다.

살길을 찾아 만주 땅으로 떠나던 누더기 차림의 사람들은 北쪽으로 사라지고, 후손을 얻기 위해 혼례를 올렸지만 열흘 만에 징용에 끌려가던 청년은 南쪽으로 사라졌다.

일제의 '미카3' 기관차는 식민지를 종횡무진하는 정복자의 상징이요, 퇴폐적 사회악과 전염병을 퍼트리는 '트로이 목마'와 같았다.

학봉의 13대 종손 김용환은 대대로 물려받은 전답과 임천서원에 딸린 땅 등 43만㎡(13만 평)를 처분했으니, 요즘 화폐 가치로 보면 대략 300억 원어치다. 학봉종택 풍뢰헌風雷軒을 팔아넘기면 문중에서 돈을 모아서 되찾기를 세 차례나 했다. 김용환은 모두 노름판에 날렸다는 소문이 돌았다.

학봉의 묘역에서 학봉 내외분의 이야기가 두런두런 들려왔다.

"대감, 용환이가 또 저지래를…"

안동 權씨가 말을 잇지 못하고 울먹이자, 학봉은 묘소 아래 서지 재사에서 밤을 새고 나오는 용환을 지그시 내려다보면서,

"부인, 염려 마시오. 반드시 그렇지만은 않으이…."

김용환은 열두 살 때 향산 이만도의 손녀와 혼인했다. 향산은 1910년 정2품 자헌대부에 올랐으나 8월 경술국치 소식을 듣고 9월 17일부터 단식에 들어가서 10월 10일 순국하였다.

향산의 장남 이중업은 을미사변 때 아버지를 따라 의병이 되었으며, 향산의 며느리 김락은 1919년 3·1운동 때 고문을 당하여 양쪽 눈을 잃었다.

김락의 언니 김우락은 석주 이상룡의 부인이며, 김용환의 부인은 김락의 맏딸이므로, 석주 이상룡의 처제의 딸이다.

김용환의 외동딸 김후웅은 과년過年이 되었으나 파락호 아버지 때문에 혼처가 쉽사리 정해지지 않았다. 겨우 청송의 서徐씨 집안으로 혼처가 정해졌지만 혼수를 장만할 형편이 못된 것을 알고 시집에서 장롱 살 돈을 보내왔는데 그것마저 노름으로 탕진했다. 고민 끝에 할머니가 쓰던 헌 장롱을 가져갔는데 그 장롱이 사달(탈)이 났다. 시집간 지 3년이 지났으나 태기胎氣가 없자, 시집에서 그 장롱에 귀신이 붙었다며 불을 질러 태웠다.

광복이 된 이듬해 1946년 여름 김용환은 병세가 위중해지자, 그의 옛 동지인 하중환河中煥이 문병 왔다.

"여현汝見(김용환의 字)! 정말 아무 말도 않고 눈을 감으실 건가. 그동안의 행적을 이제 아들에게는 말해야 하지 않겠는가"

김용환은 하중환河中煥의 말에 눈을 부릅뜨고 손사래 쳤다.

"안 되네! 새삼 그걸 말할 필요가 있는가. 당연히 할 일을 한 것일 뿐…. 절대로 발설하지 말게…. 부탁이네…."

1907년, 헤이그밀사 사건으로 고종이 강제로 선위하고 정미칠조약으로 군대가 해산 당하자, 전국의 의병들이 연합하였다. 김용환은 이강년 의진義陣에 들어갔었다.

1908년 5월 18일, 김용환은 봉화 서벽전투에 참가하여 이강년 의진義陣이 봉화군 내성을 공격하러 가는 길에 서벽리에서 일본군 정찰대를 공격하여 50여 명을 사살하였다.

1920년, 김용환은 독립 의용단義勇團의 서기 직책을 맡아 독립운동자금을 모금하여 서간도 지역의 독립군 기지를 지원했으며, 1922년 12월, 김용환은 독립운동자금 37만원을 지원하다가 신태식·이응수 등 의용 단원 36명이 대구 감옥에 수감되었다.

1995년, 김용환을 대신해서 그의 딸 김후웅이 대한민국 건국 훈장을 받으면서, 〈우리 아배 참봉 나으리〉 가사를 읊었다.

그럭저럭 나이 차서 십육 세에 시집가니

청송 마평 徐씨문에 혼인은 하였으나

신행날 받았어도 갈 수 없는 딱한 사정

신행 때 농 사오라 시댁에서 맡긴 돈

그 돈마저 가져가서 어디에다 쓰셨는지?

우리 아배 기다리며 신행날 늦추다가

큰어매(할머니) 쓰던 헌농 신행발에 싣고 가니

주위에서 쑥덕쑥덕.

그로부터 시집살이 주눅들어 안절부절

끝내는 귀신붙어 왔다 하여 강변 모래밭에 꺼내다가

부수어 불태우니 오동나무 삼층장이 불길은 왜 그리도 높던지

새색시 오만간장 그 광경 어떠할고.

이 모든 것 우리 아배 원망하며 별난 시집 사느라고

오만간장 녹였더니 오늘에야 알고보니 이 모든 것 저 모든 것

독립군 자금 위해 그 많던 천석 재산 다 바쳐도 모자라서

하나뿐인 외동딸 시댁에서 보낸 농값 그것마저 다 바쳤구나.

그러면 그렇지 우리 아배 참봉 나으리.

내 생각한대로 절대 남들이 말하는 파락호 아닐진대.

우리 아배 참봉 나으리….

학봉의 묘지 앞을 태극太極으로 돌아가는 철길을 따라서 역사歷史
가 흘렀다. 이제 철로가 다른 곳으로 이설移設되어 학봉 묘역에서 사
라지게 된다. 지금 중앙선 철로 직선·복선 전철 공사가 한창 진행 중
이기 때문이다.

학봉의 묘역이 멀어지고 옹천역을 지나자마자, 열차는 6km의 학
가산 북후 터널 속으로 빨려 들어갔다. 암막을 친 듯 새까만 차창이
희미한 조명을 빨아들이고 귀가 먹먹하도록 굉음을 뱉어 내는 공포
분위기에 승객들은 숨을 죽이고 긴장했다. 중앙선의 여러 터널 중에
서 가장 긴 북후터널이다.

공민왕이 안동 몽진 도중에 쉬어갔다는 불로봉 왕유王留 마을
250m 아래의 학가산 북후 터널을 빠져나가자 햇살이 눈부셨다.

철교 아래로 평은면 용혈리 미림 마을이 차창에 잠깐 나타났다가
사라졌다. 봉화에서 흘러 온 내성천이 용틀임하듯 용혈리 마을을 돌
아내리는 미림 마을은 무릉도원의 선경仙境이었다.

옹천에서 문수까지의 터널과 철교는 영주댐 공사로 중앙선 철로
를 이설移設한 구간이다.

봉화 문수산에서 발원한 내성천은 상류지역의 산지들이 품고 있
던 화강암이 풍화로 부서져 빗물에 바래면서 강물에 흐르다가 산
굽이마다 모래톱을 쌓고 천변川邊에는 기름진 충적평야를 만들고
산과 언덕을 피하여 뱀처럼 구불구불 사행천蛇行川을 이루며 흘러

왔다.

강바닥에는 하얀 모래톱을 쌓고 천변에 충적평야를 만들면서 봉화 문단에서 두월리까지 직류하였다. 때로는 범람하여 기름진 들판을 적시고 두월리에서 토일천과 합류한 후 영주시 평은면 '깊으실'까지 흘러내린다.

영지산의 그림자를 드리운 송리원 백사장에서 하얀 모래강변을 즐기다가 용혈리의 물굽이를 세 번을 돌고 돌아 용트림하듯 숨 가쁘게 흐르면서 아름다운 운포구곡을 이루다가 승문리 우천에서 숨고르기 하면서 무섬마을을 천천히 돌아 흐른다.

강산이 아름답고 기름진 들판에 인간들이 모여들어 촌락을 이루게 된다. 강은 순하면서도 때로는 노도怒濤로 변하기도 하지만 인간에게 한없이 베풀었다. 인간은 자연에 공격적이기보다 자연에 순응하고, 자연을 즐기면서 끈질기게 살아왔다. 인간이 약하고 순할 때의 옛 이야기다.

내성천이 영지산을 휘돌아 나가는 송리원 백사장 지포芝浦, 평평하고 서늘한 동저東渚, 비단처럼 아름다운 금탄錦灘, 금강마을을 휘돌아 흐르는 구만龜灣, 구름이 머문다는 운포雲浦, 물이 화살처럼 빠르게 흐른다는 전담箭潭, 미림마을을 휘돌아 가는 용추龍湫(용이 승천하는 웅덩이), 모래톱이 아름다운 송사松沙, 우천愚川 정칙의 정자가 있던 우천愚川을 노래하였으나, 운포구곡은 영주댐 건설로 예전의 운포구곡이 아니었다.

옆자리의 노인은 이산면 운문리에 살았었다. 중·고등학교 시절에 문수역에서 안동역까지 기차를 타고 통학하였다.

"봉구(봉규)야, 차 조심….."

어린 손자는 할머니의 걱정을 귓전으로 흘리며 문수역까지 십리나 먼 새벽길을 부리나케 뛰었다.

문수역에서 열차에 올라서 곧 터널을 지나면 평은역이다. 평은역이 가까워지면 창밖으로 눈을 돌려서 평은역 플랫폼에 늘어선 통학생들 틈에 명순이를 찾았다. 아침 안갯속에 하얀 칼라에 까만 제복을 입은 단발머리 명순이는 눈처럼 새하얀 얼굴의 보조개에 언제나 웃음을 머금었고 눈망울은 별처럼 반짝였었다. 한 번도 말을 걸어보지 못했던 그 명순이를 회상할 때면 봉규는 얼굴이 화끈거렸었다.

열차가 학가산 터널 속으로 들어가자, 노인은 차창에 비치는 자신의 백발을 힐끔거리면서, 평은역에서 통학하던 그 소녀를 떠올렸다.

'그 소녀도 어디에서 나처럼 늙어가겠지…

'오, 새벽에 태어난 이슬 같은 소녀여…
그대 눈 안에서 날마다 먼동이 트는 소리…
언제나 강물 같은 노래 깃든 입술이여…
나는 그녀가 어디서 왔는지 물을 수 없었다.'

이희춘 〈내가 사랑한 여자〉 中에서

노인은 해질녘 하학 길의 내성천 송리원 철교 아래 모래톱을 지금도 잊지 못한다. 석양에 반짝이는 하얀 모래톱 사이로 흐르는 강물에 외나무다리가 아스라이 떠있었다. 영주댐이 건설되면서 송리원 철교와 모래톱, 가늘고 구불구불한 외나무다리, 아침 안갯속의 평은역도 영주댐 속으로 사라졌다.

"모든 것이 변했지요."

노인의 고향 운문리 초등학교와 안동의 중학교는 폐교되었고, 고등학교는 강 건너편으로 옮겨지었으며, 대학마저 동숭동에서 관악캠퍼스로 옮겨갔다.

학가산 터널을 빠져 나오자, 평은역과 송리원 모래톱은 보이지 않고 내성천 강마을 미림 마을이 스쳐 지나고 또 캄캄한 터널 속으로 빨려들었다가 금방 눈이 부시면서 철교 아래 내성천이 흘렀다. 영주댐을 건설하면서 중앙선 철로가 옹천에서 곧장 미림 마을로 통하는 학가산 터널을 뚫은 것이다.

차창에 서천이 흘러갔다. 소백산 골짜기에서 영주 시내를 흘러 온 서천西川이 이곳에서 내성천을 만나서 무섬마을 앞으로 흘러간다.

강변에 모래톱을 하얗게 쌓으면서 구불구불 산굽이를 돌아 흐르는 사천蛇川을 따라서 강 마을과 외나무다리가 스치고 문수역이 가까워지더니 문수역과 문수면 소재지 마을이 열차 뒤로 점점 멀어져 갔다.

내 옆자리의 그 노인은 문수역이 폐역이 된 것이 아쉬운 듯 뒤로 멀어지는 문수역에서 눈을 떼지 못했다.

열차가 영주역에 가까워지면서 눈을 하얗게 덮어쓴 소백산이 보이기 시작했다. 열차가 경적을 울리며 영주역 구내로 들어가고 있었다.

경북선 철로가 왼쪽에서 합류하면서 영주역은 중앙선과 영동선, 경북선의 시종역이어서 예부터 영주는 교통의 중심지이다.

차창으로 고속열차 '이음(EMU-250)'의 날렵한 유선형 자태가 보였다. 최고 운행속도가 250㎞/h의 고속열차 '이음'은 중앙선 복선전철 공사가 끝나기를 기다리고 있다.

준고속 열차 '이음'이 달리게 되면, 영주에서 청량리역까지 현재 3시간에서 1시간 20분대로 단축되고, 하루 평균 33회 운행되는 열차도 편도 137회까지 늘어나게 된다.

열차가 영주역에 도착하자, 그 등산객들이 우루루 몰려나가고 내 옆자리의 그 노인도 그들 뒤를 따랐다. 플랫폼에 섰던 승객들이 열차에 올랐다. 새 승객들은 소백산의 겨울을 몽땅 몰고 온 듯 한기寒氣가 몰려들었다.

승객들이 몰고 온 한기寒氣를 느끼며, 나는 K교수를 떠올렸다.

소백산이 하얗게 눈을 덮어 쓴 겨울날 새벽, 영주 시내 변두리 원당 마을에 살았던 K는 집에서 영주역까지 십리 길을 여명을 뚫고 달려서 겨우 열차에 오르면 안동역에 도착할 때까지 그의 손에는 늘 너덜너덜한 영어사전(Consise)이 펼쳐있었다.

대학진학을 꿈도 못 꾸었으나, 안동에서 대학을 졸업할 수 있었던 것은 통학 기차가 있어서 가능하였다.

 그가 교실 문을 열고 들어설 때면 소백산의 겨울을 몽땅 몰고 온 듯 한기寒氣가 몰려들었다. K가 국비 유학생으로 박사 학위를 받고, 대학 교수가 될 수 있었던 것은 그 혹독한 겨울을 견뎌냈기 때문이 아닐까.

 열차가 서서히 영주역을 출발하였다. 플랫폼에 분주히 오가던 승객들이 철로 건너편 영주역 집찰구로 빨려나가고 있었다.
 승객들 뒤로 내 옆자리의 그 노인의 백발이 슬쩍 보였다 사라졌다. 그 노인을 생각했다. '자유롭게 날아다니는 나비가 아닐까…'

> 白胡蝶汝靑山去 나뷔야 청산 가쟈
> 黑蝶團飛共入山 범나뷔 너도 가쟈
> 行行日暮花堪宿 가다가 저무려든 곳듸 드러 자고 가쟈
> 花薄情時葉宿還 곳에서 푸대접 ᄒ거든 닙혜서나 ᄌ고 가쟈

영주역을 출발한 열차는 곧 소백산의 죽령터널 속으로 들어섰다.
 장백산맥이 태백산에 이르러 신라의 진산鎭山이 되고, 서쪽으로는 소백산·주흘산이 서남쪽으로 이어져 지리산智異山에서 그치면서 영남嶺南의 병폐屛蔽(병풍처럼 감싸서 막음)가 되었다.
 황수潢水(황지천)가 태백산에서 나와 서남쪽으로 낙동강이 되고 그것이 또 동남으로 흘러 바다로 들어간다. 모든 역내域內의 물이 바퀴

살통처럼 모이고 힘줄처럼 모여서 하나로 합친다.

오늘날 소백산의 죽령은 충청도와 경상도를 가르는 경계이었지만, 삼국시대 때는 삼국이 첨예하게 대립하던 국경이었다.

죽령 이북은 삼한 시대에는 마한에 속했으며, 삼국 시대에는 장수왕의 남진 정책으로 고구려에 병합되어 고구려 적성현赤城縣이 되었으나, 장수왕 사후 삼국이 첨예하게 경쟁을 벌였다. 신라의 김춘추가 연개소문과 교섭하기 위해 고구려를 찾았을 때도 연개소문은 죽령 이북 땅을 돌려주면 백제를 칠 군사를 빌려주겠다고 할 정도로 요충지였다.

고구려의 온달 장군이 죽령 이북의 땅을 차지하려고 단양 영춘에 쌓은 것이 온달성이며, 550년 신라 진흥왕이 이 지역을 차지하고 고구려 유민들의 민심을 안심시키기 위하여 단성면 적성산성 내에 단양 적성비를 세웠다.

국경은 첨예하게 대립하는 실제적 공간이지만 가상적 지경地境이다. 결국 역사 속에서 허물어지는 것이 국경의 운명이다.

국경은 허물어졌어도 죽령은 쉽게 넘을 수 없는 험한 고갯길이었다. 1400년, 왕위에 오른 태종이 스승인 운곡耘谷 원천석元天錫을 대관大官으로 모시려 했다. 그러나 포은 정몽주와 대장군 최영이 이방원에게 죽임을 당하자, 그는 고향 원주의 치악산에 은거하였다.

이듬해 왕이 몸소 300리 길을 달려서 그의 집에 까지 갔으나, 원천석은 주유周遊에 나서서, 가정稼亭 이곡李穀의 고향 마을 동해 바닷가 영해 괴시槐市마을(호지촌)로 가기 위해 〈죽령竹嶺〉에 올랐다.

> 말을 채찍 해 죽령 구름을 뚫고 달리니
> 행장이 마치 하늘 문에 닿은 듯하네.
> 높고 낮게 멀고 가깝게 산은 끝이 없는데
> 동서남북 통하는 길은 절로 분명하네.
> 곳곳마다 구역 경계를 평평하게 펼쳐졌고
> 겹겹이 겹친 골짜기가 서로 이어졌는데,
> 채찍 멈추고 돌아보니 천지는 광활하고
> 눈앞에 아득한 빛이 저녁 그림자 잦아드네.

죽령은 신라의 죽죽장군이 죽령 길을 개척하였다는 전설에서 붙여진 이름이라고 한다. 경상도에서 한양으로 가는 가장 오래된 길로, 오늘날의 중앙고속도로와 같은 길이었다. 한양으로 과거를 보러 가던 선비, 장사꾼이나 관리들이 이동하던 길이었는데, 인적이 드문 한적한 숲속에는 산적들이나 산짐승들의 위험도 있었다.

고갯마루에 죽령사竹嶺祠라는 산신당을 설치하여 길손의 안전을 빌었으며, 경상도 풍기 창락리와 충청도 단양 대강은 역사驛舍와 마방馬房과 주막들이 즐비한 역마을을 이루었다.

미수 허목許穆이 이곳을 지나면서 중국 촉蜀 지방의 잔도棧道와 같다고 읊은 詩 〈죽령竹嶺〉은 사람과 말이 힘겹게 오르는 험난한 차마고도茶馬古道가 연상되었다.

소백산과 태백산 높다고들 떠들더니
겹겹의 재 첩첩 관문 천하의 장관일세.
험준하고 가파른 산 육백 리에 뻗어 있고
아스라한 연무 속에 산봉우리 이어졌네.
꼬불꼬불 바위 잔도棧道 위태롭고 험하여
걸음마다 숨죽이고 자주 옆을 바라보네.
삼월에도 고개 위엔 눈이 아직 쌓여 있고
높은 곳엔 한기 서려 봄을 느낄 수 없구나.
촉도도 이보다는 험난하지 않을 테니
떠도는 몸 오래도록 슬퍼하게 만드누나.

1950년 7월 6일, 국군은 북한군의 남한강 도하 저지를 위해 단양 철교를 폭파한 뒤 7월 11일 죽령-오령-이화령에서 적을 저지하였다. 죽령에서 북한군 2개 사단을 저지하던 국군 8사단과 수도사단 1연대는 사력을 다해 싸웠으나 적의 공세에 밀려 7월 14일부터 풍기에서 적과 대치하면서 단양의 북한군 주력부대에 미군의 폭격을 요청하였으나, 7월 17일 단양으로 오인하고 안동을 폭격하였다.

탱크를 앞세운 적의 총공세에 밀려 7월 18일 풍기에서 영주로, 7월 23일 영주에서 안동으로 후퇴하면서 7월 31일까지 소백산맥의 험준한 지형을 이용하여 적의 공격을 지연시킬 수 있었다.

1940년대 일제는 영주와 단양을 가로막은 해발 696m의 소백산 죽령에 철길을 건설하면서 단성역과 죽령역 간의 길이 4.5Km의 대강터널을 루프식 '똬리굴'로 뚫었다.

경사가 급하여 열차의 바퀴가 레일에 미끄러지는 현상을 줄이기 위하여 수평 이동거리를 길게 만들어 구배勾配를 낮추어 고속도로의 입체 교차로처럼 땅속에서 나선형으로 한 바퀴 빙 돌아가는 터널을 '똬리굴'이라고 하였다.

일제는 터널 속에서 360° 회전하는 이 대강터널(똬리굴)을 만들어서 자신들의 기술력을 뽐내었다. 그러나 1949년 8월 18일, 이 터널 속에서 열차 탈선으로 48명이 연기에 질식하여 사망하고 309명이 부상을 입은 '똬리굴 사고'를 이곳 사람들은 잊지 않고 있다.

오늘날 고속철로는 루프식 터널이나 급커브 철로에서는 열차가 탈선하게 된다. 도담-영천 복선전철화 사업으로 신죽령 터널을 뚫어서, 단양역과 풍기역 간의 역은 폐역이 되고 '똬리굴'은 폐쇄 되었으며, 고속도로가 죽령 터널 속을 통과하면서, 구불구불한 국도는 등산객만 넘나드는 옛길이 되었다.

이제, 우리의 기술로 소백산역(희방사역)에서부터 11,165Km의 복선터널을 직선으로 새로 건설하여 소백산맥을 땅속으로 통행하는 고속전철을 운행하게 되었다.

나는 열차를 타고 어둡고 긴 죽령의 터널을 지날 때면, 승려로 위장하여 고구려를 염탐하였던 거칠부居柒夫처럼 신라의 밀정密偵이 되어 고구려 영역으로 숨어들어가는 듯 긴장감을 느끼게 된다.

터널을 빠져 나오자 눈부신 햇볕이 비늘처럼 반짝이는 남한강의 물결이 차창으로 스치는가 싶더니, 곧 단양역에 도착하였다.
남한강변의 단양역은 역 광장에 도담삼봉 모형과 널따란 주차장이 있을 뿐 흔히 있을 법한 상가나 여관은 물론 개인 주택 한 채 보이지 않았다. 역사驛舍를 나서니 남한강 강물이 출렁인다.

나는 옛 단양의 관아가 있던 단성면으로 가기 위해 놋재를 넘었다. 두악산斗岳山 고갯마루에 서울과 부산으로 통하는 중앙고속도로가 통과하고 있었다. 고속도로 교각 아래를 지나서 삼거리에 섰다. 충주호의 푸른 물이 내려다 보였다. 충주호의 물이 차오르면서 옛 단양읍 소재지의 하방리와 중방리 지역이 수몰되면서 주민들이 떠나고 상방리의 고지대 마을만 남았다.

옛날 단양 상방리와 하방리 지역에는 큰 불로 인해 마을이 순식간에 잿더미로 변하는 일이 잦았다 한다. 주민들은 화마를 방지하기 위하여 마을 중앙에 연못을 만들었는데, 지금은 수몰되어 흔적도 없다.

충주댐이 생기면서 물속에 잠기게 된 것은 화재와 더불어 수재를 당하게 되었으니, 단성읍의 수몰은 천재天災의 운명이 아닐까.

한강이 내려다보이는 상방리 언덕에 단성면 사무소와 단양 향교가 나란히 있다. 단양 향교는 본래 중방리에 있었는데, 단양 군수 퇴계 이황이 이곳으로 옮겼었다.

향교는 지방의 교육을 담당하는 학교와 선현을 기리는 공간으로서 당시 지방마다 관아의 소재지에 있었다. 지방의 향교는 서울의 사학四學과 같아서 입적자에게만 과거 응시의 자격이 주어졌으며, 소과에 입격하면 생원과 진사의 칭호를 받고 성균관에 입학하여 수학할 자격이 주어졌다.

돌로 쌓은 담장을 두른 향교의 정문 '풍화루風化樓'는 정면 5칸의 누각이다. 풍화루의 2층 누각에 오르면 남한강의 풍광이 한눈에 들어온다. 문루를 지나서 향교 마당에 들어서니 내삼문을 경계로 앞쪽에는 명륜당을 중심으로 배움의 공간과 뒤쪽에는 제사 공간인 대성전이 옛 그대로이다.

옛 단양의 역사를 말해주는 단양 군수의 불망비들은 수몰이주기념관 마당으로 옮겨졌다. 풍우에 깎이고 세월의 검버섯을 덮어 쓴 불망비와 열녀비들 중에 군수황준량영세불망비郡守黃俊良永世不忘碑도 있었다.

단양 군수 퇴계 이황은 마을 앞 한강에 보洑를 쌓아서 농업용수로 끌어들이고, 이를 기념하여 바위에 '아름다고 깨끗한 산수를 찾아 도를 회복한다.'는 뜻으로 복도별업復道別業이라 새겼는데, 충주댐 완공으로 수몰이주기념관 마당에 옮겨져 있다.

퇴계 이황은 중방리 단양천변 우화교羽化橋 상류에 있던 바위에 '탁오대濯吾臺'라고 글씨를 새겨서 이황은 이곳에서 매일 손발을 씻었는데, 군의 정사政事까지 깨끗해졌다고 붙인 이름이다.

상방리와 중방리 사이를 흐르는 단양천의 우화교羽化橋는 '날개가 돋아 하늘로 올라가 신선이 된다.'는 뜻의 '우화등선羽化登仙'에서 딴 이름이다.

단성에는 관리의 영접·유숙留宿하던 객사터[客舍地]와 관아가 있던 봉서정터鳳棲亭地, 관아의 누정樓亭 이요루二樂樓, 단양 관아의 정문이었던 상휘루터翔輝樓址가 있었으나 그 흔적조차 충주호에 잠겼었다.

중앙고속도로 상행선 단양팔경 휴게소 뒤쪽에 적성산성과 신라 적성비가 있다. 한강 건너편 금수산 아래 적성면이 바라보이는 하방리 언덕의 신라적성비新羅赤城碑는 단양이 당시 삼국의 지정학적 요충지임을 알 수 있다.

1548년 1월 10일 경에 단양 군수로 부임한 퇴계 이황은 그해 11월 초에 풍기군수로 옮겨갈 때까지 10개월의 짧은 재임 기간 동안, 가뭄에 대비하여 남한강에 복도소沼를 만들고 단양 향교를 지대가 낮은 중방리에서 지대가 높은 상방리의 두악산斗岳山 언덕으로 이전하였었다.

'5백 년 뒤의 충주댐 건설까지 예견했던 것은 아닐까…'

2. 선비의 길

1548년 가을, 단양에서 풍기로 향하는 퇴계 이황李滉은 죽령에 오르자 말에서 내렸다. 석양에 붉으스레 물들어가는 북쪽 하늘 아래 수많은 봉우리들 너머 금수산이 아스라이 먼데, 단성 골짜기에서 불어오는 스산한 바람이 갈잎을 흔들었다.

　　1534년 4월 24일, 34세의 이황은 승문원 부정자로 정식으로 출사出仕를 시작하였다가, 47세에 정삼품 승문원 참교參校에 오르기까지 춘추관과 홍문관 응교, 의정부 검상檢詳으로 강원도·충청도 어사를 겸직하였으나, 주로 사가독서賜暇讀書에 선발되어 최연崔演·엄흔嚴昕·송기수宋麒壽·임열任說·윤현尹鉉·임형수林亨秀·나세찬羅世纘·김주金澍·정유길鄭惟吉·김인후金麟厚·민기閔箕·이홍남李洪男 등 당대 뛰어난 학자들과 옥수동 두모포의 호당湖堂에서 독서로 교유交遊하였다.

그러나, 출사 시작부터 고난의 연속이었다.

1534년 4월 8일, 숭문원 부정자副正字에 권지權知(시보)로 선임되어 면신례免新禮를 치루고 예문관 검열 겸 춘추관 기사관에 임명되었으나, 권신權臣 김안로가 방해를 놓았었다. 안처겸의 옥사 때 죽음을 당한 권전權磌의 형이 이황의 장인 권질權礩이라는 이유이었으나, 영주에 전장田莊이 있는 그를 황滉이 찾아가지 않은데 있었다.

1537년, 정6품에 오르면서부터 지방관으로 나가 어머니를 봉양하려 했으나 뜻을 이루지 못하고, 10월에 어머니가 별세하자 초상을 치르는 동안에 꼬챙이처럼 말라 거의 생명을 잃을 지경에까지 이르렀다. 12월에 어머니를 온계溫溪 수곡樹谷 언덕에 장사 지내고, 1539년 12월에 삼년상을 마쳤다.

1545년 7월, 인종이 승하하고 명종이 즉위하였다. 대윤·소윤의 갈등으로 이기李芑에 의해 삭탈관직 당했다가 공론이 이를 반대하자, 10월 28일 다시 서용敍用되었으니, 독수리 발톱에 낚이었다가 겨우 빠져나온 셈이다. 명종실록(1545. 10. 28)에 사신史臣은 당시의 상황을 '여우가 휘파람을 분다'고 기록하였다.

− 한때의 명사가 거의 다 귀양 가고 죽어서 조정이 텅 비었다. 용이 죽고 범이 떠나자, 송사리가 춤추고 여우가 휘파람 분다.

1546년, 이황은 고향으로 돌아와 병으로 휴가 기한을 넘기고 돌아가지 않아 해직되었다. 낙동강이 바라보이는 토계의 동암에 터를 잡고 양진암을 짓기 시작하던 7월 2일, 부인 안동 권씨가 서울에서 별세하였다. 아들 준寯과 채寀를 서울로 급히 보내어 한강으로 시신屍身을 운구運柩하여 도산의 백지산栢枝山에 장사 지냈다.

그해 8월 16일, 교서관 교리에 임명되고, 11월 2일 예빈사 正. 지제교 겸 승문원 참교에 임명되었으나 부임하지 않았다.

1547년, 양진암을 짓다가 낙동강에 은어잡이 어량魚梁이 있어 자손들이 살 곳이 못 된다고 생각하여 다시 죽동(토계리 대나무골)으로 옮겨 짓다가 골짜기가 좁고 개울이 없어서 다시 토계로 옮겼다.

토계兔溪에 한서암과 계당이 완공되자, 시내〔川〕이름 '토계兔溪'를 자신의 호 '퇴계退溪'로 정하고 학문에 전념할 각오로 이듬해 안동 대도호부사安東大都護府使에 임명되었으나 역시 부임하지 않았으며, 8월 25일 홍문관 부응교로 임명되었다.

1547년 9월 20일, 퇴계는 부름을 받고 더 이상 고향에 머무를 수 없어 조정으로 돌아가는 길에 양평에서 양재역 벽서사건을 들었다.

– 여주女主(문정왕후)가 위에서 정권을 잡고 간신 이기李芑 등이 아래에서 농권하고 있으니 장차 나라가 망할 것 –

'양재역 벽서사건'을 듣는 순간 사화士禍를 예감하였지만 도성으로 들어가지 않을 수 없었다. 송인수·이약빙은 사형당하고 권벌·이언적·노수신·유희춘·백인걸 등 20여 명이 유배되면서, 출사出仕를 주저하던 우려가 현실이 되자 조정에 남아 있을 이유가 없었다. 건강을 이유로 청송 부사를 원했으나 뜻대로 되지 않았다.

폭풍의 계절이 지나고, 이듬해(1548년 명종 3년) 1월 13일 그가 당초 청원했던 청송青松 대신 단양 군수에 제수되었다.

"단양 군수 이황李滉은 비록 병으로 사체辭遞되기는 하였지만 갑자기 외직外職에 보임시키는 것은 부당합니다. 그는 재주가 뛰어나서 지금 사가賜暇의 선選에 들어있으니, 경사京師에 머물게 하여 고문顧問에 대비하소서."

사헌부에서 반대하였으나, 명종은 이를 불허하였다.

"백성들이 굶주려 고생하는 때에는 비록 현임 대간臺諫이나 시종이라도 외방에 차견差遣해서 백성을 진구할 수 있는 것이다. 설령 외직에 보임했다 하더라도 만일 쓸 곳이 있으면 의당 불러서 쓸 것이니, 꼭 체직할 것 없다."

단양(단산)에 부임하면서, '동호 서당의 박중초, 민경열, 남경림, 윤사추의 전석에 남겨 주다' 詩를 지어서, 이를 〈벽수단산가碧水丹山歌〉라 하였다. 단양은 고려 때 단산현丹山縣이었다.

靑松白鶴雖無分　푸른 솔〔青松〕흰 학은 비록 연분이 없으나
碧水丹山信有緣　푸른 물〔碧水〕붉은 산은 과연 인연이 있구나.

십 년을 병에 잠겨 시위소찬尸位素餐(봉록만 축냄) 부끄러워,
성은으로 오히려 군수 부절符節 달게 되었네.
청송이라 백학은 비록 연분이 없으나,
벽수라 단산은 참으로 인연인가 보네.
촛불을 내려 주던 대궐 밤 그리워라,
매화를 감상하던 동호를 떠났구나.
백성 고충 달래자니 마음과 힘 다 지쳐서,
동헌에서 도리어 고향을 생각하네.

단양 군수 퇴계는 다스리는 일이 맑고 간결하였으며 아전이나 백성들을 모두 편안하게 해주었다. 조정에서 왕을 받들어 모시는 경관京官은 조심하고 근신만 하면 거의 죄罪될 일은 없지만, 지방의 수령은 만백성을 주재하니 천하를 다스리는 자와 비록 대소는 다르지만 처지는 꼭 같은 것이다.

수령은 덕이 있더라도 위엄이 없으면 능하지 못하고, 비록 뜻이 있더라도 밝지 못하면 능하지 못한 것이다. 수령이 능하지 못하면 백성은 그 해를 입어 괴로워하고 병이 들어 길바닥에 쓰러질 것이며, 사람들의 비난은 수령의 자손들에까지 재앙으로 미칠 수 있게 된다.

단양은 높은 산 깊은 골짜기에 있어 농토가 적고 강물이 있으나 가뭄이 자주 들어서 백성들의 생활이 곤궁하였다.

하루는 매포창(매포읍)에서 굶주린 백성들에게 진휼미賑恤米를 나누어 주고 저물녘 돌아오는 길에 말 위에서 이러한 걱정을 밝힌 詩, 〈매포창진급모귀마상買浦倉賑給暮歸馬上〉을 지었다.

> 깃발 흔들고 수령되어 나가〔一麾出守〕 일 어설픈 것 부끄럽고
> 백성들 곤궁한 채 새봄 맞으니 마음속 절로 근심 되네.
> 자줏빛 낭떠러지〔紫崖〕 녹다 남은 눈을 곁에 끼고 갔더니
> 해 비낄 때 어지러운 산속〔亂山中〕을 시 읊으며 돌아오네.
> 햇볕이 풀 새싹에 입김 불어 넣어주니 사람들 부러워하고
> 거리낌 없는〔天放〕 기러기 신세 내 아직 그러지 못하네.
> 작은 고을〔十室〕 별이 통발에 비치는 것 견뎌내지 못하니
> 악기와 노래〔絃歌〕인들 어찌 민요와 풍속 바꿀 수 있으니?

단양에 온 지 달포만인 그해 2월 20일, 둘째 아들 채寀가 객지에서 급사急死하였다. 채寀는 외종조부 허경許瓊이 별세한 후 의령 종외가에서 봉제사奉祭祀와 농감農監을 하던 중에 혼인을 앞두고 그곳에서 별세하였다.

퇴계는 부인 권씨 죽음에 이어 둘째 아들의 부음을 듣고, 이때의 고통을 이렇게 기록하고 있다.

"몸이 쪼개지듯 아프다. 지탱하기 힘들다. 원통함을 이루 다 말할 수 없다."

단양은 우리나라 어느 지역보다도 물이 풍부한 곳이었으나, 오랜 가뭄으로 헐벗고 굶주린 백성들이 초근목피草根木皮(산나물과 소나무 껍질)로 간신히 연명하는 매우 곤궁한 형편이었다.

퇴계는 한강의 물을 농사에 이용하려면 보를 쌓아서 저수지를 만들어야 한다는 생각으로 한강변을 따라서 답사하였다. 오늘날 한강의 탁오대 바위 옆 여울목의 깊고 좁은 물속에 둑을 만들고 '복도소'라는 저수지를 만들었다.

퇴계는 '복도소複道沼'의 수중보 준공을 기념하여, '아름답고 깨끗한 자연 속에서 道를 회복한다는 뜻의 '복도별업複道別業'이란 친필휘호를 큰 바위에 새겼다. 퇴계의 '복도소'는 가뭄을 막고, 홍수 때는 물을 조절하여 수해를 예방할 수 있는 다목적댐이 되었다. 그때 쌓았던 수중보의 유구遺構(구조물의 흔적)는 1986년 6월 충주댐 조성으로 수몰되어버리고 퇴계의 친필휘호만 따로 보존되고 있을 뿐이다.

단양은 산자수명山紫水明한 곳으로, '퇴계의 유람할 만한 단양의 산수에 대한 속기續記'(퇴계선생문집 제42권)에,

1548년 봄, 내가 처음 단양에 수령으로 나갔었는데, 마침 그해 흉년을 만나 공사 간에 곤급困急하고, 질병의 우환이 더하여, 흉년을 다스리는 정사 외에는 항상 마음이 우울하여 문을 닫고 날을 지낼 뿐이며, 산수山水에 노는 것이 여의치 못하였다. 간혹 기민飢民을 구제하려고 때로 시냇가나 산곡 사이를 왕래하다가 한두 군데 좋은 곳

을 얻어 보았다. (…)

　고을의 서쪽에 단구협丹丘峽이 있어, 협이 끝나는 곳에서 남으로 들어가서 설마동雪馬洞에 당도하니, 동문洞門이 깊숙하고 길다. 동서의 돌벼랑에 붉고 푸른 것이 서로 마주 비치고, 맑은 샘이 솟아나고 흰 돌이 쭈뼛쭈뼛하다. 시내를 따라 몇 리가량 가는데, 그 계곡이 끝날 때까지 옥이 구르는 듯한 물소리가 사랑스럽다. 벼랑이 다해서는 넓은 골짝이 보이는데, 깊숙하고 그윽하여 살 만도 하고, 밭을 갈 만도 하니, 유유자적하며 은거해 살 만한 곳인데, 이제 백성이 수십 호만 그 가운데 살고 있으니, 애석하다. 동으로 장림역長林驛에 나와서 오른쪽으로 구부러져 시내를 따라 10리쯤 들어가면 사인암舍人巖이란 것이 있으며, 천석泉石이 매우 아름답다.
　이것은 옛 군수 임제광林霽光의 기문紀文에 나타나 있다.
　(…)
　5월에 내가 첩보牒報하는 일로 청풍淸風에 가려고 하진下津에서 배를 타서 단구협丹丘峽을 나가 구담龜潭을 경유하여 화탄花灘에서 내렸다. 이날은 비가 내렸다 개었다 하여 구름과 안개를 토하고 삼킴에 언덕과 골짜기가 나타났다 없어졌다 하여 잠깐 사이에 만 번이나 변하고 넘치는 물은 급하게 흐르니 배가 너무 빨리 가므로, 비록 그 거룩한 장관은 무궁하나 제대로 구경할 길이 없었다.

그날 밤 나는 청풍군 응청각凝清閣에 유숙하고 이튿날 새벽의 서늘함을 틈타서 사람을 시켜 배를 끌어 흐르는 물을 거슬러 올라가서 삼지탄三智灘을 지나 내매담迺邁潭 위에 이르러 지붕을 걷고 바라보니, 물이 두 골짜기 사이에서 나와 높은 데서 바로 쏟아지니, 굴러 내리는 돌이 그 아래 있는 뭇 돌을 치며 성난 기세가 분주히 달아나 구름이나 눈 같은 물결이 출렁거리고 용솟음치는 것은 화탄花灘이요, 산봉우리는 그림 같고 골짜기는 서로 마주 벌어져 있는데, 물은 그 가운데에 괴어서 넓고 맑고 엉키고 푸르러 거울을 새로 갈아서 공중에 걸어 놓은 것 같은 것은 구담龜潭이다.

화탄을 거슬러 남쪽 언덕 절벽 아래로 따라 오르면, 그 위에 여러 봉우리를 깎아 세운 것이 죽순 같아서 높이가 천백 장丈이나 되며 우뚝하게 기둥처럼 버티고 서 있는데, 그 빛은 푸르기도 하고 창백하기도 하다. 푸른 등나무와 고목이 우거져 아득하고 침침한데 멀리서 볼 수는 있어도 오르지는 못하겠다. 내가 옥순봉玉筍峯이라 이름 지은 것은 그 형상 때문이다.

구담의 북쪽 가는, 곧 적성산의 한 줄기가 남으로 달리다가 우뚝 끊어져 있다. 그 봉우리 중에 큰 것이 세 개 있는데 다 물에 다다라서 높이 빼어났지만, 가운데 봉우리가 가장 높은데 층층으로 된 바위가 다투어 빼어나고 우뚝우뚝한 돌이 서로 끌어당겨 귀신이 새긴 것 같으며 기기奇奇하고 괴괴怪怪함은 이루 다 형언할 수 없다.

이때에 처음으로 산에 비가 개어서 골짜기의 기운은 새롭고 운물

雲物이 맑고 고왔다. 마침 현학玄鶴이 가운데 봉우리에서 날아와 몇 차례 빙빙 돌다가 구름 낀 하늘로 멀리 들어가는지라, 내가 배 안에서 술을 들고 시를 읊으니, 초연히 서늘한 바람을 타고 허공에 노니는 듯한 기분이 들었다. 이 때문에 그 봉우리 아래에 있는 것을 채운彩雲이라 하고, 그 가운데 봉우리를 현학玄鶴이라 한 것은 그 보이는 대로 지은 것이고, 그 상봉을 오로五老라 한 것은 그 형상을 따른 것이다. 배를 저어 조금 올라가다가 꺾어서 북으로 가니 이미 가운데 봉우리를 지나 오로봉 아래에 배가 닿았다.

그 봉우리의 동쪽에 또 큰 봉우리가 하나 있는데, 단구丹丘 골짜기와 서로 이어졌으니, 이것은 지지地誌에 이른바 가은암 산이며 가은성可隱城이 그곳에 있다.

물이 장회탄長會灘으로 흘러 서쪽으로 구봉龜峯 언덕에 부딪쳐 돌아 구담의 머리가 되고, 또 북으로 돌아서 서쪽으로 꺾어서 구담의 허리가 되고, 구담의 꼬리는 채운봉의 발치에서 다하였다.

가은봉이란 곳은 물이 북으로 돌아 서로 꺾어지는 구비에 이르고, 서쪽으로는 오로봉과 서로 대하였고, 그 두 봉우리 사이에 골짜기가 있으니, 아연하게 남으로 향하였으며, 깊고 고요하여 사람의 자취가 끊어졌고 동문洞門 밖에 편편한 자갈밭[磯]이 있는데, 물에 다다른 것이 마루와 뜰 같아서 낚시하며 놀 수가 있다.

86 시 읊으며 거닐었네

오용길, 구담 가는 길

오직 이 한 구비에서 모든 경치가 모여 있는 것을 감상할 수 있으니, 옛사람이 가은可隱이라 이름 지은 뜻이 여기에 있을 것이다. 이에 내가 미투리를 신고 대지팡이를 짚고 운문雲門을 두드리고 고적古跡을 찾아 옛사람이 은거하던 곳을 찾아 은자의 약속을 맺고자 하여도 병 때문에 그렇게 할 수 없었다. 그래서 두자미杜子美의, '어느 때나 한 띳집[茅屋]으로 흰 구름[白雲] 가에서 늘그막을 보낼꼬.'라고 한 글귀를 세 번이나 읽고 깊이 탄식하였다. 그 구봉은 동으로 못 복판을 막아주고, 북으로 못 구비를 내려다보는데 붉은 벼랑 푸른 절벽이 더욱 그 가운데에 빼어나니, 이것은 한 못으로 말미암아 이룩한 것이라 구봉龜峯이라 이름을 지은 것이다.

이를 지나서 단구협으로 들어가니, 단구협의 절승함은 탁영공의 이요루二樂樓 기문紀文에 다 기록되어 있으므로, 나는 말하지 않을 것이다. 아아, 탁영공이 일을 좋아하고 기이함을 숭상하여 다만 단구丹丘, 골암鶻巖에만 관심을 쏟고 다른 데에 미치지 않음은, 진실로 이것은 버리고 저것만 취한 것이 아니라, 대개 공의 본 바가 지나가는 틈에 본 것이니 두루 미치지 못했던 것이 당연하다. 그러나 임후는 이곳의 수령이 되어 놀 만한 산수는 마땅히 모두 얻어서 기록하였을 것인데, 선암仙巖은 잘못 기록하고 구담龜潭은 미치지 못했으니 어째서인가. 승람勝覽 글을 펼쳐 보면, 조그마한 물과 조그마한 두둑이라도 다 채집하여 기록하였는데, 구담에 대해서는 겨우 그 이름만 기록하였고, 도담島潭에 대해서도 아예 언급하지 않았으니, 이것이

내가 한스럽게 여기는 까닭이다.

비록 그렇긴 하지만 산수를 좋아하는 것은 그 맑고 높음을 좋아하는 것이다. 맑은 것은 스스로 맑고 높은 것은 스스로 높은지라, 사람이 알아주고 알아주지 못하는 것이 무슨 상관이 있겠는가. 산과 물은 스스로 한탄하지 않는데, 나는 한탄하니, 이것은 내가 어리석은 것이다. 그러나 내가 한탄하는 것은 사람들에게 알려지지 못한 것을 한탄하는 것이 아니라 탁영공에게 알려지지 못한 것을 한탄하는 것이다. 그러나 탁영공의 기문에, "말을 단구에 세우고 가은可隱을 바라보니, 어렴풋이 신선될 난가爛柯 생각이 있다."라고 하였으니, 이는 비록 구담을 보지는 못하였으나 구담의 절승함은 이미 홀로 가슴 가운데 얻은 것이니, 내가 또한 무슨 한탄이 있겠는가. 특히 한 읍 안의 신령스럽고 참된 경지인 적성산 같은 곳은 나의 발길이 아직 미치지 못하였으니, 그렇다면 또다시 구담보다 더 좋은 곳이 있을 줄을 어찌 알겠는가. 그러니 내가 얻을 것은 무궁無窮하게 될 것이다. 이해 6월 모일에 진성 이황은 쓴다.

〈유람할 만한 단양의 산수에 대한 속기續記〉*

퇴계는 단양의 빼어난 절경을 부지런히 현장을 답사하여, 아홉 달 남짓 재임 기간에 〈단양산수기〉란 책을 남길 만큼 이곳의 산수를 사랑하였다.

---

*한국고전번역원 | 권오돈, 권태익, 김용국, 김익현, 남만성, 성낙훈, 안병주, 이동환, 이식, 이재호, 이지형, 하성재 (공역) | 1968.

'단양 8경'에 퇴계는 각각 이름을 짓고 친필휘호를 써서 바위에 새겼다.

> 산은 단풍으로 물들고 강은 모래벌로 빛나는데
> 삼봉은 석양을 이끌며 저녁노을을 드리우네.
> 신선은 배를 대고 길게 뻗은 푸른 절벽에 올라
> 별빛 달빛으로 너울대는 금빛 물결 보러 기다리네.

오늘날 회자膾炙되는 '두향과 퇴계의 사랑', '뱃놀이를 즐기며 서로 마음을 주고받다가 퇴계가 떠난 후 두향은 수절하였다.'는 퇴계와 두향의 사랑 이야기가 사실일까?

만약 그것이 사실이라면, 공자는 '아름다운 여색을 좋아하는 것과 같이 하라.' 하셨으니, 퇴계가 여색을 좋아함은 인지상정人之常情이 아닌가.

그러나 이는 사실이 아닌 것으로 밝혀졌다.

1541년 6월 5일, 퇴계는 홍문관 수찬으로 성절사 홍춘경 행차의 자문 점마관으로 의주에 갔다. 평양을 지낼 때, 평양감사가 한 여인을 누이라고 속이기까지 하여 천거하였으나 끝내 돌아보지 않았다. 그날 객관에서 〈청심당淸心堂〉 시를 지어 읊었다.

虛檻疎櫺愛此堂　빈 헌함 성긴 기둥이 마루를 사랑하여
病夫安臥洗塵忙　병든 나그네 편안히 누워 여독을 풀었네.
那堪主帥挑人醉　고을 원님이 사람을 취하게 만듦을 어찌 감
　　　　　　　　당하랴.
不分紅粧笑客涼　손님 마음 녹이려는 기생의 웃음이 난감하구나.

〈청심당淸心堂〉詩에서, 당시 41세의 퇴계가 조선에서 절세미인들만 모인 평양 기녀를 돌아보지 않았는데, 단양의 관기 두향과 노닐었을까? 두 분이 만나기나 했을까?

1726년 6월, 사양재 강호보姜浩溥가 단양을 유람하고 〈상유사군산수기〉를 지었다.

강선대 정남쪽에 한 외로운 무덤을 단양 사람들이 말하기를,

"이것은 단구 기생의 무덤입니다. 그 기생이 이 강선대의 경치를 좋아하여 '내가 죽거든 강선대 건너편에 묻어 주세요. 그렇지 않으면 죽어서도 당신을 보러 올 거예요.'라고 하였다. 얼마 후 그녀가 죽자 여기에 묻어주었습니다."

하지만 나는 그 말이 믿기지 않아서 단구에 도착하자 늙은 기생을 불러서 그 일을 물었더니,

"정말 그렇습니다. 그녀가 죽은 지 겨우 10여 년 지났습니다. 나이 스물두 살에 병도 없는데 죽었습니다."

1726년에 실재를 기록한 강호보의 〈상유사군산수기〉에는 퇴계에 관한 언급이 없으며, 그로부터 10년여 전은, 1710년 무렵이니, 퇴계의 단양 군수로 재직 한 1548년과는 무려 160년의 차이가 난다.

남한강이 옥순봉과 어울려 구담을 이룬 단양의 풍광이 단구丹丘로 불릴 정도로 산수가 수려하여 이곳을 지나는 선비들의 시심詩心을 자극하여 춘향전이 여러 형태로 구전되듯이 점점 더 흥미롭게 이야기를 덧붙여 춘향전식 '두향전'은 캐릭터(Character)가 남다른 도덕군자이며, 단양의 선경이 배경이기 때문이 아닐까.

그중에서도 단릉 이윤영李胤永은 부친 이기중이 단양 군수로 부임할 때 함께 내려와서 5년 동안 머물면서 지은 문집 속에 〈산사山史〉편에 퇴계와 두향이 함께 배를 타고 남한강을 유람한 것으로 기록한 것을 1976년 정비석(정서죽)이 《명기열전》을 조선일보에 연재하였다. 그러나 단릉은 〈산사山史〉의 말미에 '믿을 만한 것인지 아닌지는 알지 못하겠다.'고 기록한 것으로 보아, 단릉 이윤영도 정비석도 허구를 흥미롭게 각색한 것이다.

퇴계의 15대 종손 이동은李東恩 공은 101세를 살면서 매일 아침 의관을 정제하고 퇴계 선생을 모신 사당에 참배하였고, 여행 전후에는 반드시 사당에 고하였으며, 도산서원 성역화와 퇴계학연구원 설립과 유림 화합에도 주도적 역할을 했다.

그러나 도산서원 상덕사에 여성들의 참배[謁廟]를 허용했으며, 제례를 시대 흐름에 맞게 실천하도록 주장하고 먼저 실천할 정도로 종손은 늘 열린 마음이었다. 충주댐 건설로 두향 묘를 강선대 위쪽으로 이장할 때 이동은 공은 두향 묘에 잔을 올렸었다.

'단양 문화 보존회'에서 해마다 '두향제'를 열어서 퇴계를 추모하고 있다. 이는 지금도 퇴계를 잊지 못하고 있다는 것은 분명한 사실이다.

퇴계와 두향의 사랑 이야기가 여러 형태로 전해지고 있는 것은 탓할 이유가 없다. 그러나 역사는 과거의 사실을 현재의 관점에서 기술하는 것이다. '두향제'가 미래의 어느 시점에서 역사화 될 가능성을 배제할 수 없다. '춘향전'이 역사가 아니라 소설로 여기듯이 '두향 이야기'도 소설 '두향전'으로 분명하게 확정해야 한다.

자하紫霞 신위申緯는 그를 사모하던 젊은 여인 변승애卞僧愛에게 〈내 나이 묻지마오[莫問郎年歲]〉시 한 편으로 달래었다.

澹掃蛾眉白苧衫　고운 눈썹 흰 모시 적삼 여인이
訴衷情話鶯呢喃　마음에 정든 말 재잘재잘 얘기하네.
佳人莫問郎年歲　고운이여 내 나이 몇인지 묻지마오,
五十年前二十三　오십 년 전엔 나도 스물 셋이었다오.

퇴계는 3,500여 수의 詩를 여사餘事로 지어서 읊었으니, 〈두향에게[贈杜香]〉 시 한 수쯤 없을 리 있을까.

1548년 11월의 스산한 바람이 단성 골짜기에서 소백의 죽령으로 불어 도포자락을 날리는 삭풍은 퇴계의 마음까지 뒤흔들었다. 눈이 부신 듯 지그시 뜨고 북쪽 하늘을 응시했다. 금수산의 높고 낮은 산봉우리 뒤로 저녁노을이 붉게 물들고 있었다. 청운의 꿈을 품고 시작했던 지난 날, 소윤과 대윤의 틈바구니에서 크고 작은 사화로 가슴 아파했던 사건들이 주마등처럼 스친다.

'이 어찌 임금의 탓이라 할 수 있으랴.'

임금에 대한 섭섭함도 이제 한갓 바람처럼 스치올 뿐, 진사립을 고쳐 쓰고 옷깃을 여미어 명종 임금이 계신 한양을 향해 엎드렸다. 단종이 폐위되자, 뚝향나무를 뜰에 심고 국망봉에 망배단을 쌓아 단종이 계신 영월을 향해 엎드려 호곡했던 할아버지의 충절에 얼굴이 붉어진다. '이 길이 임금에 대한 불충이 아닌지……'

그때, 단양 관아의 아전이 삼꾸러미를 짊어지고 올라왔다.

"이 삼은 관아의 밭에서 거둔 것입니다. 가져가십시오."

"관아의 물품인데 내가 사사로이 받을 수 있느냐?"

"사또의 전출노자로 드리는 관례가 있습니다."

"다음 군수가 부임하거든 기민구제에 쓰시라 일러라."

단양을 떠나올 때 짐꾸러미는 다만 괴석 두 개가 실렸을 뿐이었으며, 떠난 뒤에 단양의 아전들이 관사官舍를 수리하려고 들어가 보니, 방과 창의 도배지는 모두 새것으로 깨끗하고 침 자국이나 물 얼룩이 하나도 없었다고 한다.

1548년(명종 3년) 11월, 퇴계 이황은 풍기군수로 부임하였다. 풍기는 영천군·풍기군·봉화군 지역을 관할하는 순흥도호부에 속한 기천현基川縣이었으나, 1457년(세조 3) 단종복위 사건으로 순흥도호부가 해체되면서 풍기군으로 승격되었다. 기천基川의 기基와 은풍殷豊의 풍豊자를 따서 풍기豊基군이 됐다.

소백산맥이 서남쪽으로 뻗어 내리면서 북서쪽의 고구려와 남동쪽의 신라가 서로 대립하던 국경이었으나, 신라 아달라왕阿達羅王 5년에 처음으로 길이 열린 이후 사람과 물자가 왕래하는 관문이 되었다.

풍기는 공물을 바치고 왕래하는 사자使者를 보내고 맞이해야 하는 역참驛站으로서, 풍기 군수 이한일李漢一이 당시의 아전으로는 차역差役에 분배할 수 없는 어려운 형편을 상소上訴하였다.

정조正祖는 조정에서 죽령을 쓸모없는 땅으로 보아 쇠잔한 상황에서 벗어나지 못하였으니 좋은 계책이 아니었다고 하면서,

"죽령竹嶺의 형세로 볼 때 풍기군은 큰 고개에 위치해 있어 관방關

防의 인후咽喉가 되는 곳이다. 임진왜란 때 왜적이 봉우리에 말을 타고 서 있을 수도 없었다고 하니, 그곳이 하늘이 낸 험준한 곳임을 알 수 있다. (…) 일찍이 도백을 지낸 사람과 널리 상의하여 훗날 빈대賓對에서 품처稟處하도록 하겠다."

풍기군은 죽령 남쪽에 위치해 있는데, 안동, 예천, 순흥, 영천榮川 지역의 공물을 수송하는 길목이며, 영남의 관문으로서 국가가 위기에 처했을 때 보장保障으로 삼을 수 있는 요충지이다.

퇴계가 부임할 당시의 풍기 관아는 홍인동리興仁洞里에 있었는데, 오늘날 봉현면鳳峴面 오현 1리 지역이다. 풍기 관아의 남쪽에 있던 남원南院은 관원과 여행객들의 숙박지인 원院이 있어서, 지금도 남원다리, 남원천 등은 남원南院에서 비롯된 것이다.

조선시대의 원院은 역驛과 역 사이에 설치되어 있었는데, 남원은 창락역과 창보역 사이에 있었으며, 풍기군에서 관리하면서 군의 남쪽에 있다 하여 남원이라고 불렀다. 원은 주로 교통상의 요지에 자리 잡고 있어 교역의 중심 역할을 하면서 상고商賈(상인)들이 많이 드나들면서 교역이 활발하였다. 오늘날 풍기에는 농공단지와 인견 및 인삼매장이 활발한 것도 역사적인 맥락에서 볼 수 있다.

풍기는 정감록에 승지로 꼽히는 곳으로, 그 가운데서도 금계리·삼가리·욱금리 일대는 넓은 들을 끼고 있는 공원산은 소백산의 기운을 최종적으로 품고 있는 진산이다. 공원산을 마주한 소백산의 금계 바위金鷄岩는 수탉의 벼슬을 닮았으며, 금계리에는 풍기 향교와 풍기군 관아가 있었다. 일제 강점기에 풍기 관아 터는 풍기초등학교가 들어섰으며, 욱금동 일대는 금계 저수지 물속에 잠겨 있다.

오늘날 순흥順興은 면 단위의 작은 행정구역이지만, 본래 고구려의 급벌산及伐山이었던 것을 신라에서 급산岌山으로, 고려에서 흥주興州로 고쳤다가 소백산에 둘러싸인 안전한 십승지十勝地로 알려지면서 고려의 충렬왕·충숙왕·충목왕의 태胎를 묻고 순흥부順興府로 승격되었다.

순흥順興은 소백산 아래 죽계 시냇가에 있어 동쪽으로 안동 내성현奈城縣 경계까지 30리 거리이다. 또한 내성奈城·봉화奉化 등지를 넘어 본 고을 와란면臥丹面이 있으며, 관식산觀式山에 이르러 그친다. 남쪽으로는 영천군榮川郡 경계까지가 10리이다. 서쪽으로는 풍기군 경계까지가 5리이다. 또 풍기 땅을 넘어 10리 되는 곳에 대룡산면大龍山面이 있는데, 이는 풍기와 영천 두 고을 사이에 있다. 또 풍기 땅 욱금동郁錦洞을 넘어 20리 되는 곳에서부터 단양군의 경계에 이르기까지 본 고을 죽령과 창락면昌樂面에 있다. 북쪽으로 마아령馬兒嶺을 넘어 영월부寧越府 경계까지 50리다. 서울에서부터 430리이다.

조선이 건국하면서 1413년(태종 13) 순흥도호부로 승격하여 영주군·풍기군·봉화군 지역을 관할하는 순흥도호부의 읍치邑治로서 관아와 육방 관속 건물과 흥주객관이 있었고, 지금도 60여 m의 성벽이 남아있다.

지금의 순흥면 사무소 일대는 관아의 남대문인 봉서루鳳棲樓·흥선대원군의 척화비斥和碑·줄지어 서 있는 공덕비·관아의 연못과 봉도각을 비롯하여 '興州都護府衙門'과 '鳳棲樓' 현판과 청동주물의 손잡이가 돌출한 '順興府印'이 양각된 관인官印 등이 조선시대 순흥도호부의 역사관으로 살아남아 있다.

순흥에는 오늘날의 사립대학과 같은 소수서원이 있어서 안동을 비롯한 경상도의 선비들이 공부하던 곳이며, 1906년 영주 최초로 사립 소흥학교紹興學校가 봉서루에 개교한 교육 중심지이다.

오늘날 전통 묵집 앞에 대평들을 기반으로 한 의성 김씨 김부잣집(김교림)의 99칸 기와집의 연못과 별당이 있었다고 하니, 순흥이 왜 십승지임을 알 것 같다.

순흥順興은 온 고을이 피를 흘렸던 고통스런 역사도 지녔다.

단종의 복위를 도모하다 순절殉節한 700의 넋을 기리는 제단祭壇인 금성단錦城壇이다. 단종이 영월로 유배될 때 세종의 여섯째 왕자 금성대군錦城大君은 삭녕에서 이곳 순흥으로 유배지를 옮겨왔다. 금성대군은 생전에 단종의 안전을 부탁한 맏형 문종의 유언을 받들어

단종 복위를 꾀하고 있었다.

1456년(세조 3), 금성대군은 순흥부사 이보흠을 중심으로 유배지의 군사와 향리들을 결집시키고 경상도 사림에 격문을 돌려서 의병을 일으킬 준비를 하였으나, 시녀 김련과 관노가 격문을 빼내 밀고하는 바람에 들통이 나버렸다. 안동부사 한명진이 군사를 이끌고 와서 순흥도호부에 불을 지르고 생명이 있는 것은 무참하게 죽였다.

당시 풍기 현감 김효급이 세조에게 알리자 한양에서 철기군이 출동해 2차 학살을 저질렀다.

이 사건으로 순흥도호부는 해체되어 이웃 군현에 편입되었고, 금성대군과 순흥부사 이보흠李甫欽을 비롯한 700여 명의 양민이 죽임을 당하는 '정축지변丁丑之變'으로 그 핏물이 죽계를 따라 20리 밖의 동촌리까지 흘렀다고 하여 '피끝마을'이다. 죽계가 동촌을 지나서 영주 시내 서쪽을 흐르는 서천은 물길이 두 차례 옮겨졌는데, 한 번은 용이 옮기고, 한 번은 사람이 옮겼다고 한다.

죽계에 흐르는 물 발원함이 깊으니
소백산 구불구불 산세 절로 웅장하여라.
회복된 고을에서 충의를 알 수 있으니
이후가 어찌 사육신의 풍도에 부끄럽겠는가.

1959년 9월 17일, 사라호 태풍이 영주를 통과할 때 '정축지변丁丑
之變'의 그 핏자국을 휩쓸어간 것이다. 1962년, 물길을 지금 위치로
새로 뚫었다. 철탄산 자락과 시내 한복판 구성산 주변의 영주 옛 거
리와 물길의 흔적이 남아 있다.

정축지변으로 해체되었던 순흥도호부는 1683년 남구만南九萬이
숙종 임금에게 건의하여 복구되었다.

"순흥부는 마을의 진소陳疏로 다시 설치하도록 하였는데, 봉화·풍
기를 분할하여 붙이는 것은 지극히 불편하므로, 풍기·순흥을 한 큰
고을로 만들어 죽령 밑에 두어 관방關防을 만들만합니다."

순흥 읍내에 있는 오래된 은행나무는 나뭇잎이 오리발 모양이어
서 압각수鴨脚樹라 하였다. 성호 이익李瀷이 김득대金得大에게 준 전
별 詩 〈순흥 수령 김군진을 보내며〉에 은행나무의 징험이 있다.

높다란 소백산 빼어난 기운 부동하는
선경이 펼쳐진 데 큰 고을 벌여 있네.
부임하는 길에는 채색 구름 깔려 있고
은행나무(鴨樹) 노래에서 풍속이 징험되네.
봉양 위한 수령 자리 아닌 게 아쉽지만
순리로서 이름이 전해지기엔 충분하리.
여생을 문을 닫고 옛 시절을 생각하니
삼십 년 전 그 지역 유람했던 적이 있네.

단종 복위 운동(1457년)에 참여했던 순흥 부사 이보흠과 700여명이 죽고 그 은행나무도 뒤따라 말라 죽었다. 이곳을 지나던 어떤 노인이 말했다.

"홍주興州 고을이 폐해져서 은행나무가 죽었으니, 은행나무가 살아나면 홍주가 회복될 것이다."

200여 년이 지난 1681년 봄에 은행나무에 새순이 돋고 잎이 퍼지더니, 1683년에 과연 홍주부興州府가 회복되자, 이곳 주민들은 압각수鴨脚樹를 성황목으로 매년 정월 대보름날 동제를 올린다.

정월대보름이면 두레골 상당上堂(금성대군당)으로 가는 제례 행렬이 순흥을 출발하여 여근동을 지나 당고개를 너머 두레골로 향했다. 여근동女根洞은 순흥면 청구리의 조산정造山亭 뒤쪽의 계곡을 올라가면 산 정상 아래쪽의 지형이 여근과 흡사하여 여근동 또는 늘근리(늘그이)로 구전口傳되어 왔다.

여근동 마을 앞 숲에 크고 작은 2기의 남근석 돌기둥은 선사시대의 거석기념물로서, 겉면이 투박한 남근석이 저 멀리 여근곡을 향하고 있다. 이 마을 사람들은 이곳에 사당을 지어서 다산과 풍요를 기원하고 있다.

1549년(명종 4), 풍기 군수 퇴계는 1월부터 백운동서원白雲洞書院에서 직접 강講하였다. 풍기 군수로서 정축지변으로 침체된 순흥을 다시 진흥시키는 방안으로 지역 유생을 교육하는 서원의 동주를 겸직한 것을 다행으로 생각하였다.

퇴계는 공무를 보는 여가에 서원에 가서 제생들과 강론하였다. 강학講學할 때는 반드시 고인古人의 학문을 반복하여 자세히 설명한 결과, 선비들의 기풍이 크게 진작되어 학문을 하는 데는 스승이 있어야 할 뿐 아니라, 또 그 스승을 존경해야 함을 알게 되었다. 〈순흥으로 가던 도중에 취하여 돌아오다〔順興途中醉歸〕〉

> 외로운 말 봄 바람에 옛 성터 애도하듯 우는데,
> 성 밖 해자터엔 다만 농부들 밭 가는 것 보이네.
> 그 당시 번화했던 일 알아보고자,
> 안후의 〈죽계별곡〉 들어본다네.
>
> 태평촌에 물 졸졸 흐르는데,
> 푸른 버들 봄바람에 날리고 해는 서산에 가리웠네.
> 태수 취하여 돌아오는 길 사뭇 인사불성인데,
> 떨어지는 꽃잎 말발굽 사이로 어지러이 흩날리네.

강학을 통하여 백운동서운 설립의 취지가 도학의 창달暢達에 있음을 밝힌 詩, 〈백운동서원시제생白雲洞書院示諸生〉을 지어서 제생들에게 주었다.

소백산 남쪽 터 옛 순흥 땅에〔小白南墟古順興〕
죽계의 물 차갑게 쏟아지고 흰구름은 층을 이루었네.
인재 내어 도통 지키니 공 얼마나 거룩하며
사당 세워 성현 높이니 이런 일 일찍이 없었네.
우러러 흠모하니 절로 준결한 석학〔俊碩〕 모여 들고
학문을 닦는〔藏修〕 것은 훌쩍 뛰어오름 흠모 아니라네.
옛사람 볼 수 없어도 그 마음은 오히려 볼 수 있나니
연못에 달 비치니 금방이라도 얼음이 얼듯 하네.

순흥順興은 고려 때 주자학자 안향安珦이 살던 곳으로 오래전부터 순흥 安씨의 세거지였다. 그는 일찍이 충선왕을 좇아 원나라에 갔는데, 원나라의 승상이 전지傳旨하기를,

"너희 임금은 어찌하여 우리 공주와 가까이하지 않는가."

"안방의 일이야 외신外臣이 알 수 없는 것이오. 오늘 이것을 가지고 질문하니, 들을 가치가 없지 않겠소."

안향安珦은 학교가 날로 쇠퇴하는 것을 근심하여 섬학전贍學錢을 설치할 것을 건의하였다.

1542년(중종 37), 풍기 군수 주세붕이 백운동 서원을 세웠다. 이는 문성공 안향安珦을 봉사하기 위하여 건립하였다.

1548년 11월에, 이곳 군수로 부임한 퇴계 이황은 '이미 무너진 학문을 다시 이어서 닦는다〔旣廢之學 紹而修之〕' 의미에서 따온 '소수紹修'를 서원의 명칭으로 하였다.

소수서원은 선비정신을 뜻하는 학자수學者樹라 불리는 울창한 소나무 숲속에 소수서원을 품고 있었다. 서원 입구에 커다란 당간지주가 있어, 원래 이곳에는 사찰이었음을 알 수 있다. 통일신라시대에 세워진 숙수사宿修寺로서, 소수서원紹修書院의 '소수紹修'는 '숙세선연 조계산수宿世善緣 曹溪山水'라는 숙수사가 지닌 불교 용어에서 비롯된 이름이다.

서원의 정문인 지도문志道門 오른쪽에 주세붕이 세운 경렴정景濂亭은 안향 선생을 높이 모신다는 뜻에서 '경景'자를 취하고, 중국 북송의 학자 염계濂溪 주돈이周敦燎의 '렴濂'을 따서 지었다.

유생들이 이곳에서 시를 짓고 학문을 토론하며 마음의 여유를 찾던 곳으로 정자 옆의 노거수 은행나무는 경렴정과 같은 연륜을 지니고, 지금도 500여 년의 풍상을 견뎌내고 있다.

정자에는 초서의 대가인 고산孤山 황기로黃耆老가 쓴 현판과 주세붕周世鵬·안현安玹·황효공黃孝恭 등의 유림들의 시판詩板들이 걸려 있다.

퇴계는 경렴정을 '맑고 깨끗한 정자[蕭洒一虛亭]'라고 읊었다.

풀에도 나와 같은 뜻 있으며,
시내는 다하지 않는 소리 머금었다네.
노니는 이 믿지 못하는 듯하지만,
맑고 깨끗하게 정자 하나 서 있네.

경렴정 동쪽 죽계천 건너편의 바위에 주세붕이 새겼다는 붉은 글씨의 '敬'자와 퇴계 이황이 쓴 '白雲洞'이 선명하다. 주세붕은 백운동 서원을 창건한 후 이 바위에 '敬'자를 새기고,

"회헌(안향) 선생을 선사로 경모하여 서원을 세우고 후학들에게 선사의 학리를 수계受繼하고자 하나, 세월이 흘러 건물은 허물어져 없어지더라도 '敬'자만은 후세에 길이 전하게 되리라."고 하였다.

퇴계는 경자敬字 바위 옆에 정자를 지어서 '취한대翠寒臺'라 하였다. '연화봉 푸른 솔의 기운과 죽계의 시원한 물빛에 취하여 풍류를 즐긴다.'는 뜻으로, 〈송취한계松翠寒溪〉에서 따온 것이다.

깎아지른 바위 시내 굽어보고 기세 뛰어나갈 듯한데,
기이한 곳 찾다가 비로소 얻게 되니 모두들 기뻐하네.
우거진 풀 잘라내고 푸른 벽 열고 보니,
평평한 누대 규모 있어 비취빛 안개 끌어당기네.
정말로 어른과 아이 데리고 놀기 좋은 늦봄이건만,
도리어 생각나네, 소나무 잣나무 겨울 추위 견디던 때를.
스스로 부끄럽네, 늙은 고을원 심히 꺾이고 무너졌는데도,
높이 올라 여러 어진 이 곁에 끼어 앉을 수 있음이.

퇴계는 19세 때 성균관에 갔을 때, 문묘에 알성하던 조광조趙光祖를 잊을 수 없다. 곤룡포에 서대犀帶를 차고 패옥佩玉을 늘어뜨리고, 익선관에 홀笏을 잡은 조광조가 중종과 함께 문묘에 알성하던 위엄은 하늘 높이 떠있는 봉황鳳凰이었다.

퇴계는 조광조의 개혁 정치 실패를 학업의 미숙으로 보았다.

"정암은 천품이 신실하고 아름다우나 학력이 충분하지를 못하여 그 베풀어 한 바가 지나침을 벗어나지 못하여 일을 그르치게 된 것이다. 만약 학력이 충분하고 덕기德器가 성취된 뒤에 세상일을 담당하였더라면 그 성취한 바를 쉽게 헤아릴 수 없었을 것이다."

퇴계는 정암과는 대조적으로 간접적이나마 근본적인 수단인 교학教學으로서의 현실참여에의 길을 택하였다. 그에게 있어서 현실문제의 해결은 학구생활을 통하여 성리학의 발전을 도모하고 후진의 교회教誨(교육으로 뉘우침)를 통하여 먼 장래를 기약하려는 보다 원대한 계획이었다. 정치와 윤리를 강조하는 것은 도의가 문란하고 인류이 쇠잔함을 반증하는 것이다.

유교사상은 선비를 가르침으로써 문예적 교양인을 기르려는 현세적이며 합리주의적 윤리를 바탕으로 한다. 유학은 본질적으로 윤리와 정치를 불가분의 관계로 보는 현실성을 그 특징의 하나로 하고 있지만, 야은 길재를 필두로 하는 산림학파들은 대개 사학으로써 교육을 창도하였고, 이는 영남사림의 학통으로 연결된다.

예교를 중시하는 도학은 사림파의 정신적 바탕이다. 이들과는 달리 퇴계는 예교적 도학정신을 구현하는 데, 그가 36년간의 관직생활에도 불구하고 도학으로 입신할 수 있었던 것은 시대 기류에 민감한 혜안慧眼을 지녔기 때문이다.

퇴계는 조정암과는 달리 훈구파와의 정면 대결의 길보다는 성리학 본연의 길을 택하였던 것이다. 이 점에 있어서 정치 지향성으로부터 윤리 지향으로 나아가려는 산림철학의 기반을 구축하기 시작하였다. 사화는 항상 사림파의 패배의 결과로 나타났으나 네 차례의 사화가 지나간 뒤에는 오히려 훈구파가 보이지 않게 되었다. 사림파의 대두는 역사적인 대세였던 것이다.

퇴계는 정교 지향에서 예교 지향으로 교학 이념을 전환시키는 원동력이 곧 사림정신이며, 그 힘의 진원이 곧 선비라고 본 것이다.

연암 박지원은 그의 《연암집》의 엄화계수일 잡저罨畫溪蒐逸雜著 〈原士〉에서 선비와 사대부의 개념을 명확히 하였다.

"무릇 선비〔士〕란 아래로 농·공과 같은 부류에 속하나, 위로는 왕공王公과 벗이 된다. 지위로 말하면 농·공과 다를 바 없지만, 덕으로 말하면 왕공이 평소 섬기는 존재이다.

선비 한 사람이 글을 읽으면 그 혜택이 사해四海(세상)에 미치고 그 공은 만세에 남는다. 《주역》에 '나타난 용이 밭에 있으니 온 천하가 빛나고 밝다〔見龍在田 天下文明〕.'고 했으니, 이는 글을 읽는 선비를 두고 이름인저! 그러므로 천자는 '원래 선비〔原士〕'이다.

선비는 생민生民의 근본을 두고 한 말이다. 그의 작위는 천자이지만 그의 신원身元은 선비인 것이다. 작위에는 높고 낮음이 있되 신원이 변화하는 것은 아니며, 지위에는 귀천이 있되 선비는 다른 데로 옮겨지는 것이 아니다. 작위가 선비에게 더해지는 것이지, 선비가 변화하여 어떤 작위가 되는 것은 아니다.

대부를 '사대부士大夫'라 하는 것은 높여서 부르는 이름이요, 군자를 '사군자士君子'라 하는 것은 어질게 여겨서 부르는 이름이다. 또 군졸을 '사士'라 하는 것은 많음을 나타낸 것이니, 이는 사람마다 사士라는 점을 밝힌 것이요, 법을 집행하는 옥관獄官을 '사士'라 하는 것은 홀로임을 나타낸 것이니, 이는 천하에 공정함을 보인다는 뜻이다. 그러므로 천하의 공정한 말을 '사론士論'이라 이르고, 당세의 제일류를 '사류士流'라 이르고, 사해四海에서 의로운 명성을 얻도록 고무하는 것을 '사기士氣'라 이르고, 군자가 죄 없이 죽는 것을 '사화士禍'라 이르고, 학문과 도를 강론하는 곳을 '사림士林'이라 이른다."

퇴계로 비롯되는 서원교육운동은 이러한 사림정신의 배양지로서 종적으로는 학통의 계승과 발전을 도모하고, 횡적으로는 학파의 연계와 유대가 이루어지게 되었다. 이는 당쟁이 극렬화되기까지 전국적으로 교학과 문운을 융창隆昌시켰으며 각 학파 간에 선의의 학술논쟁은 학문 발전의 활력소가 되기도 하였다.

퇴계 당시의 교육기관은 관학으로서 중앙에 성균관과 사학, 지방에는 향교가 있었다. 성균관은 관리를 양성하는 교육기관으로, 과거의 소과인 생원·진사시에 합격하거나, 사학四學·문음門蔭의 승보생陞補生이나 문과 향·한성시 일도一度 합격자, 현직 관리 중 참상參上, 참외관參外官 등은 시험 없이 입학할 수 있었으며, 생원·진사가 문과에 급제하려면, 성균관에 입학하여 공부하는 것이 빠른 길의 하나였다. 성균관에 입학한 생원·진사를 상재생上齋生이라고 했다.

성균관 유생은 엄격한 학칙을 지켜야 하는 타율적 규제를 받기도 하였지만, 유생들은 재회齋會라는 자치회를 구성하여 유소儒疏, 권당捲堂, 공관空館 등을 행사했다. 권당捲堂(동맹)은 자신들의 의사를 관철시키고자 하는 의도에서 식당에 비치된 도기到記(출석부)에 원점圓點(출석기재)을 거부하는 행위이다. 공관空館은 유생들이 성균관을 떠나는 시위 방법이었으며, 성균관 유생의 유소儒疏는 무조건 접수하여 비답批答(왕의 답변)을 내리는 것이 관행이었다.

이는 '사습士習의 원기元氣'라고 하여 자유로운 비판정신을 일깨워줌으로써, 국가 미래의 이상을 가지게 하려는 배려였던 것이다.

성균관에서 운영·관리하는 사학四學은 한양에 있던 국립 교육기관인 동학東學·서학西學·남학南學·중학中學 등 사부학당四部學堂의 약칭이다. 사학은 성균관의 예비 학교로서 교관의 임용, 유생의 입학, 학교의 규칙 등이 모두 성균관이 운영하였다. 그리고 사학에는 성균관의 문묘에 참배케 했다.

조선은 건국 초기에 관학을 위주로 하였으나, 세종 이후는 사립 학교의 진흥에도 관심을 가지고 있었다. 세종 즉위 년에는 사사로이 학교를 설치하여 생도들을 교화하는 사람을 정부에 보고하여 포상하도록 하는 등 사학을 장려하였다. 이 사학들은 여말선초에 주자학의 보급과 더불어 대두된 정사精舍와 같은 사설 강학소로서 서재書齋, 서당書堂, 서사書舍에서 비롯되었다.

　　서원은 강학과 제향 기능을 가진 점에서는 관학官學인 향교와 차이가 없지만, 제향의 대상이 공자와 그의 제자인 성현聖賢이 아닌 우리나라 선현先賢이라는 점과 국가가 아닌 지방의 유림이 그 설립주체라는 점에서 차이가 있다. 지방의 향교, 중앙의 사부학당, 성균관으로 관학 중심이던 조선 초기의 교육제도는 중기를 지나면서 세조의 왕위 찬탈 반대에 참여한 집현전 폐지와 연산군에 의한 성균관의 황폐화 등으로 국가지원의 부족으로 관학은 점차 교육 기능을 상실하게 되었다.

　　백운동서원은 사묘祠廟와 강학소講學所가 통합된 형태로서 조선시대 서원의 효시가 되었다. 문민공文敏公 신재愼齋 주세붕周世鵬(1495~1554) 선생은 최초의 사액서원 소수서원의 시초인 백운동서원의 창건자이다. 경상남도 함안군 칠원漆原 출생으로, 1522년(중종17) 생원 때 별시문과 을과에 급제하였다. 그는 풍기군수로 부임한 이듬해인 1542년(중종37년) 평소 흠모하던 안향 선생을 주향하고

향촌교화를 위해 안향 선생이 어린 시절 수학했던 숙수사 터에 서원을 건립하여, 이를 사림의 중심기구로 삼아 향촌의 풍속을 교화하려는 목적으로 유생들과 강론講論하였다.

주세붕 선생이 이곳에 사묘를 건립한 것은 안향 선생의 영정을 모셔오는 것과도 관계가 있었으며, 서원 향사의 제식에는 강신降神을 위한 삼상향을 마친 다음 학생들에게 교가를 부르듯이 〈죽계사〉를 노래하게 하였다.

동쪽에 죽계수 서쪽에 소백산
그 사이에 공을 모신 사당
백운白雲이 가득한 골짜기 앞길이 희미하네.
시냇물엔 고기 놀고 산엔 잣나무
여기는 공이 노시던 옛터인데
어이하여 돌아오지 않으시나.
돌아오소서. 우리 슬프지 않게
서쪽에 소백산 동편에 죽계수
산위엔 구름 강물엔 달빛 고금에 변함없네.
공이 오실 적에 옥규玉虯(새끼 용)와 자란紫鸞(방울) 타시리라
술잔을 들어 저의 정성에 흠향하시고 기쁨을 다하소서.

공이 태어나시기 전에는 사문斯文이 어두웠고

윤리가 땅에 떨어져 캄캄한 구름 속과 같았네.
공이 나시어 삼한을 일신하니
푸른 하늘 태양처럼 우리의 道 높아졌네.
근엄한 사당에 공의 영정 봉안되니
죽계수는 더욱 맑고 소백산은 더욱 높네.

〈도동곡道東曲〉

소수서원의 '대성지성문선왕전좌도'의 공자와 그 제자들을 연상하여, "偉, 만고 연원이 그칠 리 없으셨다." 후렴을 제창하게 하였다.

문성공文成公 안향安珦은 회암晦庵 주희朱熹를 흠모하여 스스로 호를 회헌晦軒이라 했다. 16~18세 때에는 숙수사를 왕래하면서 독학으로 학문에 전념하였으며, 18세 되던 해 과거에 급제, 개성에서 관직 생활을 시작하여 64세로 생을 마칠 때까지 고려의 문신으로 요직을 두루 거친 명관名官이었다.

1289년 11월에는 고려 유학제거儒學提擧가 되어 왕과 공주를 호위하며 원나라에 들어가 주자전서朱子全書와 공자, 주자의 화상畵像을 가지고 이듬해 3월에 돌아와 주자학을 연구하였다.

회헌 선생이 살던 고려 후기는 불교의 폐해와 무인武人정권 및 몽고 침입과 홍건적 난 등으로 국운 쇠퇴기였다. 이러한 때에 선생은 중국 원나라에서 주자학을 도입해 새로운 학풍으로 어지러운 통치 기반을 안정시키기 위해 전력을 다했다.

조선 건국 이후 성리학을 통치이념으로 삼으면서 민족의 스승 안자安子로 추앙받게 되었다. 공자의 76대손인 공영이孔令貽는 회헌 안향의 신도비명神道碑銘을 지어 보내왔다. 안향의 신도비명은 1977년 경기도 시흥시 의왕읍의 안자安子묘에 보존되고 있다.

성인의 학문을 모아 집대성한 분은 주자이시고
공자와 주자를 조종으로 삼아 동방성리학을 집대성한 분은
고려의 안자安子(안향 선생을 높여 칭한 말)이시다.

죽계竹溪의 물은 소백산에서 발원하여 옛 순흥폐부順興廢府를 지나는데, 실로 이곳은 사문斯文의 현자 문성공文成公 안유安裕의 옛 거처로서 마을이 그윽하고 구름 낀 골짜기가 고요하다.

주세붕이 고을을 다스림에 학문을 흥기시키고 인재를 육성하는 것을 급선무로 삼아 향교鄕校에 정성을 다하였고, 죽계가 큰 현인의 유적이 있는 곳이라 나아가 그 땅을 살피고 서원을 경영하니 가옥이 30여 칸이 되었고 사당을 두어 안축安軸과 안보安輔를 배향하였다. 옆에 강당, 서재, 누정을 짓고 학생들이 거처하며 강독하는 곳으로 삼았다. 땅을 파다가 매장된 동銅 몇 근을 얻어 경사자집經史子集 천수백 권으로 바꾸어 비치하였고, 식미息米를 주고 학전學田을 두어 풍기군의 생원들에게 그 일을 관리하게 하였다.

퇴계는 서원의 본질적인 기능을 '강도講道'와 '존현尊賢' 두 가지로 보았다. 강도란 스승과 제자 그리고 동문 학우들이 가르침과 배움을 통해 사상적 진리를 함께 익혀나가는 것이고, 존현이란 선현들의 위패를 모시고 그들의 학문 업적과 실천적 덕행을 기리며 본받는 것이다. 이 두 기능을 각각 인재를 양성한다는 의미의 '작인作人'과 도덕을 존숭한다는 의미의 '숭도崇道'로 표현하기도 했다. 퇴계가 서원을 통하여 진작시키고자 한 것은 단순히 '입묘상덕立廟尙德 입원교학立院敎學' 하려는 데 있었던 것만은 아니었다.

퇴계는 서원을 통하여 사림의 사기를 진작시키려는 교육 이상의 실현을 염원하였다. 그의 서원교육운동은 당세의 도덕적인 위기의식에서 출발하였으며, 그의 순수한 도덕적 판단에서 '행위하는 것'이었다. 네 차례의 사화는 퇴계로 하여금 선비로서 '행위하는 것'에 대한 스스로의 도덕적인 판단의 척도를 다짐하였거니와 원기元氣를 어떻게 진작시켜야 하는가에 대하여도 지혜로운 해답을 마련하였던 것이다.

퇴계에 의하면, 참된 선비는 '거경궁리居敬窮理·존양성찰存養省察' 하는 내적 자유에의 길을 걸을 수밖에 없고, 이러한 정신의 '길'이 모여서 '사림의 원기元氣'가 진작된다고 본 것이다. 즉 서원은 사풍진작의 요람이 되어야 한다는 것이다.

당시 조선에는 아직 서원이 제대로 뿌리를 내리지 못했다. 뿐만 아니라 서원에 대한 사회 인식 또한 폭넓게 형성되어 있지 못했다. 성균관·사학 등 국학이나 향교 등이 있는데, 서원이 왜 필요한지에 대한 이해도 부족했다.

1549년 12월 퇴계 이황은 백운동서원에 관심을 가지고 이를 부흥시키기 위하여 경상도 감사 심통원沈通源에게 편지〈上沈方伯〉을 보내 백운동서원에 편액과 서적을 내려줄 것을 청하였다.

경상도 관찰사가 이를 조정에 보고하자, 명종은 대제학 신광한申光漢에게 서원의 이름을 짓게 하여,
"이미 무너진 유학을 다시 이어 닦게 했다〔旣廢之學 紹而修之〕."
는 뜻을 담은 '소수紹修'로 결정하고 1550년(명종 5) 2월에〈소수서원 紹修書院〉이라고 쓴 현판을 내렸다. 이는 국가가 서원의 사회적 기능을 인정한다는 것으로, 곧 서원이 갖는 중요한 기능인 선현의 봉사奉祀와 교화 사업을 조정이 인정한다는 의미를 지닌다.

소수서원은 최초의 사액서원이 되면서 편액과《四書》·《五經》·《性理大典》 등의 책을 내려 주었다. 이로써 소수서원은 사액서원의 효시嚆矢가 되었으며, 대원군의 서원 철폐령에도 살아남은 47개 서원의 하나이다.

퇴계는 〔與沈方伯 通源 書〕 편지를 통하여, 서적과 편액扁額뿐 아니라 토지와 노비를 지급받아 서원형편을 넉넉하게 하였으되, 감사와 군수에게는 인재를 육성하는 방법과 구호하는 물품만을 감독하게 하고 가혹한 법령과 번거로운 조령으로 구속하지 못하게 하였다.

퇴계가 소수서원을 흥성하게 한 까닭은 사화士禍로 인하여 뛰어난 스승을 서원으로 들이게 하고, 사액賜額제도 같은 국가의 서원 보호 육성책을 수립하도록 하는데 있었다.

퇴계의 서원교육 방법론에서 특이한 세 가지, 즉 교육권의 독립성 유지, 사도의 확립, 학생 사기 배양이다.

첫째, 퇴계는 〈상심방백上沈方伯〉에서 서적과 편액을 써서 내려 주시며, 노비와 전토田土를 하사하여 재력을 넉넉하게 하되, 감사와 군수로 하여금 다만 서원의 운영을 지원할 뿐, 번거로운 조목으로 구속하지 말도록 청하여 학문의 자유를 지켰다.

지원하되 통제가 없는 교육은 자칫하면, 명목만 있고 실상을 결할 우려가 있는 것이다. 오늘날 입시문제가 교육의 질을 좌우하듯이 당시의 관학제도가 과거科擧라고 하는 관료제도와 결부되기 때문에 현실적으로 탈관료의 교육체제로서의 서원에 대한 관심은 사림의 소관으로 여기기 십상이고 지방 행정 관료의 관심이 소홀히 될 우려가 있었던 것이다.

퇴계는 이 점에 착안하여 서원에 대하여 지원은 풀어놓고, 통제는 묶어놓는 이중책을 구상하였다. 오늘날 대학의 경쟁력을 높이고 학문의 자유를 지키기 위해서는 학교 운영을 지원할 뿐, 번거로운 조목으로 구속하지 말아야 할 것이다.

둘째, 교육하는 일은 중대하므로 가르치고 배움이 마땅하게 거행하여야 한다. 교사는 솔선수범하여 가르치되 무언의 간접적 교화와 교사의 직접적 인격과의 만남으로 제자가 스스로 깨우치게 하여 스승을 동일시 할 수 있는 인물로 강조하되, 학생의 타락은 스승이 그 직책을 지키지 못하기 때문이라고 하였다.

서원에 배향配享하는 선정先正의 무언의 간접적인 교화와 교회教誨를 당하는 스승의 직접적인 인격과의 만남을 가능하게 하여 준다. '만남'으로서의 스승은 마치 번갯불처럼 인격의 가장 깊은 곳에 부딪쳐서 방황하는 삶의 의미를 깨우치고, 또 삶 그 자체를 충만하게 하여 주는 은혜와 같다고 하였다.

오늘날 입시 위주의 교육에는 스승은 없고 교사만 있다고 한다. 유가儒家에서 '선생'이란 무상無上의 칭호이다. 유가라면 모두들 '선생'으로 일컬어지기를 소망한다. 하지만 아무나 '선생'이라 칭하지는 않는다. '선생'은 참스승이기 때문이다.

소수서원
경북영주
鐘悟

셋째, 퇴계가 풍기 군수에게 보낸 〈의여풍기군수론서원사擬與豊基郡守論書院事〉는 김중문의 유생 구타 사건에 대하여 쓴 글로써,

"선비란 천자와 벗하여도 외람되지 아니하고 왕공으로서 선비에게 몸을 낮추어 사귀더라도 욕이 되지 않는 것이니, 이것이 선비가 가히 귀하고 공경 받는 까닭이 되는 것이며 절의의 명예가 이렇게 함으로써 성립 되는 바다."라고 하였다.

학생은 비록 행동이 거칠고 삐뚤어져도 학생을 신뢰하고 공손하도록 교회敎悔(깨닫게)한다면, 자연히 겸손하고 공손하게 될 것이며, 장차 문화를 부흥시키고 정의로운 인재 양성에 부응할 수 있는 재목이 될 것이라 하였다.

선비는 예의禮義의 종宗이며, 서원은 존현하는 곳이기 때문에 선비를 함부로 호척呼斥하거나 천대하는 일은 무부武夫의 거친 행동이 아니면 하류의 천한 무리나 할 짓이라고 하였다.

학교는 '풍속화의 근원이며, 모범을 세우는 곳이요, 학생은 예의의 주인이고 원기가 깃드는 곳'이기 때문에 학생은 예의로 대접하여야 하고 사기士氣는 배양되어야 한다는 것이 퇴계의 학교 교육관이다.

오늘날 학생 인권 문제를 좌파적 시각으로 판단하는 것은 학생 인권과 교사의 인권을 분리하는 데 있다. 아동·학부모의 학습권과 교사의 교육권은 자유와 평등의 원칙에서 함께 존중되어야 한다.

퇴계의 서원창설운동은 지방의 신진 사림들을 성리학의 산하에 모여들게 하고 이들에게 참다운 공부를 시키려는 뜻에서였다. 그러나 퇴계의 이와 같은 염원은 그리 쉽게 이루어질 수는 없었다. 퇴계는 〈서원십영書院十詠〉의 총론에서 과거科擧 공부의 폐단을 다음과 같이 읊고 있다.

白首窮經道未聞　늙도록 經을 연구하면서도 道를 듣지 못했으나
幸深諸院倡斯文　다행히도 모든 서원에서 사문을 창도하더니
如何科目波飜海　어찌하여 과거科擧 물결이 바다처럼 뒤쳐서
使我間愁劇似雲　나의 쓸데없는 시름을 구름처럼 심하게 하는가.

서원 교육이 퇴계가 의도한 성리의 참다운 공부와는 거리가 먼 과거科擧의 준비 방편으로 전락하였음을 짐작할 수 있다.

그러나 퇴계의 서원 창설에 대한 열의는 관학적 학풍의 전통에서 벗어나 지방에서 서원을 통한 순수한 학문 연구의 기풍을 일으켰으며, 퇴계 이후 영남과 근기의 재야 학통으로 이어졌다.

특히 퇴계학의 기본정신은 재야 학자들에 의해서 내면세계로부터 외부지향으로 나타나 이른바 실학시대를 열어놓았다.

퇴계의 서원 운동은 사학을 통한 순수한 진리 탐구와 인간적인 진실 추구를 위한 초석이 되었으며 우리나라 교학 사상 중요한 위치를 점하여 온 사학 정신의 연원이 되었다.

퇴계는 후학後學을 가르침에는 친구처럼 대해서 끝까지 스승으로 자처하지 않았다. 선비들이 멀리서 찾아와 물으며 가르침을 청하면, 그들의 수준에 따라 가르치되, 반드시 뜻을 세우는 것으로써 공부하는 첫머리로 삼고, 주경主敬과 궁리窮理를 공부의 바탕으로 삼아 다정스레 타일러 알게 하고야 말았다.

1521년 봄, 영주 초곡의 처가에 있을 때 5세의 장수희張壽禧를 가르쳤고, 1537년 12월 19일 어머니의 장례를 치르는 동안, 소고嘯皐 박승임朴承任이 찾아와 가르침을 받았으며, 1538년(중종33년) 박사희朴士熹가 입문하였으며, 1538년 8월 박승임에게 《禮經》과 《周易》을 가르쳐 주었다.

1538년 14세의 조목趙穆이 입문하여 가르침을 받았고, 1548년 3월 박승임朴承任이 단양관아로 찾아왔으며, 금보琴輔가 찾아와서 《大學》과 《中庸》의 의문점을 질의하였다.

1548년 조목趙穆이 풍기의 군제로 퇴계를 찾아와서,

"오로지 독서하는 것에만 있지 않으므로 사방을 다니면서 견문을 넓혀야 하고 의리도 역시 홀로 터득할 수 없는 것이므로, 의당 스승과 벗의 도움과 깨우침이 있어야 할 것입니다." 라고 하였다.

"군의 말이 타당하다. 마음 다스리는 일이 긴요한데도 아무개는 문학에만 힘을 쏟아 그 사람됨이 몹시 허술한 것이 아쉽다."

"마음이 바르지 못하면, 비록 문학을 한들 어디에 쓰겠습니까."

"문학은 마음을 바로잡는 것이므로 소홀히 할 수 없다."

퇴계는 개성에 맞는 학습을 중시하였다. 인간은 한 개인이다. 개인별로 취향과 능력이 다르며, 따라서 교육의 방법도 달라야 한다.

김성일이 《대학》을 읽다가,

"이理와 기氣에 대해 모르겠습니다."

퇴계 선생이 이르기를,

"〈태극도설〉 가운데 '군자는 이것을 닦아서 길하고, 소인은 이것을 거슬러 흉하다.〔君子修之吉, 小人悖之凶.〕'라고 하는 두 글귀는 배우는 자가 가장 힘써 공부해야 할 대목이다."

퇴계 선생이 이덕홍에게 이르기를,

"군자君子의 학문은 자기를 위할 따름이다. 이른바 '의도함이 없이' 하는 것이다. 난초가 온종일 향기를 피우지만, 스스로는 그 향기로움을 모르는 것과 같은 것이, 군자가 자기를 위한 학문이다."

퇴계는 권호문이 과거 공부를 좋아하지 않는 것을 알고 기뻐하여,

"과거 공부를 이미 억지로 해서 안 된다면 일찍 판단하여 네가 좋아하는 바를 따라 즐기는 것만 못하다."라고 하였다.

시를 좋아하는 권호문의 자유로운 영혼을 선생은 간파하였다.

송암은 "민백향 형이 화산 기생을 한 번 보았는데, 그 이름을 기억하지 못하여 뒤에 생각하면서 시를 지었기에 장난삼아 화답하다."
〔閔伯嚮兄一見花山妓不記其名追思有詩戲和〕

一宵香夢未分明　하룻밤 향기로운 꿈이 어렴풋이 느껴지는데
別後全忘枕上名　베갯머리에서 들은 이름 헤어진 뒤 온통 잊었네.
重待梨園春色變　다시 이원梨園을 찾아가도 젊은 모습 변하여
尋芳無處謾傷情　가인을 찾을 길 없으니 괜히 마음 아프네.

송암 권호문權好文은 백향 민응기閔應祺와 이종사촌으로 동방급제하였다. 권호문의 아버지 권규權稑와 민응기의 아버지 민시원閔蓍元은 퇴계의 맏형 이잠李潛의 사위이니, 송암과 백향 이 두 사람은 퇴계의 종생질이다.

2021년 7월 4일, 소수서원 입원록入院錄이 135년 만에 도산서원에서 소수서원으로 돌아왔다. 1886년 도산서원 유생이 빌려 간 소수서원 입원록 제1권과 원록등본院錄謄本 1권 등 고문서 2권이 한국국학진흥원에서 양 서원의 관계자가 참석하여 반환식을 가졌다. 마치 프랑스가 보관 중이던 외규장각 도서 반환식과 같았다.

소수서원 입원록入院錄에 기록된 입원자 명단을 살펴보면,

1543년, 영주의 박승건朴承健, 의성의 회당悔堂 신원록申元祿, 안동의 지산芝山 김팔원金八元 등 3인이 최초 입원자이며, 김성일의 형 김

극일金克一, 박승임의 형 박승건朴承健과 아우 박승륜朴承倫 형제, 구봉령과 권문혜는 1551 학번, 정탁과 권호문은 1553학번이며, 복서卜筮에 통달한 울진의 남사고南師古는 1555학번이다.

퇴계의 형 이해의 아들 이녕李寗, 퇴계의 첫 제자 장수희, 퇴계의 맏형 이잠의 사위인 영주의 민시원과 그 아들 민응기 부자父子 등이 입원했으며, 민응기는 10세의 어린 나이에 소수서원 원생이 되었다.

퇴계가 소수서원의 동주일 때, 회당悔堂 신원록申元祿, 이종인李宗仁과 금보琴輔가 백운동서원에 머물면서 학문을 익혔으며, 맏손자 안도가 풍기 관아에 와 있었다.

1549년 3월, 퇴계는 백운동서원 곁 죽계천 시냇가 주변의 풀을 베어 내고 臺를 만들어 소나무와 잣나무를 심은 다음, '취한聚寒'이라 命名하였다. 그리고 여러 선비들과 이곳에서 여가를 보내면서 〈백홍죽명왈취한증동유제언栢興竹名日翠寒贈同遊諸彦〉을 지었다.

9월 19일, 사직장을 제출하였다. 기침이 몹시 나고 가래가 끓으며 허리와 갈비뼈가 당기고 아픈가 하면, 트림이 나고 신물이 올라오며 등엔 한기가 들고, 가슴엔 열기가 올라와 때로 눈이 캄캄해지며 머리가 어지러워 넘어질 것 같고 밤에는 악몽에 시달리게 되었다.

감사는 퇴계에게 휴가를 주어 조리하게 하였다. 휴가를 받고 고향으로 돌아왔다. 이때 충청 관찰사 이해李瀣도 휴가로 고향에 왔다.

10월, 풍기 군수 퇴계는 충청 감사 이해李瀣가 말미를 내어 고향에 올 때 죽령의 '촉령대'에서 맞이하였다. 김종직의 〈유두류산〉 시에서 '산은 우뚝하고 물은 맑네[雲根矗矗水泠泠].'의 구절에서 취하여 '촉령대'라 하였다. 죽령 촉령대에서 전송할 때, 이해李瀣는 "벼슬을 그만두지 말라, 내년에 이곳에서 다시 만나자."고 하였다. 그러나 살아서 마지막 이별일 줄은 형제는 몰랐다.

서원의 창설기創設期라고 할 수 있는 명종 대에 전국에 29개의 서원이 설립되었다. 이는 관학의 부진과 연산군 이래 사화士禍가 거듭됨에 따라 향촌에 퇴거하였던 사림이 도학道學을 존중하고, 새로운 학풍을 조성함으로 발전이 가능하였다.

서원의 원장은 원내의 최고 권위자로서 유림 중에서 선임하였다. 강학을 담당하는 강장講長과 훈장訓長은 60세 이상의 명망 있는 인사로 위촉하고, 사무를 맡은 재장齋長, 원생들의 훈육을 맡는 집강執綱, 감독하는 도유사都有司들은 각각 50세 이상의 청렴하고 덕망 있는 인물로 선정하였다. 서원의 실제 사무를 관장하는 장의掌議와 원생 중에서 장의를 돕는 색장色掌, 그리고 유회의 사무를 맡는 직월直月과 직일直日이 있다.

서원에서 제향祭享과 강학講學을 담당하는 임원은 유회儒會(자치회)

를 통하여 지역 및 국가에 대하여 영향력을 행사하였다. 유회는 백성의 행위의 시비를 가리어 효열孝列의 인사를 표창하고, 강상綱常에 기강을 세우는 일을 하였다.

서원의 도유사都有司를 50세 이상의 청렴하고 덕망 있는 인물로 선정하였으나, 주세붕이 떠난 후 백운동서원의 업무를 주관하였던 김중문金仲文은 소수서원의 도유사로서 자신의 지위를 이용하여 유생들을 구타하는 등 전횡을 일삼았다.

퇴계가 풍기 군수를 그만두고 고향 도산에 은거하던, 1556년(명종11) 소수서원의 유사를 맡은 '김중문의 소수서원 유생 폭행 사건'이 전해지자, 편지를 써서 서원의 문제를 바로잡고자 하였다.

「김중문金仲文이 유사有司가 되었으면 국가의 갸륵한 뜻을 받들어 그의 직분을 공경히 수행하여 많은 선비로 하여금 기꺼이 오도록 했어야 하는데, 도리어 거만하고 자만하여 유생들을 아이 취급하면서 심지어 비천한 말까지 내뱉었으니, 유생들이 격노하여 서원을 비우고 떠난 것이 어찌 유생들의 탓이라고 할 수 있겠습니까. 조정에 주청奏請하지 않고 앞질러 김중문의 직임을 바꿔버린 것은 한수기韓守機가 실로 잘못하였습니다. 또한 김중문이 그냥 그 직임에 있는 것도 실로 어렵습니다. 김중문의 입장에서는 이 상황에서 더욱 참회하고 자책하여 몸을 굽혀 사과하기를 지극히 정성스럽고 간절하게 했다면, 유생들의 마음도 석연하게 풀리고 김중문도 오히려 선인善人

이 되었을 것이며, 서원에도 아무 일이 없었을 것입니다. 그러나 김중문은 그렇게 하지 않았습니다. 분한 마음을 품고 시기와 악감을 지닌 채 유생들을 적대시하여 기필코 죄망罪網에 몰아넣으려고 하였습니다.

(…)

지난 허물을 깊이 타일러주고 고칠 길을 보여준다면, 군자의 허물은 일식日蝕이나 월식月蝕과 같아서 허물이 있으면 사람들이 다 보고 고치면 사람들이 다 우러러보는 것이니, 사림의 누군들 감격하여 성주의 높은 의리를 흠모하지 않겠습니까.

이렇게만 하고 그칠 것이 아니라, 풍기에는 황중거黃仲擧(황준량)가 있고, 영천에는 박중보朴重甫(박승임)가 있습니다. 선진先進들은 후진들이 우러러보는 자이며, 한 지방의 인도자입니다. 성주가 몸소 이 두 사람을 찾으시어 간곡하게 나서도록 하여 날짜를 정하여 서원에 모이도록 하고, 두 사람이 또 각각 그 고을의 선비들에게 편지를 보내 불러들인다면, 선비들은 반드시 구름처럼 모여들어서 감히 뒤처지는 자가 없을 것입니다. (…)」

이 편지는 실제로 전해지지 않고 퇴계 문집에만 남아 있으며, 소수서원의 문제가 해결되자 조목趙穆에게 편지를 보내, 소수서원에 유생들이 모인다니 기쁘다고 한 다음, 지난해(병신년) 12월 1일에 소수서원 운영상의 문제에 대한 자신의 소견을 밝혀 당시 영천 군수 안상安瑺에게 보내려고 했던 편지 「擬與榮川郡守論紹修書院事(丙辰

○郡守安瑞卽文成公之後)」를 다른 사람에게 보이지 말도록 당부하였다.

불의不義를 보고 참지 못하는 조목도 퇴계의 편지「與趙士敬(穆)〈丁巳正月〉十二日書(是日見於溪堂)」를 받고, 어둠에 어둠을 보태지 않는 스승의 어진 심성을 읽었을 것이다.

〈김중문의 소수서원 유생 폭행 사건〉의 편지 중에 사건의 해결 방안으로 '황중거黃仲擧(황준량)와 박중보朴重甫(박승임)'를 천거하여 선진先進들은 후진들이 우러러보는 자이며, 한 지방의 인도자이니, 성주가 이 두 사람이 나서도록 간곡히 부탁하여 두 사람이 또 각각 그 고을의 선비들에게 편지를 보내 불러들인다면, 선비들은 반드시 모여들 것이라고 하였다.

퇴계의 당시에 풍기와 영주에 황중거와 박중보가 있었듯이, 오늘날 나주 정丁씨 집성촌인 영주시 상줄동 줄포 마을에 퇴계의 교육사상 연구에 큰 자취를 남긴 정순목·정순우 형제가 있어 소수서원의 본향인 영주가 선비의 고장으로 더욱 의미가 있다.

고故 정순목丁淳睦 교수는 '퇴계평전'과 '소수서원과 이산서원에 대한 퇴계의 교육철학'을, 정순우 교수는 '퇴계학파 형성 과정과 확산', '서당'에 대한 실증적 연구로 퇴계의 교육사상의 현대적 계승의 길을 시도하였다.

정순목은 그의 《퇴계의 교육철학》에서, 퇴계의 교육관은 '敬을 위주로 義를 모으는' 인격 도야陶冶에 있다고 한다. 퇴계의 교육관은 '변화·생성'을 토대로 현실적인 사회 문제를 해결하려는 역사관으로서, 당시의 피폐한 사회 문제와 교학의 타락상을 바로잡기 위하여 교육 가치관의 확립에 진력하였다.

퇴계는 《도산전서》의 유사학사생문論四學師生文에서, 오늘날의 학교에서 스승이 되고 제자가 되는 것은 때로 그 도리를 잃지 않았는가 한다. 학규를 불강不講할 뿐 아니라, 학령學令마저 크게 무너져서 유생이 스승을 보기를 길 가는 사람 대하듯 하고 학교를 보기를 전사傳舍(여관)처럼 여긴다. 보통 때 예복을 갖춘 자는 열에 두서넛이고 읍례揖禮하기를 꺼리거나 부끄러이 여기며, 재齋에 번듯이 누워서 눈을 흘기며, 이러한 폐단을 고치려고 하는 사장師長이 있으면 서로 크게 이상히 여기며 여럿이 모여 희롱하여…

이름은 선비라고 하나 실지로는 절취하는 무뢰배들이 섞여있으니… 나라에서 선비를 기르려는 뜻이 어떻게 이러한 천한 무리가 되기에 이르렀단 말인가.

퇴계는 교학의 책임을 '교사의 책임[實由於師長不職之遇]'에 있다고 확신하였다. 탁월한 교육자였던 퇴계에 의하면, 교육자란 학문을 하는 사람이며, 학문이란 원래 남을 위해서라기보다는 스스로를 위하는 것[爲己之學]이라고 하였다. 교사는 심산무림深山茂林 속에서 난초가 그윽한 향기를 풍기듯이 스스로 알지 못하는 사이에 감화를 그 주위에 미치는 것이라고 하였다.

　교사의 권위는 학생이 자발적으로 따르게 하는 정신적인 힘이다. 교사의 권위가 구현될 때, 학생은 자주적·능동적으로 학습에 참여하게 된다. 퇴계는 학생과 스승의 만남은 마치 번갯불처럼 인격의 가장 깊은 곳에서 부딪쳐서 방황하는 삶의 의미를 깨우치고 삶 그 자체를 충만하게 할 수 있는데, 학생이 타락하는 폐단은 스승이 그 직책을 지키지 못한 것이므로 마땅히 책임을 져야 할 것이라고 하였다.

　퇴계는 배움에 있어서 학생의 智·愚가 생득적으로 차이가 있는 것이 아니라, 하우下愚라도 마땅히 힘을 쓰면 理의 사람으로 나아갈 수 있으며, 상지上智라도 기질의 아름다움만 믿어 실천하지 않으면 사람됨의 길을 저버리게 되는데, 이때 학생들의 인식능력을 '能驗'이라 하였는데, 이는 논리적 앎이 아니라 '깨달음'이라 하였다.

　퇴계의 감발학습은 동기 부여에 있으며, 불리한 조건의 학생에게 공정한 불평등으로 공평한 조건을 만들어야 한다. 퇴계는 풍기 군수로서 백운동서원의 동주가 되어 서원에서 직접 가르치기도 했는데, 신분을 차별하지 않고 누구나 찾아오면 가르쳐 주었다. 실제로 있었던 '배순裵純 이야기'가 전해지고 있다.

소수서원 근처의 배점이라는 마을에 대장장이 배순裵純이 살았다. 배순은 소수서원을 기웃거리다가, 서원 뜰로 들어가서 강당에서 들려오는 퇴계 선생의 가르침을 열심히 경청하였다.

"군자무본 본위이도생 효제야자, 기위인지본여"
君子務本 本立而道生 孝弟也者, 其爲仁之本與
배순은 배우는 기쁨에 눈빛이 점차 밝아졌다.
"무엇하며 사는고?"
"대장장이 일을 하옵니다."
"글을 배운 적이 있던가?"
"지금이 처음이옵니다."
퇴계는 강학講學 내용 중에서 몇 가지를 물어보았다.
"孝弟也者, 其爲仁之本與의 뜻을 아느냐?"
"소인이 잘은 모르오나, 부모님께 효도하고 공손한 것이 '仁'을 실천하는 근본인 줄 아옵니다."
그는 스승이 가르친 내용을 대부분 이해하고 있었다.
퇴계는 손수 쓴 체본體本을 그에게 주어서 강당 안에서 배우게 했다. 배순은 유생들 맨 뒤에 꿇어앉았다. 유생들 중에는 천한 대장장이와 함께 공부하는 것을 못마땅해 하는 이도 있었다.
"인재의 우열은 기질의 순수함과 박잡駁雜(잡됨)함에 있는 것이지, 출생의 귀천과는 관계가 없다네. 인간은 누구든 진리를 터득하면 성인이 될 수 있느니라."

어느 날, 배순이 선생께 조심스럽게 다가가 물었다.

"모든 사물의 옳고 바른 것이 理입니까?"

퇴계는 그를 유심히 바라보시더니, 그가 알아들을 수 있게 차근차근 쉽게 가르치셨다.

"'理'자는 구슬옥변에 속하는 글자로서 구슬의 줄이 반듯함 같이 바르다는 뜻이다. '氣'자는 '기'로서 사람의 호흡이라는 뜻이다. 리理는 바르지만, 기氣는 바르기는 하되 하늘에 음양이 있듯이 맑지 않으면 흐리고, 순수하지 않으면 탁하기를 변화무쌍하다. 그러므로 끊임없이 갈고 닦으면 남에게 자상하고 겸손하면서도 자신에 대하여 매우 엄한 사람이 되느니라."

배순은 스승의 가르침이 마치 번갯불처럼 자신의 가장 깊은 곳에서 번득임을 느꼈다. 배울수록 안개가 걷히듯 세상이 밝게 보이기 시작하면서 지금까지와 다른 세계를 보기 시작했다.

"옛날 사람들은 학문에 뜻을 두게 되면 곤궁하다고 해서 학문을 그만두지 않았다. 학문을 그만두는 것은 애당초 학문에 뜻을 두지 않음만 못하느니라."

그는 방황하던 자신의 삶을 충만하게 하여 주는 스승의 은혜에 감사했다.

아취 넘치는 서원 모임, 국립중앙박물관 소장

오늘의 교육은 기능 실현이라는 외재적 가치에 쏠려 있고, 교육 효과를 인간 밖의 수단적 의미로 지나치게 강조하고 있다.

　퇴계의 교학 목적은 '성인의 경지에 도달〔救人成聖〕'에 두고, '하늘과 사람이 하나다.'라는 우주·인간론을 기반으로 하였다.

　퇴계의 교육학에서 '學'의 개념은 일반적인 학문의 學이 아니라, '道學·聖學'처럼 인간 성숙을 위한 행위의 수양 과정을 의미한다.

　대학가처럼 서원가에도 주막거리가 있었다. 순흥의 선비마을에서 이 주막거리로 통하는 죽계의 다리를 퇴계는 청풍명월에 비유하여 '제월교霽月橋'라 하였는데, 소수서원 유생들은 이 다리를 오가며 풍류를 즐겼다.

　후대로 갈수록 소수서원이 번창해지면서 젊은 유생들 중에는 기녀들과 어울리면서 제월교의 '다리'를 '여성의 다리'에 비유하여 '흰 무 다리'란 뜻의 무 청菁자를 써 '菁다리'라고 했다.

　예전에 어른들이 아이를 놀릴 때 흔히 '청다리'를 이용했다.

　"너는 청다리 밑에서 주워왔다. 너의 진짜 엄마는 예쁜 옷과 맛있는 음식을 준비해놓고 울면서 너를 기다리고 있다."

　장난기 많은 송암 권호문權好文은 청다리를 그냥 지나칠 수 없어 詩 한 수를 읊었다. 〈제월교에서 벗들의 시에 차운하다〔霽月橋次諸朋〕.〉에서 이때의 풍류를 '외론 마을에 달이 지고 새벽닭이 우네〔孤村落月唱頭鷄〕.'라고 읊었다.

連崖略約跨寒溪　드높이 벼랑 위의 찬 냇물에 걸쳐있고
兩岸深林宛濊西　두 기슭에 숲 깊으니 완연히 양서 같네.
夜久更知添一興　밤이 깊어 다시금 흥취가 더해지고
孤村落月唱頭鷄　외론 마을에 달이 지고 새벽닭이 우네.

20세기 초 유교 비판을 대표하는 신채호는 당시의 세계 정세에 어둡고 시대에 뒤떨어진 유림들의 부패를 날카롭게 지적하였다. 이것은 유교의 공죄를 따지는 관점에서 유교의 본질이 근대사상과 맞지 않는다는 것이 아니라 유교 쇠미衰微(쇠태)의 원인이 일탈한 유림들에게 있는 것으로 파악하는 것이다.

유교 정신의 이상은 독서만 하고 실천하지 않는 사람을 부패한 선비로 본다. 이상적인 선비는 독서와 실천을 겸비하는 자이기 때문이다. 그러나 선비정신의 유무를 구별하는 것은 그렇게 단순한 문제가 아니다.

조선의 정치체제는 왕권을 견제하는 의정議政기관인 삼사三司인 사헌부, 사간원司諫院, 홍문관 그리고 실무를 집행하는 육조六曹와 지방 행정관을 두었으며, 국왕의 직속 수사기구인 의금부, 왕명을 출납을 담당하는 승정원承政院이 있었다. 주요 정책을 삼사三司로 구성된 의정부에서 논의하고 행정사무를 육조에서 처리하되 육조의 사무를 의정부에 보고하도록 하였다. 조선의 정치체제는 참으로 이상적이나, 예나 지금이나 이상과 실제가 너무나 달랐다.

조선의 정치 현실은 건국공신과 반정공신 등의 훈구세력과 정몽주·김종직으로 이어지는 성리학을 사상적 배경으로 하는 신진 사대부士大夫, 즉 사림士林이 통치 방법으로 서로 견제하였다.

왕권을 중심으로 권력과 재력을 차지한 훈구세력에 맞서서 학문과 인격의 수양을 닦은 사림은 백성이 글을 배워서 인륜도덕을 알고 모두가 공평하게 살아가는 왕도王道 정치를 실현하고자 했다. 조광조는 성리학 서적을 손수 한글로 번역하여 아녀자들에게도 무료로 보급하였는데, 이는 세종대왕의 훈민정음 창제 정신과 같다.

이상사회를 이루려던 조광조를 비롯한 신진사류들이 기묘사화로 희생되자, 많은 선비들이 왕도王道 정치의 꿈을 버리고 은둔의 길을 택했다.

1550년 8월 10일, 퇴계의 형 이해李瀣를 비호한 류중영柳仲郢 등에 대해 추문할 것을 청하면서, 사간원이 아뢰기를,

"… 경외의 관리가 헌부의 명령을 가볍게 여겨 모든 공사를 삼가서 봉행하지 않는다면, 조정의 호령이 끝내 시행될 수가 없으며 나라가 나라답지 못하게 될 것이니 진실로 작은 일이 아닙니다. (…)

현감 유중영柳仲郢(류성룡의 아버지)은 고열할 수 있는 문서를 처음에는 보내지 않다가 재차 독촉한 뒤에야 본 주인에게 환급한 물건을 기록한 문서를 구비하여 올려 보냈으니 법사를 무시하고 완만하게 처리한 것이 심합니다.

… 모두 잡아다 추문하여 두려운 것이 있는 줄 알게 하시어 조정의 기강을 바로잡으소서."

세종이 '어여삐 여기는 어린 백성'은 보이지 않고, 오늘날에도 귀에 익은 '나라가 나라답지 못하다', '모두 잡아다 추문하라' 섬뜩한 피바람이 느껴진다.

조선의 형법에도 삼심제가 있었으며, 형벌은 궁극적으로 사용하지 않을수록 백성이 교화된다고 믿었다.

1401년(태종 1년) 2월 10일, 〈문하부門下府 낭사郎舍의 상소〉

"형벌이라는 것은 성인聖人이 중하게 여기는 것이니, 형벌을 쓸 때에 신중히 하지 않을 수 없습니다. 예전에 대벽大辟의 죄는 반드시 세 번 복심覆審하여 아뢰고, 다섯 번 복심覆審하여 아뢰어서 결단決斷 하였는데, 그 법이 형전刑典에 실려 있어 중외中外에 반포되었으니, 대개 인명을 중하게 하는 때문입니다. (…)

원컨대 이제부터 중외中外에서 아뢰는 대벽의 죄는 반드시 의정부에 내려서 다시 의논하게 하여, 지당한 의논을 구하고, 전하께서도 또한 허심 정사虛心精思하시어 감선減膳하고 풍악을 정지徹樂한 연후에 형벌을 행하게 하여, 대소大小 인민으로 하여금 분명히 그 사람의 죄가 결단코 용서할 수 없다는 것을 알게 하면, 흠휼欽恤의 뜻이 그 사이에 행하여지고, 복심하여 아뢰는 법〔覆奏之典〕이 허문虛文이 되지 아니하여, 남형濫刑의 잘못이 없을 것입니다."

1566년(명종 45), 이언적의 진수 팔규進修八規 중에서,

"형벌은 궁극적으로 형벌을 사용하지 않을 것으로 의도하여 백성들이 마음으로 협조했기 때문에 사방의 백성들이 교화되었으니, 이것은 후세에서 응당 본받아야 할 점입니다."

왕권의 비호를 받는 훈구세력은 무소불위의 권위로서, 정적에게 남형濫刑을 휘둘렀다. 결국 유중영은 파직되고 이해는 곤장을 맞고 죽었다.

1545년, 명종이 즉위하여 이기李芑를 우의정으로 앉히자 사헌부와 사간원에서 문제를 제기해 그를 탄핵했다. 이기李芑는 이율곡의 아버지 이원수의 당숙이다. 이해李瀣가 대사헌으로 있어서 이기가 이해에게 원한을 품게 됐다. 또한 이기의 행실이 개돼지와 같다고 논박하였기 때문에 이기가 분을 품고 있었다.

이치李致가 전에 헌납獻納으로 있을 때 이기李芑가 그를 믿고 권세를 부린다고 탄핵했기 때문에 이기가 앙심을 품었었다.

1547년 중종의 뒤를 이은 인종이 재위 8개월 만에 병으로 죽고 경원대군 명종이 즉위하였다. 중종의 제1계비 장경왕후 윤씨가 인종을 낳고, 제2계비인 문정왕후 윤씨가 명종을 낳았다. 장경왕후의 오빠 윤임尹任과 문정왕후의 아우 윤원형尹元衡이 대립하여, 윤임은 대윤大尹, 윤원형은 소윤小尹이라 불렸다.

어린 명종이 즉위하자, 영의정 윤인경, 좌의정 유관, 영중추부사 홍언필, 좌찬성 이언적, 우찬성 권벌이 원상院相 등이 되어 명종을 보좌하였으나, 문정왕후가 수렴청정을 맡아서 소윤 일파가 을사사화를 일으켜 대윤을 역모를 씌워 숙청하였다. 이것이 이른바 양재역 벽서사건이다.

지난날 윤원형을 탄핵한 바 있는 송인수, 윤임 집안과 혼인 관계에 있는 이약수를 사사하고, 권벌·이언적 등과 주로 충주에 거주하던 이약빙의 문인들 중에 죽은 자만 사족과 서인을 합쳐 300여 명에 달했다. 이 사건으로 충주는 역적의 향으로 낙인찍어 충청도는 청홍도淸洪道로, 충주를 유신현으로 강등하였다.

1549년, 이기李芑를 의정부 영의정으로, 이해李瀣를 청홍도 관찰사로, 이치李致를 유신 현감으로 삼았다.
"이기는 옥사獄事가 한 번씩 이루어질 적마다 이기 등의 직급이 올라가니, 아, 슬프도다!" 고 사신이 명종실록에 기록하였다.

충청도 유신현〔충주〕에 살던 최하손이란 자가 유신현 관리들의 회의록을 훔쳐 서울로 가 그들이 정변을 일으킨다는 책략을 꾸미려다 발각된다. 당시 유신현 현감 이치李致가 신문을 하는 과정에서 최하손이 죽었다. 이치가 사실이 아니라는 것을 알고 감사 이해에게 첩보하고 심문하는 과정에서 최하손은 곤장을 맞고 죽었다.

충청도관찰사 이해李瀣는 '이홍윤 옥사'에도 연루된다. 대윤파로 몰려 사사된 이약빙의 아들 이홍남이 양재역 벽서사건에 연루돼 영월에서 귀양살이를 하던 중, 평소 사이가 좋지 않았던 그의 아우 홍윤이 조정을 비난하는 말을 하자. 종실친척의 한 사람인 모산수를 추대하기로 모의했다고 무고해 처형당하게 한 사건이다.

이홍윤李洪胤의 가산을 적몰할 때에 홍윤의 형 이홍남李洪男이, 어미가 죽어 아직 빈소에 있었는데 상복을 입고 관부에 나와 홍윤의 재물을 하나하나 열거하면서 '어떤 물건은 내 것이니 돌려 달라.'고 하였다.

감사 이해가 이를 알고 "어미의 몸이 아직 식기도 전에 상복을 입고 관부에 들어와 자기 동생의 재물을 찾아가는 것은 좋지 못한 일이 아닌가?" 이홍남이 그 말을 듣고 마음속에 앙심을 품고 있다가 사실을 날조하여 자기의 처형인 원호변元虎變에게 고하고, 호변은 그의 숙부인 원계검元繼儉에게 말하였으며, 이기가 대사헌 송세형宋世珩에게 부탁하여 이해를 탄핵하도록 했다.

1550년 8월 10일, 선량한 관리일 뿐 대역 죄인도 아닌데, 이치李致는 곤장을 맞고 옥에서 즉사하고, 이해李瀣는 장 일백에 갑산甲山에 유배 도중 죽었다.

윤원형이 금부의 추관으로 있었으므로 혹독한 화를 받았다. 이해李瀣가 국문을 당할 때 너무 처참해 어떤 이가,

"거짓으로라도 자백하면 목숨만은 건질 수 있다."고 했으나,

"내가 죄를 범한 것이 없는데, 어찌 거짓 자복해서 살기를 구하겠는가?"

1550년 8월 14일, 이해李瀣는 경기도 양주의 민가에 이르러, 형독으로 쉰다섯에 세상을 버렸으니, 세상이 그를 버린 것이다.

그해 12월에, 온혜 마을의 연곡燕谷 언덕에 장사 지내고,

"아아, 하늘이 선악을 갚는 것이 비록 한때는 어긋났으나 필경은 만세에 정함이 이와 같으니, 산 사람이나 죽은 사람들 사이〔幽明之間〕에 그 오늘날의 경사로써 전날의 통독痛毒을 조금은 풀게 되었다고나 할까."

비통하며 형의 묘갈지명墓碣誌銘을 지었다.

아아, 우리 공이 태어나실 때는 하늘에서 부여받은 것이 어쩌면 이리도 후하였던가마는 사람을 만남에 있어서는 또 어쩌면 이리도 앞에서는 형통하고 뒤에는 막혔을꼬.

조정에 드날리며 임금의 사랑을 입을 때는 향기로운 술〔黄流〕이 옥잔〔玉瓚〕 가운데 있는 것과 같더니 갑자기 무지개가 해를 가리니 옥 같은 나무(주인공 지칭)가 흉포한 바람을 만났으니 어이할거나 요순 같은 선조 임금이 즉위하여 훌륭한 조종의 뜻을 따르지 않았던들 어찌 하늘에 뻗치는 원기를 사라지게 하였으리오.

심혈을 기울여 만세에 고하니, 반드시 이 글을 보면 분노함과 통

쾌함을 느끼리라.

퇴계는 형 이해李瀣를 늘 자신의 역할 모델(Role model)로 따라 했다. 형의 억울한 죽음을 당하면서 이리떼의 정치판에 남을 이유가 없었다.

1550년 12월, 퇴계는 병으로 감사에게 세 번째 사직 장을 제출한 다음, 〈상심방백上沈方伯〉 書를 올리고 회보조차 기다리지 않고 도산으로 귀향하고 만다. 이듬해 정월에 임소의 무단포기로 고신告身 2등을 받고 삭탈 당함으로써 귀전원의 뜻은 더욱 굳었다.

1551년 2월 21일, 계상溪上 서쪽 한서암寒棲菴을 철거하여 계상 동북쪽에 서당(계상서당, 계당)을 옮겨 지은 일에 감회가 일어나 두보의 「淸明」 시에 차운한 詩 2수 「淸明 溪上書堂二首(撤寒棲移構小堂於溪北次老杜韻)」를 지었다. 이 시에서 특히 자신의 인생 좌표가 주자학에 있음을 분명하게 밝혔다.

이보다 먼저 하명동霞明洞 자하봉紫霞峯 밑에 땅을 얻어 집을 짓다가 마치지 못하고 말았는데, 그것은 그 골이 낙천洛川에 가깝고, 낙천은, 곧 관금官禁이 미치는 곳이어서 자손들이 살기에 마땅하지 않다고 생각했기 때문이었다. 그다음에 죽동으로 옮겼으나, 죽동은 골이 좁을 뿐 아니라 또한 시냇물이 없었다. 그래서 마지막으로 계상에 집을 지었으니, 곧 세 번 만에 자리를 잡은 셈이다.

농암聾巖 이현보가 계상서당을 방문하였다. 그의 동생 이중량李仲樑과 아들 이계량李季樑이 모시고 왔다. 퇴계는 농암 일행을 맞이하여 기쁜 마음에 詩를 지었다.

溪西茅屋憶前年　지난해는 시내 서쪽 띳집에서 지냈는데
溪北今年又卜遷　금년에는 시내 북쪽 서당으로 옮겨왔네.
第一光華老仙伯　무엇보다 빛내준 건 늙으신 선백께서
年年臨到萬花邊　해마다 꽃 만발한 내 처소로 찾아준 것.

계상溪上 동북쪽에 옮겨 지은 계상서당溪上書堂은 계상 서쪽의 한서암보다 더 작고 아담한 것이었다. 퇴계는 이곳 계상서당 정원에 松·竹·梅·菊·蓮 등을 심고, 자신과 합하여 육우六友라고 칭한 다음, 그 정원을 육우원이라고 하였다.

훗날 김성일이 와서 본 것에 따르면, 계상서당을 포함한 퇴계의 계상 집은 겨우 10여 칸에 불과하였으나, 퇴계는 이곳에 좌우로 도서를 둘러 두고, 마치 세상의 근심을 잊은 듯 학문에 침잠하고 있었다고 한다.

퇴계는 1545년 10월 10일, 이기李芑에 의해 삭탈관직 당하고, 1548년 1월 단양 군수로 부임하여 10개월 만에 풍기 군수로 옮겨서 1550년 12월 도산에 귀전하기까지, 안동 權씨와 둘째 아들 채寀가 별세하고 간신들에 의해 형님이 죽령을 넘지 못하였다.

한양에서 죽령을 넘어 도산에 귀전하기까지 5년간의 여정旅程은 한 개인으로서 퇴계는 일생에서 가장 멀고 고통스러운 형극荊棘의 길이었다.

금계 황준량은 죽령을 넘으면서 퇴계 형제가 마지막으로 헤어졌던 촉령대에서 〈새로 촉령대를 쌓고〉 시를 지어 애석해 했다.

仙區道左沒寒煙　선경 가는 길 왼쪽에 찬 안개 자욱한 곳
覷奧眞人偶顧憐　깊은 골 찾는 진인이 우연히 사랑하였네.
可惜風流來不又　애석하구나, 그 풍류 다시 올 수 있으려나
高臺愁絶倚雲巓　높은 대 시름겹게 구름머리에 기대어 있네.

퇴계는 자신의 졸기卒記에, "형 해瀣가 권세 있는 간신들을 거슬러 억울한 죽음을 당하자, 그때부터 벼슬에 임명되어도 대부분 나가지 않았다."고 하였다.

퇴계는 49세 되는 명종 4년 9월에 풍기 군수 사임장을 감사에게 올린 것을 시작으로 70세 되는 해인 선조 3년 9월의 최후 사정을 올리기까지 21년 동안에 걸쳐서 무려 53회의 사퇴원을 내었는데, '장狀'은 36회, '계啓'는 14회, '소疏'의 형식을 취한 것이 3회이다. 장과 계는 사퇴의 이유가 비교적 간단한 내용으로 되어 있으나, 소疏는 사건에 따라서 각각 내용을 달리 하고 있지만 대체로 신병身病, 노쇠老衰, 능력 부족, 염치廉恥 등 네 가지이다.

흔히 퇴계의 사퇴는 더 높은 직위를 받기 위함이었다고 한다.

실제 사퇴할수록 직급이 높아진 것은 사실이다. 그러나 퇴계가 직급이 높아지기를 바라서 사퇴했을까?

퇴계는 출처出處와 진퇴進退를 중요시하였는데, 사퇴의 진술에 있어 사세事勢의 불가피와 의리상의 불가피를 더욱 강조하였다.

퇴계의 〈무오사직소戊午辭職疏〉에, 신이 비록 무식하오나 '불사가不竢駕를 어찌 모르겠습니까?' 그러나 '물러갈 뜻'을 변치 않는 것은 임금을 섬기는 의리에 어긋나지 않을까 두려워하기 때문입니다. 의리란 일의 마땅한 것입니다.

어리석음을 속이고 벼슬자리를 도적질하는 것이 마땅한 것입니까? 병든 몸으로 일도 못하면서 녹만 타먹는 것이 마땅한 것입니까? 빈 이름으로 세상 사람을 속이는 것이 마땅합니까?

나가서는 안 될 것을 알면서 나가는 것이 마땅합니까?

퇴계가 벼슬에 임명되어도 나아가지 않은 것은 직급이 낮아서 사퇴하였거나 자신의 안일安逸을 먼저 생각하여 비겁하게 숨거나 피한 것이 아님을 알 수 있다.

퇴계는 벼슬길에 나가는 한 제자에게 '선비의 도'를 가르쳤다.

"정도正道를 지키면 자신을 가로막는 일이 많고, 남이 하는 대로 따라하면 제 몸을 버리게 됩니다."

3. 소백산 마가리

나는 간단한 등산 차림으로 죽령에 올랐다. 탐방지원센터 죽령매
표소를 지나서부터 소백산국립공원의 영역이다.

시멘트 포장길을 쉬엄쉬엄 오르면서, 월천 조목의 〈죽령을 넘었
다〉 시의 '竹嶺無竹嶺'이 실감 났다.

> 長林不長林　장림은 길지 않은 숲이고,
> 竹嶺無竹嶺　죽령은 대나무 없는 고개이네.
> 大抵實不存　대개 실로 존재하지 않는데,
> 人間幾林嶺　세상에는 장림과 죽령이 몇 개인가?

옛 선비들은 '竹馬故友'를 연상하여, 죽마를 타고 '죽죽 미끄러진
다'고 과거길에는 죽령을 기피했다고 한다. 수험생에게 미역국을 먹
이지 않는 이치와 같다.

산정으로 오르는 길가에 하늘의 별이 떨어졌다. 망초가 소백산의 눈보라를 견디고 꽃별로 피어나 생명력을 과시하고 있었다.

망초는 철도를 부설하면서 침목으로 북미지역에서 목재를 들여왔는데, 이때 씨앗이 묻어와 우리나라 전역에 퍼진 것으로 알려져 있다. 일본이 우리나라를 망하게 하려고 퍼트린 것이라 하여 망국초亡國草라 하였다. 망초는 텃밭이나 빈터에서 왕성하게 번식하면서 환경에 따라 여러 갈래로 진화·변형되어 실망초, 큰망초, 애기망초, 개망초 등으로 무리 지어 핀다.

연화봉(천문대)까지는 오름길 연속이다. 아직 산바람이 쌀쌀하였지만, 길섶 볕바른 언덕에 새하얀 에델바이스 작은 잎새가 햇빛에 눈이 부신 듯 수줍은 얼굴로 손짓하였다.

나치를 피해 알프스를 넘는 본 트랩가족의 자전적 소설을 영화를 다룬 'The Sound of Music'의 'E-del weiss'를 흥얼거렸다.

"E-del weiss E-del weiss every morning you greet me, Small and white clean and bright, you look happy to meet me…"

살랑이는 산들바람과 눈부신 햇살, 싱그런 잎새와 꽃들이 하늘거리는 천상의 화원을 걷는 듯한 상쾌한 기분에, 윌리엄 워즈워드의 詩 〈초원의 빛〉의 시구를 크게 소리쳐 바람에 날려보냈다.

한때 그리도 빛나던 것이
이제는 영원히 스러졌어라.

초원의 빛이여
꽃의 영광이여

다시는 돌아갈 수 없겠지만
슬퍼하지 않으리,

천상의 화원 너머 멀리 소백산 천문대의 버섯 모양의 하얀 돔이 천상의 궁전으로 보이기 시작하였다. 천문대를 보는 즉시 저절로 천문대 위쪽 파란 하늘로 눈길이 갔다. 별은 보이지 않고 햇빛에 눈이 부셨다.

'아, 지금쯤 큰곰·작은곰·사자⋯⋯토끼, 하늘은 동물원일 텐데.'

별자리를 떠올리며 한낮이라 볼 수 없음이 안타까웠다.

제2연화봉을 지나서 계속 오름길을 힘겹게 올라서 드디어 소백산 천문대에 들어갔다. 소백산 천문대는 1978년 소백산 연화봉에 세워진 우리나라 최초의 현대식 천문대이자 한국 천문학의 시작점이라 한다. 첨성대 위에 반구형 돔이 설치돼 있다.

소백산에 천문대를 설치하게 된 것은 소백산의 산세와 합당하지만, 한편으로 해·달·화성·수성·금성·목성·토성 등의 위치를 계산하는 《칠정산七政算》을 지은 천문학자 김담金淡, 천문관측기구 '선기옥형璿璣玉衡(혼천의)'의 제작을 비롯해 천문·지리·역학·율여律呂·산학算學에 뛰어난 배상열裵相說이 소백산 아래 영주와 봉화에 각각 살았던 사실로 보아서, 소백산에 천문대가 설치된 것은 우연이 아니라고 생각했다.

천체망원경은 천체로부터 지상에 도달하는 약한 빛을 가능한 한 많이 모아주고 확대하기 위해서 렌즈와 반사경을 이용하는데, 무엇보다 구경의 크기가 중요한 의미를 지닌다. 소백산 천문대의 반사망원경은 Boller & Chivens 24인치(61cm)이며 수냉식 냉각을 통해 -70℃까지 냉각하여 관측한다.

천구상의 물체는 지구 자전에 의해 시간당 15도씩 이동한다. 관측시야는 최소 20분각 전후로써, 이미지 시야각 20분각 위에 Focal Reducer를 장착하기 전 시야각인 11.52분각과 장착한 후의 시야각인 17.64분각을 표시하는데, 아무리 구경이 크고 배율이 높은 망원경도 별은 너무 멀리 있기 때문에 좀 더 밝게 보일 뿐이지 그냥 한 점이다.

소백산 천문대의 연구동은 지상 2층의 숙소 및 연구동에 동·서양측에 돔이 설치되어 있어, 야간에는 150mm의 쌍안경과 150mm 굴절망원경(Takahashi 150mm)을 통해 행성, 은하, 성단, 성운 등의 관측이 가능하다. 소백산 등정과 천문 관측을 동시에 할 수 있는 여건이 마련된 것이다.

천문대에서 연화봉 정상으로 오르는 길은 주목과 철쭉군락지이다. 살아서 천년, 죽어서 천년을 버틴다는 늙은 고사목들이 세찬 바람에 버티고 있었다. 나무는 주어진 분수에 만족할 줄 안다. 햇살을 찾아서 양지 바른 쪽으로 옮기거나 물을 찾아 골짜기로 옮겨 다니지 못하지만, 주어진 환경에 순응하고 황홀했던 젊은 날을 반추하면서 천년을 또 견디는 것이다.

소백산 철쭉제가 열리는 5월이면 연화봉에서 비로봉으로 오르는 계단과 그 주위는 등산복이 꽃처럼 군락을 이룬다.

비로봉은 소백산의 주봉이다. 완만한 계단을 쉼없이 오르자 '小白山 毗盧峯, 1439m' 하얀 화강암을 깎아 세운 표지석이 나타났다. 표지석 앞에 서서 숨을 몰아쉬면서 멀고 가까운 산세에 넋을 놓았다.

청명한 날씨를 만나면 용문산으로부터 서울까지 바라볼 수가 있다고 하는데, 지금은 옅은 운무로 희미하다. 서남쪽 구름 사이로 월악산이 희미하게 몸체의 윤곽을 비칠 뿐이었다. 동쪽의 봉황산鳳凰山 너머 첩첩의 능선이 구름과 맞닿은 태백산·청량산·문수산이 아스라이 보이고, 남쪽의 덩실한 학가산 너머 팔공산, 북쪽 하늘 아래

첩첩한 산 능선 너머 있을 오대산五臺山·치악산雉岳山을 상상해 볼 뿐, 지구가 둥글다는 것이 실감난다.

소백산은 맑고 싱그런 봄바람에 연분홍 꽃잎이 하늘거리는 진달래가 시들면, 4월 말부터 철쭉과 원추리 에델바이스가 잇달아 피어나는 화원이다. 특히 초원과 철쭉, 주목군락과 철쭉이 어우러진 철쭉동산이다.

비로봉 표지석을 기대고 앉아서 내가 올라온 길을 따라 시선을 천천히 옮겨가며 상상해 보았다. 연화봉을 지나서 천문대 빨간 지붕 사이로 버섯 모양의 천문대가 쇠뿔 모양으로 보이면서 능선을 따라 난 길이 소의 등뼈, 부드러운 봄풀은 소의 불룩한 배와 털이라면, 연화봉에서 약간 왼쪽으로 머리를 튼 듯 소를 타고 앉은 기분이다.

그 소가 머리를 움직일 때마다 워낭소리가 '뎅그랑 뎅글랑…' 들려오는 듯 했다.

"야호 …"

한 무리의 등산객들의 호들갑에 나는 상상의 나래를 접고 자리에서 일어났다. 그들은 소백산 희방사에서 올라왔다고 했다.

희방사는 소백산 천문대가 위치한 연화봉蓮花峯에서 죽령에 이르는 서쪽 능선과 곰넘이재로 이어지는 동쪽 능선 사이의 계곡에 있다.

소백산 희방사 계곡을 오르다 곧 폭포에 닿는다. 폭포 앞에 서면 흐르는 땀을 닦을 새도 없이 누구나 감탄사를 연발하게 된다.

순흥부사 조덕상趙德常이 소백산에 올랐다가 희방폭포 앞에서 시를 지었다.

牛迹巖前日欲西　우적암牛迹巖 앞에 해는 저물고
白雲紅樹路高低　흰 구름 속 붉은 나무 길가에 늘어섰네.
龍湫知在山回處　산자락 돌아가는 곳에 용추龍湫 있어서
萬壑寒松露氣凄　온 골 찬 소나무에 이슬 기운 처연하네.

蒼崖飛瀑雨餘添　푸른 절벽 폭포에 비 온 뒤 물이 불어
萬壑輕雷白日嚴　온 골에 우레 소리 대낮에도 찌렁찌렁
潭底潛龍眞好事　못 속에 숨은 용 장난을 좋아하여
半空垂下水晶簾　반 공중에 수정 같은 발을 드리웠네.

모든 폭포는 상류의 어린 물줄기가 한 곳으로 모여서 한꺼번에 쏟아져 내리는 것이다. 금강산 구룡폭은 비로봉 동쪽 골짜기의 구룡대 아래를 휘감아 돌아 구룡폭포와 비룡폭포를 이루고, 산과 물이 어울려 선경을 이루어 옥류동 계곡을 흘러 내린다.

2007년 여름, 나는 금강산에 올랐었다. 구룡 폭포 앞 정자에 앉아서 물의 근원이 궁금했다. '저 물이 어디서 떨어지는 것인가?'

폭포의 옆으로 난 비탈길을 숨을 헐떡이며 언덕에 올라 상팔담을 보는 순간, '야!' 하는 탄성이 마음속 깊은 곳에서 일었다.

천상의 선녀가 목욕을 했다는 담潭마다 비취색 옥류를 가득 담고 있었다. 마치 유리구슬을 실에 꿰놓은 듯 모양이 각기 다른 여덟 개의 담潭을 차례로 거치면서 구룡폭 아래로 옥류가 쏟아져 내린 것이 구룡 폭포이다.

소백산의 희방 폭포도 금강산의 상팔담의 옥류 같은 물줄기가 연화봉에서부터 모여서 쏟아져 내린다. 폭포 바로 옆으로 난 돌계단을 오르면 희방사에 닿는다.

희방사에는 신라 고승 두운杜雲과 호랑이, 그리고 우적암牛跡巖의 전설이 있다. 순흥부사 조덕상趙德常의 시에 '牛迹巖前日欲西'의 우적암牛迹巖은 희방사 창건 설화이다.

희방사 건립 당시 석재를 실은 말이 골짜기를 오르다가 거꾸러지자 힘센 소로 교체하였다. 그 소가 짐을 싣고 지나간 바위 위에 소의 발자국이 생겼는데, 이를 '우적암牛跡巖'이라 하였다.

희방사는 연화봉 아래 골짜기에 있어서 '소가 웅크리고 앉았을 때 소의 발 위치'이며, 지눌 보조국사普照國師가 소백산에서 9년 동안 좌선하면서 나오지 않았는데, 스스로 '목우자牧牛子'라 했으니, 희방사의 창건 설화와 무관하지 않다.

나는 비로봉 표지석을 기대고 앉아서 희방사 계곡을 내려다보면서 상상의 나래를 폈다. 이미 점심이 늦은 시간임을 생체시계가 알려왔다. 준비한 행동식을 배낭에서 꺼내었다. 해발 1,439m의 비로봉은 으스스 떨렸다. 젊은 남녀가 마주 앉아서 오순도순 식사를 하다가, 나에게 따뜻한 물 한 컵을 권했다.

고맙다는 뜻으로 초콜릿을 건네면서,

"어디서 올라왔습니까?"

"영춘에서 왔습니다."

영춘면 남천리 성골에 살았던 '계순'의 얼굴이 스쳤다.

남천리는 소백산 북쪽 깊숙한 계곡의 샘골이다. 1881년 해월 최시형 선생이 일월산 용화리에서 집필하던 《용담유사》를 이곳 남천리 여규덕呂圭德의 집에서 처음 간행하였다.

《용담유사龍潭遺詞》는 동학의 창시자 최제우가 지은 용담가龍潭歌·안심가安心歌·교훈가敎訓歌 등 모두 10편이다.

샘골 마을 입구 당집 자리에 천도교에서 세운 기념비가 있다.

성골에 살았던 계순의 아버지는 은둔한 유학자로서 떠돌이 걸인乞人이라도 밥상을 차려서 사랑에서 대접하는 예禮를 다했다.

"바보 온달에게 시집보낸다."

어른들은 어린 계순의 울음을 달랬었다.

19살 계순은 길게 땋은 머리를 찰랑이며 친구들과 어울려 산나물을 캐러 다녔다, 앞산 문필봉에 올라서 온달성을 바라볼 때마다 생각했다.

'나의 온달님은 누구일까?'

그 무렵, 소백산 남천계곡에서 산판山坂이 벌어지면서 외지에서 벌목꾼들이 들어왔다.

소백산 일대의 산림벌목과 조림, 제재소를 운영하는 영양산업의 벌목 현장 서기 최씨 총각은 계순의 옆집에 하숙을 정하였다.

단양 읍내에도 한 번 나가지 않았던 산골 처녀 계순은 친절하고 예의 바른 그 도회지 총각이 점차 좋아지기 시작했다.

어쩌다 길에서 마주쳐도 아는 채도 않는 그가 원망스러웠다.

'바보 온달 같아.'

그럴수록 그 총각이 점점 더 좋아지는 자신을 알 수 없었다.

산판을 옮겨 다녀야 하는 최씨 총각은 계순이 대문 뒤에서 지켜보는 것도 모른 채 떠나고 말았다.

여름이 가고 가을이 되어, 밤톨이 떨어지고 호두가 익어가도 최씨 총각은 소식이 없었다.

문필봉에 보름달이 두둥실 떠오르던 추석날 밤,

"계순씨를 책임지겠습니다."

최씨 총각이 부모님 앞에 넙죽 엎드렸다.

나는 하산을 서둘렀다. 1,439m의 비로봉에서 비로사 방향의 하산 下山 길은 지리산 천왕봉(1,915m)에서 산청군 시천면 중산리 법계사 방향의 하산 길과 비슷하여 내리쏟듯 가파른 길이었다.

풍기 군수 퇴계는 4박 5일간 소백산을 유산한 후 산의 지세와 느낌을 기록하였다. 그전에도 많은 선비들의 소백산 유산록이 있었다고 하나 전해지지 않으며, 풍기 군수로 재임하던 주세붕의 '유소백산록'이 퇴계가 산행할 당시에 현판으로 제작되어 석륜사에 걸려 있었다 하나 현재 전해지지 않고 있다.

현존하는 가장 오래된 소백산 유산기는 퇴계가 풍기 군수로 재임하던 1549년(명종 4) 4월 22일부터 26일까지 소백산을 등산한 〈유소백산록〉이다. 퇴계는 영남의 유림들이 소백산 유산록을 많이 남기지 않음을 아쉬워하였으나, 후세 사람들이 퇴계의 〈유소백산록〉과 詩를 차운하였다.

퇴계는 젊어서부터 영주榮川와 풍기豊基를 왕래하였으니, 소백산은 머리만 들면 바라보이고 발만 떼면 갈 수 있었는데도 조급하게 허둥대느라 오직 꿈에서나 그리고 마음으로만 달려간 것이 이제 40년이 되었는데, 지난해 겨울에 백운동서원白雲洞書院의 주인이 되니, 드디어 오랜 소원을 풀 수 있어서 속으로 기쁘고 다행스러웠다고 한다.

1549년, 봄날에 퇴계는 백운동서원에서 죽계를 따라 올라 초암사에서 달밭골로 들어서, 석륜암 철암哲庵과 명경암明鏡庵을 지나 석륜사石崙寺에 도착하여 봉두암鳳頭巖과 광풍대光風臺를 둘러보고 석륜사에서 잤다고 한다.

「1549년(명종 4) 4월 22일, 소백산을 유람하기 위해 길을 나섰다. 이날 오랜 비가 새로 개이니 시내에는 맑은 물이 흐르고 산빛은 새로 목욕한 듯 말쑥하였다. 길가 팥배나무는 꽃을 피워 그 향기가 안개가 낀 듯 자욱하고 이따금 장끼가 우는 소리가 들리기도 하였다. 흥겨운 기분으로 백운동서원으로 가면서 말 위에서 즉사한 시 '四月二十二日 장견제생어백운서원마상즉사將見諸生於白雲書院馬上卽事'를 짓고 제생諸生들을 만나보고 이곳에서 잤다.

4월 23일, 소백산에 들어갔다. 부석 우곡愚谷에 살았던 질서 민시원閔蓍元(맏형의 사위)과 그의 맏아들 민응기閔應祺(당시 10세)가 동행하였다. 죽계竹溪를 따라 올라가 초암草庵에 도착하였다. 주세붕이 '백운대'라 부른 대에 올라 '청운대'로 고쳤다. 산인 종수宗粹가 묘봉암妙峯庵에서 찾아왔다. 민시원은 학질 때문에 산을 내려가고 민응기와 종수 등 여러 승려들이 앞서서 길을 인도하기도 하고 또 뒤에 따르기도 하는데, 걷다가 혹 힘이 들면 가마를 타면서 산행을 계속하였다.

철암哲庵과 명경암明鏡庵을 지나서 석륜사石崙寺에 도착하여 봉두암鳳頭巖과 광풍대光風臺를 구경하였다.

석륜사에서 자면서 주세붕이 소백산을 유람할 때 이 절에 머물면서 지은 시, '石崙寺次李白紫極宮感秋韻'을 생각하게 되었다. 주세붕이 49세에 이곳에 머물렀고, 이백이 49세에 '尋陽紫極宮感秋作'과 소동파가 같은 나이에 이 시를 차운한 '和李太白', 그리고 황정견黃庭堅이 같은 나이에 다시 이 두 시를 차운한 '次蘇子瞻和李太白尋陽紫極宮感秋詩韻追懷太白子瞻'를 생각하고 이 세 편의 시가 모두 49세가 되어, 자신의 지난 인생의 그릇됨을 반성하는 한편, 앞으로 남은 인생을 뜻있게 보내려는 다짐을 밝힌 작품들이다.

주세붕은 그때 나이가 마침 이태백, 소동파, 황산곡과 같은 49세이기 때문에 밤에 앉아서 그 시들을 읊조리자, 감회가 일어나 이백의 '尋陽紫極宮感秋作'에 차운하여, 시 '石崙寺次李白紫極宮感秋韻'를 지었다.

퇴계도 이때 나이가 마침 49세였기에 주세붕의 이 일에 생각이 미치자 감회가 일어서, 이백의 '尋陽紫極宮感秋作'에 차운하여, '石崙寺效周景遊紫次紫極宮感秋詩韻'을 지었다.

4월 24일, 걸어서 중백운암中白雲庵을 거쳐 정상으로 올라가서 가마를 타고 그 동쪽의 석름, 자개, 국망봉을 순서대로 가 보았다. 맑은 날이면 국망봉에서 서울도 바라다 보인다고 하나, 이날은 산 아리장이와 운무가 뿌옇게 끼어서 용문산조차도 바라볼 수 없었다. 철쭉 숲을 거쳐 중백운암으로 내려왔다가 힘이 남아 제월대를 보고 나서 다시 석륜사로 내려왔다.

4월 25일, 상가타암上伽陁庵에 가려고 지팡이를 짚고 먼저 환희봉에 올랐다. 그 서쪽 수십 보를 떨어진 곳에서 석성을 발견하였다. 다시 그 약간 서쪽에 높이 솟아 있는 석봉에 올랐다. 단지 모양이 유사하다는 이유로 산대암山臺巖이라고 부르고 있기에, 이를 고쳐서 자하대紫霞臺라고 명명命名하고, 또 석성을 적성赤城이라고 명명하고 '적성중자하대赤城中紫霞臺' 시를 지었다. 자하대 북쪽에 두 봉우리가 동서로 마주하고 있는 하얀 봉우리를 서쪽 봉우리를 백학봉, 동쪽 봉우리를 백련봉이라고 명명하였다.

상가타암에 갔다. 종수宗粹의 말에 의하면, 보조국사 지눌知訥(목우자)이 이곳에서 9년간 수도하였고 詩집도 남겼다고 하면서 지눌의 시 몇 句를 읊조리는데 모두 경책警策이었다.

중가타암으로 가서 그곳에는 들어가지 않고 그 곁에 폭포로 갔다. 이곳에서 고죽苦竹(烏竹)이 무더기로 총생叢生하였으나, 지난 1541년에 일제히 꽃이 피어 열매를 맺은 다음 모두 말라죽었다고 한다. 지금도 그 줄기와 뿌리를 볼 수 있는지라 그 폭포를 죽암 폭포라 명명한 뒤 이를 두고 '죽암폭포竹巖瀑布' 시를 지었다. 상가타암을 거쳐 아래로 내려와 관음굴觀音窟에서 잤다.

4월 26일, 산을 내려왔다. 관음굴 아래에 반석이 편편하고 맑은 샘이 그 위로 졸졸 흐르고 양편에 목련화가 만발하였다. 이곳에 지팡이를 세우고 맑은 물에 양치도 하고 장난도 하니 마음이 몹시 상쾌하였다.

"시냇물은 옥대玉帶 찬 손님 비웃으리니, 홍진의 자취 씻으려 해도 씻지 못하네.〔溪流應笑玉腰客, 欲洗未洗紅塵蹤.〕"

종수가 詩句를 읊조리며 누가 지은 시냐고 묻기에 한바탕 웃고서, '관음암 아래 산수의 경치가 매우 아름다워, 종수 상인上人(智德이 갖추어져 있는 불제자·승려를 높이어 일컫는 말)쪽으로 기울여 앉아〔觀音庵下泉石甚佳坐頃宗粹上人擧(溪流應笑玉腰客欲洗未洗紅塵蹤)之句相視一粲西此示之〕.'라는 시구를 들어 서로 보며 한 번 웃고는 이것을 넘겨서 그에게 보여 주었다.

내려오는 중간에 민응기와 종수와 여러 승려들은 초암으로 가고 소박달현에 이르러 견여를 버리고 말을 탔다. 대박달현을 넘으니 그곳은 상원사와 그리 멀지 않은 곳이었다. 하지만 힘이 부쳐서 상원사를 가볼 수가 없었다.

정오 무렵에 비로전의 옛 터 아래 시냇가의 한 바위에서 쉬었다. 마침 처남 허사렴許士廉과 맏아들 준寯이 찾아왔다. 이들과 그 바위에 앉아서 한동안 담소한 다음, 앉아 있던 바위를 비류암飛流巖이라고 명명하고 욱금동郁錦洞을 거쳐 郡으로 돌아왔다.」*

*한국고전번역원 | 권오돈 외 11인 (공역) | 1968.

나는 비로사에서 초암사까지 3.4km의 산행을 시작했다. 초암사에서 석륜암으로 올랐던 퇴계가 금선계곡 욱금동으로 하산했으니, 퇴계의 소백산 유산과는 반대 방향으로 산행하게 된다.

'달밭골〔月田〕'은 비로봉과 국망봉 사이의 계곡으로서, 울창한 숲 사이로 하늘의 달을 겨우 볼 수 있는 곳이라는 의미에서 '달 밝은 골' 또는 달뙈기만한 '다락밭골'이라 불리었다.

달밭골은 신라의 화랑도들이 유오산수遊娛山水하던 곳으로 전해 지고 있을 정도로 숲속으로 흐르는 계류를 따라서 비로사에서 초암 사까지 이어지는 산과 계곡물이 어우러진 소백산 자락길이다.

산을 좋아하는 남녀노소 누구나 쉽게 여가를 즐길 수 있는 소백산 자락의 산책길이다.

달밭골 입구의 상가 마을은 퇴계가 소백산 하산 길에 쉬었던 비로 전 앞 비류암飛流巖이 있던 곳으로, 지금은 소백산을 찾는 이들을 위 한 민박촌이다.

태양을 등에 지고 오르막길을 천천히 올랐다. 퇴계가 청량산 녀 든길에 가파른 '불티재'를 오르면서 읊었던 詩가 생각났다.

行行力已竭　가고 또 가니 힘은 이미 다했지만
上上心愈猛　오르고 또 오르니 마음 더욱 굳었노라.

비로봉에서 뻗어 내린 성재〔城峠〕는 달밭골로 들어가는 산문이다. 한 사나이가 나를 앞질러 성큼성큼 산을 올라갔다.

성재〔城峠〕에 올랐더니, 나를 앞질러 갔던 그 사나이가 성재 마루에 앉아 있었다. 숨을 헐떡이며 땀을 닦는 나를 지켜보더니,

"초행은 누구나 힘든 고갯길이지요."

어둑한 산길을 굽이굽이 돌아내렸다. 호젓한 산길은 말이 필요 없었다. 산길을 몇 구비를 돌아내리는 사이에 나뭇가지 사이로 비치던 햇살도 옅어질 무렵 우묵한 곳에 한 오두막이 비트처럼 등산로 한 켠으로 비켜 있었다. 돌담과 바자울 사이에 막대기를 걸쳐서 대문 구실을 하는 제주도식 바자울이 홀로 비트를 지키고 있었다. 그 사나이는 걸쳐진 막대기를 젖히고 돌아서더니,

"시원한 물 한 잔 하시지요."

나는 그를 따라서 좁은 삽짝으로 들어섰다.

앞으로 쓰러질 듯 웅크린 초막이 방은 한 칸인데, 명색名色이 정자까지 갖추고 있다. 마당가의 커다란 나무에 기대어 나뭇가지들이 하늘을 가린 정자는 취사도구들이 정돈된 선반 옆에 천연 수돗물이 철철 넘치는 부엌을 갖춘 평상이었다.

선 자리에서 생수를 벌컥벌컥 마시고 난 후 집 안팎을 살펴보니 집이 좁아서 답답하거나 초라하다고 느껴지지도 않았다. 평상에서 한 발짝에 건너갈 수 있는 방은 단지 침실일 뿐이요, 사방이 푸른 소나무 빽빽이 둘러쳐 있는 평상은 정자亭子요 거실居室이다.

나뭇가지와 잎 사이로 보이는 세 평 정도의 밝은 하늘이 하얀 달
처럼 떠있었다. 깜찍하게 요염한 그믐달이나 초승달도 아니요, 모든
것을 소유하여 터질 듯 부풀어 오는 보름달도 아니다. 가장자리가
손으로 아무렇게나 찢은 종잇장 같은 낮달이다.

'아, 그래서 달밝골 인가 보다.'

집 주인에게 정자 이름을 물었더니, 무엇이 좋겠느냐고 되물어서,
소백산 달 밝은 골의 정자란 뜻으로 '백월정白月亭'이 어떠냐고 했더
니, 그는 한바탕 웃고 나서, "하얀 달을 볼 수 있는 소백산 달밝골 정
자?"라면서 스스로 의미를 덧붙였다.

목은 이색李穡이 이곳에 와서 본 듯 그의 〈산중사山中辭〉가 구구절
절이 가슴에 와닿았다.

山之幽兮深深	산이 그윽하고 깊디깊어
鬱蕭森兮潭潭	빽빽한 숲에 깊고 넓은 골짝이네.
黃鵠尙不得過其顚兮	누른 고니도 그 꼭대기를 못 지나가누나
截然屹立乎崭巖	깎아지른 듯 우뚝 솟은 바위들
邃莫覻兮山之陰	굽어보니 아찔한 산 그늘엔
曖霜露兮濡霑	서리와 이슬이 뽀얗게 젖어 있네.

"왜 산에 사냐?"고 묻자, 그는 허허 웃더니 김광섭金珖燮의 시 〈世上〉의 한 구절로 선문답했다.

산은 자유요 바람이요 고요일세
커서 좋고 깊어서 더욱 좋다네.

그는 산이 좋아서 백두대간을 오르내리다가 이곳에 눌러앉았다고 했다. 나는 소백산에 스케치 왔다가 눈이 내려서 희방사 토방에서 종일 도란도란 거리다가 눈[眼] 스케치만 하고 간 적이 있었다.

"소백산에 눈이 많이 올텐데…"

"소백산은 눈이 와야 제 맛이 나지요."

나는 문득 준雋이 생각났다. 나의 친구 준雋도 한때 산에서 지낸 적이 있다. 그가 있었던 곳은 깊은 산속의 폐광촌이었다.

준雋이 군 입대를 앞둔 그해 겨울, 비너스(venus)가 그를 만나러 왔다가 첫날 밤 창밖에 서설瑞雪이 풀풀 내렸다. 그 다음날도 또 다음날도 폭설暴雪이 푹푹 쌓였다. 가지 부러지는 소리가 눈발에 날리고, 허기진 노루가 눈 속에 머리만 곧추들고 민가로 내려왔다.

푸르른 달빛에 부엉이가 울었으나, 20리 산길을 걸어서 찻길에 닿는데, 찻길이 뚫리려면 또 며칠을 기다려야 했다. 눈 속을 헤치고 온 비너스(venus)의 오래비는 세상 끝에 온 것 같았다. 그녀는 추회追懷의 입김을 뽀얗게 날리며 응달진 산모롱이를 돌아갔다.

자유를 즐기기 위한 산 생활이지만, 고독을 견뎌야 한다.

"늘 혼자 있나요?"

"가끔, 나의 나타샤가 옵니다."

백석의 시 〈나와 나타샤와 흰 당나귀〉의 '나타샤'를 일컬었다. 禹 도사의 나타샤는 풍기읍의 한 아파트에 있으니, 자유와 고독을 번갈 아 향유하는 셈이다.

백석의 시집 《사슴》은 1936년 1월에 출판한 100부 한정판이었다. 평양 숭실중학교 학생 윤동주는 이 책을 구할 길이 없어 도서실에서 진종일 걸려 정자正字로 또박또박 베껴 썼다고 한다.

나타샤는 일본에 유학 중이었는데, 유학을 주선해 준 조선어학회 의 신윤국申允局이 일제에 체포되었다는 소식을 듣고 함흥으로 급히 귀국했다. 백석은 그해 조선일보 기자를 그만두고 함흥의 영생고보 永生高普 영어 교사로 전직했다.

그때 그곳에서 백석과 나타샤가 운명적으로 만난 것이다.

백석은 집안에서 맺어준 결혼을 마지못해서 혼례식은 올렸지만, 서울로 가서 첫날밤을 나타샤와 보냈다.

그날 밤, 함께 떠나자고 했으나 그녀는 갈 수 없었다. 백석은 미농 지 한 장을 남기고 혼자서 만주 신경〔장춘〕으로 떠났다.

그리고 삼팔선이 두 사람을 영원히 갈라놓았다.

나타샤가 할머니가 되었을 때, 백석의 詩가 해금解禁되었다. 본명이 김영한(자야子夜, 법명 길상화吉祥華)인 나타샤는 이 詩에서 스물여섯 살 총각 선생 백기행白夔行의 해맑은 얼굴과 조우遭遇했다.

백석의 詩가 해금解禁되던 그날, 여든넷의 나타샤는 장롱 깊숙이 넣어두었던 미농지 한 장을 꺼내었다. 백석이 만주 신경[장춘]으로 떠날 때 그녀에게 건네 준 미농지에 詩가 적혀 있었다.

가난한 내가
아름다운 나타샤를 사랑해서
오늘밤은 푹푹 눈이 내린다.

나타샤를 사랑은 하고
눈은 푹푹 날리고
나는 혼자 쓸쓸히 앉어 소주를 마신다.
소주를 마시며 생각한다.
나타샤와 나는
눈이 푹푹 쌓이는 밤 흰 당나귀를 타고
산골로 가자 출출이(뱁새) 우는
깊은 산골로 가 마가리(오두막)에 살자.

눈은 푹푹 나리고
나는 나타샤를 생각하고
나타샤가 아니 올 리 없다.
언제 벌써 내 속에 고조곤히 와 이야기 한다.
산골로 가는 것은 세상한테 지는 것이 아니다
세상 같은 건 더러워 버리는 것이다.

여든넷의 나타샤는 그녀의 수필집 〈내사랑 백석〉에서,

"1,000억 원을 줘도, 이 詩 한 줄만 못해…"

1987년, 자신이 운영하던 성북동의 대원각 일대의 7,000여 평의 땅을 시주施主할 뜻을 박재철에게 밝혔다.

그러나 박재철은 나타샤의 시주施主를 사양했다.

백석의 마가리 같은 소백산 마가리는 점점 검은 막이 쳐져갔다. 비로봉과 국망봉이 태양을 막아 선 달밭골은 해가 지는 순간, 어둠 속으로 풍덩 빠져들었다. 어디서 백석의 흰 당나귀가 응앙응앙 울을 것 같았다.

자리에서 일어설 기미를 보이지 않고 미적대는 나를 눈치 챈 듯,

"늦었으니, 누추하지만…."

나는 산촌에서 별을 볼 수 있는 밤을 바랐었다. 그 기회가 온 것이다.

그가 직접 채취한 산채를 안주 삼아서 소주잔이 몇 순배 돌았다. 그의 이름은 禹아무개이며, 소백산 마가리에 자리 잡은 지는 18년이라 하였다. 산속에서 18년 동안 도를 닦았으니, 나는 그를 '禹도사님'이라 하였다.

그는 산에 있어도 세상일에 막힘이 없이 해박하니 도사가 틀림없었다.

달밭골은 영주와 풍기에서 가까운 거리에 있어서, 남녀노소 누구나 가벼운 차림으로 산책散策하는 소백산 자락길이다. 지나는 길에 어쩌다 그의 마가리를 찾아 드는 이가 누구이든 시원한 천연수와 그늘을 베풀었다. 이때 그는 산상수훈山上垂訓의 기회를 놓치지 않는다. 그는 무함마드가 다이프 시민들을 대하듯 결말이 없는 토론을 벌여서 상대방을 곤혹스럽게 하였다. 벌겋게 달아오른 얼굴로 하산下山하는 그들을 보면서, 그는 점점 전능하고 신이神異한 소백산의 산신령 무함마드가 되어갔다.

도낏자루 썩는다는 신선의 바둑판도 있었다.

"바둑은 누구랑 두나요?"

〈별〉의 요정같이 아름다운 그 스테파네트 아가씨처럼 나타샤가 생필품을 가져올 때면 달밭골 마가리에서 시간을 보내기도 한다.

하릴없이 무료無聊한 밤이나 천둥치는 밤이면 바둑으로 서로가 희롱하는데, 조개껍데기(貝)는 게임을 진지하고 다이내믹하게 한다.

"한 수 물려줘요."

"……"

禹도사가 무자비無慈悲한 허슬러hustler로 보이는 순간, 나타샤는 더 이상 순한 스테파네트가 아니었다. 판도라로 변하여 상자를 엎어버린다. '시기·질투·탐욕·슬픔…'의 흩어진 바둑알을 하나하나 주섬주섬 주워 담는 禹도사를 떠올리면서,

'슬쩍 패착敗着을 둘 것이지, 쯧쯧…'

나는 슬그머니 자리에서 일어나 작은 나무 기둥에 걸쳐놓은 바자울 삽짝을 살짝 들어 올리고 마가리 바깥으로 나섰다.

사방이 먹물 속에 빠진 듯 캄캄한 숲속으로 난 하얀 길을 더듬어 갔다. 하늘에는 낮달이 파랗게 물들어 있었다. 이 골짜기가 왜 달밝골인지 이제야 알 것 같았다. 손바닥만큼 작은 하늘이 달처럼 밝다는 뜻에서 달밝골이 달밝골로 된 것을….

등불에 손을 비추어 창문에 그림자놀이 하듯이 나뭇가지들이 불에 탄 듯 검은 손가락으로 이리저리 흔들었다. 짙푸른 달 속에 별이 한둘 성글게 보이다가, 동공瞳孔이 천천히 열리면서, 갑자기 수많은 별들이 하늘 무대를 꽉 메웠다.

나의 숨소리가 들릴 정도로 적막한 숲속에서 별을 바라보고 있노라니, 별들이 그렇게도 찬란하고 신비롭게 느껴진 적은 없었다.

어린 왕자가 화가 나서 말했다.

"어떤 별에 얼굴이 빨간 신사가 살고 있어. 그는 꽃향기를 맡아본 적도, 별을 쳐다본 적도, 누군가를 사랑해 본 적도 없어.

하는 일이라고는 계산하는 일밖에 없었지. 그는 사람이 아니야, 버섯일 뿐이지."

그 얼굴이 빨간 사나이가 바로 나일 거라고 생각이 들었다.

인기척이 나더니, 禹도사가 다가왔다.

"별이 반짝이는 이유를 아는가요?"

내가 물었을 때, 禹도사는 별나라에 갔다 온 우주인인 양 막힘없이 설명해 주었다.

"밤하늘의 별이 반짝이는 이유는 지구의 대기를 통과하면서 빛이 산란을 일으키기 때문이며 ….”

"…"

나는 이희춘 시인의 詩 〈오늘밤에 별이 와서 빛나는 것은〉
한 구절 읽어 주었다.

오늘밤에 별이 와서 빛나는 것은
네가 내 가슴에 와서 반짝이는 까닭이다.

나는 나뭇가지에 가려져서 손바닥만 한 하늘의 별을 다 헤일 줄 알았는데, 그만 다 못 헤고 눈이 시렸다. 윤동주는 가슴속에 하나 둘 새겨지는 별을 다 못 헤는 것은 쉬이 아침이 오는 까닭이며, 내일 밤이 남은 까닭이요, 아직 청춘이 다하지 않은 까닭이라 했다. 윤동주는 청명한 가을 하늘에 가득한 별을 보면서, 별 하나에 아름다운 말 한마디씩 불러보았다.

지금 저 하늘 가득한 별 중 한 별이 반짝이는 것은, 별이 된 그가 이 밤에 소백산 달밭골에서 별 헤는 나에게 자신의 별에 '윤동주'라고 불렀다는 뜻일 게다.

"우주는 아무리 광활해도 끝이나, 시작이 있었을까?"

돌아선 채 바지 지퍼를 올리며, 禹도사가 독백처럼 말을 흘렸다.

그것은 칸트(I. Kant)의 이율배반二律背反(모순)의 법칙이다. 우주에 시작이 있다는 주장과 우주는 본래 그 자리에 있었다는 주장이 똑같이 믿을 만한 근거가 있기 때문이다.

만약 우주에 시작이 없다는 것은 어느 사건이든 발단이 있는데, 그것이 없다는 것은 불합리한 것이다. 우주에 시작이 있었다면, 그 이전에 있었던 우주는 하필이면 그 특정한 시기에 시작해야 했을까 하는 것이다.

그 정반正反의 두 주장은 동일한 논의에 불과하다. 우주가 영원히 존속하건 말건 간에 시간은 무한정 과거로 거슬러 오를 수 있으며, 시간이란 개념은 우주가 시작하기 이전에는 아무 의미가 없기 때문이다.

금계 황준량은 〈이기에 대하여 읊다[理氣吟]〉에서, 이기는 아득하여 근원을 알 수 없다고 했다.

太虛寥廓氣無窮　태허는 아득하고 기는 다함이 없는데
人物生生橐籥中　인물은 풀무 속에서 나고 난다네.
若識一原同處異　만일 한 근원의 같은 곳이 다름을 알려거든
許君親質紫陽翁　그대가 직접 자양옹에 질정함을 허여하리.

소백산 깊숙한 달밭골 마가리는 적막했다. 서늘한 밤기운에 걸음을 재촉하여 산굽이를 돌아드니 어둠 속에서 별처럼 반짝이는 것이 있었다. 그 빛나는 별은 禹도사의 방문房門이었다. 겨우 한 사람이 고개를 숙이고 몸을 웅크려야만 드나들 수 있는 광창光窓 만큼이나 작은 방문이었다. 방문이 커다랄 필요가 없다. 별처럼 어둠에서 빛나기만 하면 된다. 문밖은 무주공산無主空山이니, 마가리(오두막) 같이 나타샤와 함께 하고 흰 당나귀가 울어주고 소주가 있으면 된다. 산 사람들은 풍족함을 누리기 위한 것이 아니라, 부족함을 극복하기 위해서다.

이튿날, 마가리의 동창이 밝아오자 어슴푸레한 여명 속에서 산천은 조금씩 모습을 바꾸어 가고, 들쭉날쭉 나뭇가지 위로 낮달이 발그무레해지며, 짙푸른 기운이 감돌았다. 잠에서 깨어나듯 나뭇가지마다 안개를 흔들어서 털고 있었다.

새벽 산책길, 안개가 스믈스믈 감도는 숲속의 토끼 길을 禹도사의 뒤를 따라 붙었다. 골짜기마다 햇살이 내려앉을만한 곳은 국방채권 위조범 드가식 울타리 안에 희귀한 약초가 이슬을 머금고 갇혀있었다. 잡초가 있기는 울타리 안팎이 별 차이 없었다.

마지막 답사 코스에서, 禹도사가 국방 채권 위조범 루이 드가보다 현실 적응성이 더 강하다는 판단이 섰다. 산책길 아래 개울가 우묵한 곳에 벌통이 있었다. 통나무를 적당한 크기로 잘라서 속을 파내고 황토를 발라서 세워놓은 토종 벌통을 보는 순간,

'산세는 무슨, 토종벌의 꽁무니에 꽂혔겠지…'

禹도사, 그는 한때 오르지 않은 산이 없을 정도로 전국의 산야를 섭렵涉獵하다가 달밭골의 산세山勢에 매료되었다고 했다.

그의 山은 업業을 의미한다. 더 이상 섭렵할 산이 없는 처지가 되면서부터 국방 채권 위조범 루이 드가가 돼지치기에 매달리듯이 禹도사는 토종벌로 자위하고 위무慰撫의 꿀을 취했다.

처음 입산했을 당시만 해도 산에 살면 무조건 산신령처럼 도를 통하는 줄 알았다. 무함마드가 히라 산에서 계시를 받고 '한 손에는 칼, 한 손에는 코란'을 들었던 것처럼 그는 자신을 소백산에서 계시를 받은 산신령으로 여기는 과대망상증에서 헤어나지 못했다.

1565년 겨울에 조목이 지은 詩, 〈퇴계로 선생을 찾아뵈러 가니 김명일과 김성일, 우성전 등이 《심경》과 《대학장구》에 대해서 분석하고 질의함에 간혹 마음에 들지 않는 것이 있었다.〉

水北山南謁大師　낙수 북쪽 도산 남쪽에서 스승님 배알하오니
群朋一室析千疑　벗들 한방에서 의문을 파서 쪼개었다네.
歸來十里江村路　돌아오는 십 리 강마을 길 가는데
宿鳥趨林只自知　숲으로 잠자리 찾아가는 새만이 알고 있네.

퇴계는 제자 중에 성품이 강한 조목趙穆에게 강剛과 유柔 모두 장단점이 있는 만큼 중용의 덕을 취할 줄 알아야 한다고 조언했다. 선비가 지조를 견지하는 일도 중요하지만, 남의 의견을 받아들이는 포용력도 지녀야 한다는 점을 분명히 해, 맞서는 것만이 능사가 아님을 강조했다.

"공의 詩를 자세히 보니 근래에 와서 크게 진보하여 취미를 얻었음을 느낄 수 있어 기쁩니다. 다만 그 사이에 자랑하고 뽐내며 스스로 기뻐하는 태도가 없지 않고 겸허하고 물러나며 온후한 뜻은 적습니다. 이와 같은 것을 그치지 않는다면 덕에 나아가고 학업을 닦는 일에 결국 방해가 될까 두렵습니다.

'돌아가는 십 리 강마을 길을 숲으로 잠자리 찾아가는 새만이 알고 있네.'라는 한 구절은 바로 공이 스스로 말한 '미처 남들이 알지 못하는 부분을 초연히 홀로 체득했다.'고 한 것입니다.

취미로 논한다면 매우 의미가 있습니다만, 학문하는 뜻으로 본다면 바로 이 구절에 병통이 있는 것입니다. 그것은 지나치게 조급히 가려고 꾀해서입니다.

이때에 이 사람의 마음이 곧 스스로 지나치게 만족하여 나는 이미 알고 있는데, 세상 사람들은 다 모른다고 생각하고서는 자기 자신을 천하의 일인자로 끌어올려 다시는 유익함을 구하고 선을 불러들이는 일이 있음을 알지 못합니다."

나비 문신을 잘 그리는 빠삐용·papillon(나방)은 절해고도에서 원주민에게서 진주알까지 챙길 수 있었지만, 달밭골에서 국방 채권 위조는 분봉한 여왕벌을 모셔오는 기술보다 쓸모없음을 알게 되면서, 禹도사는 일곱 번째 파도(seven waves)의 미련을 버릴 수 있었다.

"세상한테 지는 것이 아니라, 세상 같은 건 더러워 버렸다."

그는 자신을 놓아버림으로써 자유로운 나비로 우화羽化할 수 있었다. 인간은 누구나 자기최면自己催眠 상태가 되었을 때 온갖 욕심에서 해탈解脫할 수 있으니까.

나는 禹도사와 헤어져서 초암사 방향으로 내려왔다. 성재에서 초암사 구간은 하늘을 볼 수 없으니 위성에서도 잡히지 않는 우묵한 숲속 길의 연속이었다.

바위틈에 피어나 바람에 하늘거리는 여린 참꽃 이파리에 눈길이 가기도 하고, 푹신한 산길을 만나면 신을 벗어들고 맨발로 걷다가, 길섶에서 산새가 놀라 뽀르르 날아가는 숲속, 계류의 속삭임에 귀를 기울이다가 다시 앞으로 나가면 계류도 따라왔다.

퇴계 이황이 소백산 유산길에서 종수가 詩를 읊조리며,

"溪流應笑玉腰客 欲洗末洗紅塵蹤"를 누가 지은 詩냐고 묻기에, 퇴계가 한바탕 웃고 나서, '산골짜기 시냇물에 응해 한바탕 웃은 고결한 나그네가 혼탁한 세속의 흔적을 씻으려는 구나'라는 詩句를 들어 서로 보며 한 번 웃고는 이 시를 그에게 건네 보여주었다는 곳이 바로 이곳이 아닌지.

초암사 널따란 마당에 당도하니, 발가벗긴 채 속세로 내동댕이쳐진 기분이었다. 태아가 모자분리母子分離 되는 순간, '으앙' 울음을 터뜨리는 것은 이처럼 눈이 부시기 때문이 아닐까.

눈부신 태양이 빛의 화살을 쏘아대면 인간은 노예처럼 일하지 않으면 안 된다. 인간은 자신이 하고 싶은 일을 하면서 즐기기 위해 태어났는데, 태양은 밤과 낮을 교묘하게 이용하여 시간을 멈추지 않고 세상의 모든 것을 쉼 없이 움직이게 하고 결국 노쇠한 만물은 병들고 쓰러지고 사라진다. 태양 아래(under the sun) 영원히 온전한 것은 있을 수 없다.

"세상한테 지는 것이 아니라, 세상 같은 건 더러워 버렸다."
태양의 노예가 되지 않고, 오로지 자신만의 시간을 즐길 수 있는 禹도사, 눈이 푹푹 쌓이는 밤 흰 당나귀를 타고 떠난 백석.
禹도사와 백석의 공통점은 일찍이 금단의 열매를 먹고 자유를 찾아서 '에덴의 동쪽'으로 떠나간 외로운 늑대들이다.

"이로움을 보면 의로움을 생각한다[見利思義]."(논14:13)에서,
義와 利를 상반되는 것으로 명확히 분별하였으나, 퇴계는 利와 義가 모순되는 것이 아니라 병행할 수 있다고 하였다.
퇴계는 금계 황준량黃俊良에게 보낸 편지에서, '위하는 바 없이 당연한 것[無所爲而當然]'을 義로 보고, '순하게 이루어지고 편익한 것

〔順遂便益〕'을 利로 보면서, 義에 따라 일을 처리하면 일이 순조롭게 이루어지기 때문에 利가 저절로 義 속에 포함된다고 해서 '利란 義의 和'라고 하였다. 〈答黃中擧〉

　　예수는 인간이 지니는 견물생심에 대해서,

　　"네 보물 있는 곳에 네 마음도 있느니라."

　　인간의 욕망을 꿰고 있다. 그러나 예수는 재물의 소유가치보다 사용가치를 중시하여,

　　"너희를 위해 보물을 땅에 쌓아두지 말라, 하늘에 쌓아 두라."

　　재물의 사용가치를 극대화하여 善한 일의 도구로 삼으면 장차 내세의 복락이 있으리라는 약속이다.

　　"너희 소유를 팔아 구제하여 낡아지지 아니하는 배낭을 만들라." 하늘에 쌓아두는 것은 가난한 자들을 구제하는 데 있다. 개신교인들은 신의 뜻을 충실히 수행하기 위해 기업 활동에서 얻은 재화를 자신의 사치나 편의를 위해서 소비하지 않고, 기업을 위해 재투자하거나 가난한 자들을 구제하는 도구로 삼는다.

　　붓다는 행복을 성취하는 방법으로 '보시바라밀'을 가르쳤다. 행복은 채움과 비움으로 성취된다. 보시는 베푸는 것에 국한되는 것이 아니라 받는 것도 포함된다. 진정한 보시는 최상의 행복인 해탈·열반에 이르는 지름길이다.

보시報施야말로 탐貪·진瞋·치癡, 즉 욕심과 미움과 어리석음의 마음을 정화해 비우고, 청정과 안온과 영감을 채워주기 때문이다.

박재철의 법명은 법정法頂이다. 법정의 '무소유'란 무엇을 소유한다는 것은 한편으로 소유를 당하는 자기모순에서 벗어나는 것이다. 무소유에 대한 집착은 소유에 대한 집착의 또 다른 이면으로써, 아무것도 갖지 않을 때 비로소 온 세상을 갖게 된다.

'무소유無所有'는 아무것도 갖지 않는 것이 아니라 불필요한 것을 갖지 않는다는 것이다.

1997년, 나타샤의 그 뜻이 받아들여졌다. 요정 정치의 대명사였던 대원각大宛閣이 아미타부처를 봉안하고 좌우로 관세음보살과 지장보살이 협시한 길상사吉祥寺로 거듭나게 되었다.

법정의 부탁으로 조각가 최종태가 성모 얼굴에 화관을 쓴 '길상사관음보살상'을 설법전 앞에 세웠다. 그 설법전 남쪽 성북동 언덕에 길상화 보살과 법정의 고귀한 뜻을 기리고 길상사와 성북성당, 덕수교회가 함께한 종교 간 교류의 의미를 전하기 위한 길상보탑이 세워졌다.

길상보탑吉祥寶塔 안에 미얀마국에서 1600여 년전 고탑 해체 과정에서 출토한 부처님 오색정골 사리·응혈 사리·아라한 사리 등을 봉안하였다.

지금은 백석도 나타샤도 법정도 떠나고 없는 세상. 성모 얼굴을 한 '길상사관음보살상' 앞에 서면, 〈알함브라 궁전의 추억〉의 애잔한 트레몰로 연주가 잔잔하게 느껴진다.

19세기 스페인의 대표적 작곡가 타레가Francisco Tárrega는 그라나다 지방을 여행하다가 달빛이 드리워진 알함브라 궁전에서 자신의 사랑을 떠올리며, '알함브라 궁전의 추억'을 작곡했다.

콘차 부인을 사랑했으나 이루지 못하고 실의에 빠진 타레가의 사랑의 추억은 나타샤와 사랑을 이루지 못하고 홀로 떠났던 백석의 사연과 닮았다.

어느 가을 날, 낙엽이 깔리는 길상사에서, 안드레아 보첼리의 〈아랑후에즈 En Aranjuez Con Tu Amor〉 노래를 들으면, 백석과 나타샤의 애잔한 로맨스가 느껴질 것이다.

Aranjuez, 사랑과 꿈의 장소
정원에서 놀고 있는 크리스탈 분수가
장미에게 낮게 속삭이는 곳.

Aranjuez, 바싹 마르고 색 바랜 잎사귀들이
이제 바람에 휩쓸려 나간
그대와 내게 한때 시작한 후
아무 이유도 없이 잊혀진 로맨스의 기억
아마도 그 사랑은 여명의 그늘에
산들바람에 혹은 꽃 속에
그대가 돌아오기를 기다리며 숨어 있나보다.

Aranjuez, 바싹 마르고 색 바랜 잎사귀들이
이제 바람에 휩쓸려 나간
그대와 내게 한때 시작한 후
아무 이유 없이 잊혀진 로맨스의 기억이다.
Aranjuez, amor tu y yo

"산골로 가는 것은 세상한테 지는 것이 아니다,

세상 같은 건 더러워 버리는 것이다."

백석이 내 속에 고조곤히(조용히) 와 이야기한다.

나는 알 수도 없는 모래성을 찾아 가듯이 죽계를 따라 걸었다. 달밭골 까마귀라도 한 마리 우지 짖고 지나기를 행여나 바라는 간절함으로 정지용의 〈향수〉를 흥얼거렸다.

　　하늘에는 성근별 알 수도 없는 모래성으로 발을 옮기고

　　서리까마귀 우지 짖고 지나가는 초라한 지붕

　　흐릿한 불빛에 돌아앉아 도란도란 거리는 곳

　　그곳이 차마 꿈엔들 잊힐 리야…

초암사에서 배점까지의 죽계를 따라 걷는 구간은 죽계구곡의 선경이다. 안축安軸은 '강릉도 존무사'로 있으면서 남쪽을 바라보며 고향을 그리워하며, 〈백문보께 올리는 노래[白文寶按部上謠]〉로 그의 고향 흥주興州에 있는 영구산靈龜山과 숙수루宿水樓 등 그 풍치가 관동팔경보다 못하지 않은데도 노래하지 않아 그는 매우 괴이하게 생각했다.

안축安軸은 이곳을 둘러보고, 〈죽계별곡竹溪別曲〉을 노래했다.

죽령 남쪽 영가永嘉(안동) 북쪽 소백산 앞에
천 년 흥망성쇠 속에 한결같이 풍류를 지닌 순정성順政城 안
다른 데 없는 취화봉翠華峯에 왕의 태를 묻었으니
아, 이 고을 중흥 광경 어떠한고.

청백한 기풍 지닌 높은 가문
두 나라의 관함을 지녔으니
아, 산 높고 물 맑은 광경 어떠한고.

숙수루宿水樓·복전대福田臺·승림정자僧林亭子
초암동草庵洞·욱금계郁錦溪·취원루聚遠樓 위에서
반쯤은 취하고 반쯤은 깨었는데
붉고 흰 꽃이 핀 산속 비 내리는 속에
아, 절에서 노니는 광경 어떠한고.

고양高陽의 술꾼들처럼
구슬 신발 신은 3천 식객食客처럼,
아, 손잡고 어울리는 광경 어떠한고.

채봉彩鳳이 날고 옥룡玉龍이 서린 언덕
지필봉紙筆峯·연묵지硯墨池 고루 갖춘 향교에서는

마음은 육경을 공부하고 뜻은 천고를 궁구하는 공자의 무리들
아, 봄에는 글을 외우고 여름에는 거문고 타는 광경 어떠한고.
해마다 삼월이 오면 긴 노정에
아, 갈도喝道 외치며 신임자를 맞이하는 광경 어떠한고.

초산효·소운영과 아름다운 계절 동산에서
꽃은 만발하여 난만한데
그대 위해 훤히 트인 버드나무 그늘진 골짜기로
바삐 거듭 오길 기다리며 홀로 난간에 기대어
새로 나온 꾀꼬리 울음 속에
아, 한 떨기 꽃처럼 검은 머릿결 구름처럼 늘어지는데
하늘이 내린 아름다운 복사꽃 붉을 때
아, 천리에서 그리워하니 어찌할꼬.

붉은 살구꽃이 어지러이 날리고 향긋한 풀은 푸른데
술동이 앞에서 긴 봄날
푸른 나무 우거지고 단청 고운 누각은 그윽한데
거문고 가락 위로 불어오는 훈풍
노란 국화와 빨간 단풍이 청산을 비단처럼 수놓을 제
말간 가을 밤 하늘 위로 기러기 날아간 뒤
아, 눈 위로 휘영청 달빛이 어리비치는 광경 어떠한고.
중흥하는 성스러운 시대에 길이 태평을 즐기니
아, 사시사철 즐겁게 놀아보세.

죽계구곡은 소백산 국망봉과 비로봉 사이에서 발원하여 내성천으로 흘러들어 가는 죽계천의 상류의 2km 구간이다. 죽계구곡의 1곡은 백운동 취한대翠寒臺이고, 2곡은 배점 남쪽에 있는 바위로 금성반석金城盤石이며, 3곡은 그 위쪽에 있는 소沼 백자담白子潭, 4곡은 초암사 아래 골짜기 이화동梨花洞, 5곡은 이화동 위쪽의 소沼 목욕담沐浴潭이고, 6곡은 초암사 동남쪽 골짜기 청련동애靑蓮東涯이며, 7곡은 그 아래의 용추龍湫, 8곡은 용소에서 40미터쯤 떨어진 지점에 있는 바위로 금당반석金堂盤石, 9곡은 금당반석의 위쪽에 있는 소沼 중봉합류中峯合流라 부른다.

백운동 취한대翠寒臺를 지나 내려가면 금계錦溪 황준량黃俊良의 고향 금계촌이다. 황준량은 풍진세상을 벗어나 자연을 즐기며 살고 싶은 마음에서 〈죽계팔곡〉을 지어서 아름다운 소백산 계곡을 신선 마을이라 읊었다.

白山元氣此蟠根　소백산 원기가 이곳에 뿌리 서려
多少名區散洞門　명승지 숱하게 골짝에 흩어져 있네.
流水桃花無恙否　계곡물과 복사꽃은 별 탈 없는가
乘風吾欲訪仙源　바람 타고 신선 마을 찾으려 하네.

초암사에서 죽계를 따라서 배점으로 내려왔다. 배점 마을의 대장 장이 배순裵純은 소수서원에서 퇴계 이황의 가르침을 받고 평생 동안 스승으로 모셨는데, 이 마을에는 그를 동신洞神으로 모시는 정려각이 있다.

배점 마을에서 죽계로를 따라 소백산 국망봉 동쪽 기슭의 덕현리로 오르다가 덕현 마을 못 미쳐서 왼쪽으로 난 호젓한 숲속 길을 산새들이 반기는 노랫소리 들으며 느긋하게 오르니, 새로 지은 듯 단청이 말끔한 일주문이 내려다보고 있었다.

일주문 계단에 오르자, 가람들이 하나하나 차례로 시야에 들어오기 시작한다. 어쩌면 수호지의 양산박 같은 느낌이 들 정도로 골짜기의 지형에 따라서 들쑥날쑥하게 배치되어 있다.

성혈사聖穴寺의 '혈穴'에서 수도승이 수도하던 토굴이었음을 짐작할 수 있다. 나한전은 1553년(명종 8년)에 처음 지어진 후 많은 세월이 흐른 후에 산신각, 요사체, 대웅전이 들어서고 근래에 일주문까지 세우게 되면서, 골짜기의 지형에 따라 이리저리 방향을 틀어서 흩어져 있다.

성혈사 나한전에는 석가모니의 좌우에 아난阿難과 가섭迦葉 등 부처님의 제자 16나한을 일렬로 모시고 있다. 나한羅漢은 아라한阿羅漢의 약칭으로 성자聖者를 의미하며 응진전應眞殿이라고도 한다.

백주白洲 이명한李明漢의 〈동창곡東窓曲〉은 봄날 해가 이미 뜨고 새들도 지저귀는데, 늦잠 자는 아이에게 언제 일을 할 것이냐며 꾸짖는다. 태양이 격자 문밖에서 빛의 화살을 쏘아대면 소〔牛〕치는 아이도 노예처럼 일하지 않으면 안 된다.

> 동창東窓이 밝았느냐 노고지리 우지진다
> 소〔牛〕치는 아이는 여태 아니 일어났느냐
> 고개 넘어 사래 긴 밭을 언제 갈려 하느냐.

이명한의 〈동창곡東窓曲〉에서, 우리네 격자문 창살은 새로운 하루를 알리는 자명종이며, 닫힌 공간에서 열린 공간으로 통하는 희망의 통로이다. 악귀를 막고 복福을 기원하는 마음에서 반가에서는 창호지에 국화로 멋을 내기도 하고, 사찰에서는 문살 교차점에 꽃 조각으로 꽃살문을 만들기도 하였다.

선암사의 꽃살문은 괴석 사이에 커다란 나무가 가지를 뻗고 꽃봉오리를 맺었고 내소사 꽃살문은 국화, 모란, 연꽃이 살아서 숨 쉬는 듯 그 형태가 각양각색이다. 이처럼 꽃살문은 어느 절에서나 흔히 볼 수 있는 당연한 것으로 여겨왔다. 그러나 법당의 꽃살문은 민가에서처럼 단순히 장식용이 아니라 불교적인 의미를 지니고 있다.

꽃살문을 통해 속계에서 바라보는 법계는 비밀의 화원과 같이 기화요초로 장엄된 세상이다. 반대로 법계에서 바라보는 바깥쪽의 속계는 햇살에 비친 문살의 그림자만 수묵화처럼 비쳐진다. 법당의 문짝 하나에도 이렇게 많은 의미를 담고 있다.

울진의 불영사佛影寺 응진전, 완주군의 송광사松廣寺 대웅전, 영천시 은해사銀海寺 거조암居祖庵의 나한들은 각양각색의 문양과 채색이 다양하고 화려하다.

성혈사 나한전은 정면 3칸의 측면 1칸의 아담한 맞배지붕의 나한전은 문살의 단청이 벗겨진 채 나뭇결이 드러난 소박한 조각은 나무 조각이 아니라 한 폭의 민화를 들여다보는 느낌이다.

이 꽃살문은 널판에 통째로 새겨 문짝에 끼운 것으로 이처럼 통판 투조通版透彫의 꽃살문은 전국에 몇 군데만 현존하고 있어 성혈사 나한전의 문살은 특별하고 귀한 가치를 지닌 것이다.

정면 3칸의 칸마다 두 짝씩 모두 6짝의 문짝 중에 왼쪽 두 짝과 다섯 번째 문살은 매화 문양을 사방 연속 도안으로 배열하였다. 이들 매화 문양은 흐트러지지 않은 정교함 그 자체로도 미적인 아름다움을 지녔지만, 가운데 두 짝의 연지蓮池 문살과 맨 오른쪽의 모란 문양을 받쳐주기도 한다. 만약 이 매화 문양이 없는 흰 벽체가 옆에 있다면 어떨지 상상해보면 매화 문양이 주위와 얼마나 조화로운 지를 짐작할 수 있다.

누구나 나한전 문살 앞에 서면 숨은그림찾기 하듯 문살의 조각에 집중하게 되고, 그림이 하나하나 찾아지면 자연스럽게 스토리텔링이 만들어지게 된다.

가운데 문은 숨은그림찾기의 대상이 다양한데, 이는 나한전 앞 연지蓮池를 의미하듯 연꽃과 연잎이 무수히 피어 있다. 오른쪽 문의 모란꽃 문양의 사실성과는 다르게 가운데 문살의 조각들은 모두 단순화된 형태이며, 연꽃과 연잎이 연화세상蓮花世上, 즉 도솔천이나 극락세계를 돋보이게 한다.

가운데 문의 두 쪽 중에 오른쪽 문 상단의 새 한 마리가 긴 부리를 밑으로 내밀고 날렵하게 물고기를 잡으러 물속으로 빠져들고, 그 바로 아래에는 연잎 사이에 몸을 숨긴 용 한 마리가 몸이 가냘프고 연약한 발톱으로 겨우 연잎 사이를 붙들고 지탱하는 동작이다. 마치 극락세계에는 힘센 자도 순하고, 약한 자도 안전하게 살아가는 세상임을 짐작할 수 있다. 두루미 두 마리가 마주보는 형태로 두 문에 각각 한 마리씩 나누어서 조각되어 있는데, 왼쪽 문의 두루미는 고개를 들고 있고, 오른편의 것은 물고기를 찾아서 고개를 숙인 모습이다. 왼쪽 문의 위를 살피는 두루미 아래에는 두루미를 피해서 반대쪽으로 몰려가는 물고기 떼가 눈길을 끈다.

새와 물고기가 각각 반대 방향으로 움직이고 있어서 대칭적 요소이지만 변화를 주어 일정한 도식적 틀에 얽매이지 않고 자유분방하다. 같은 위치의 반대쪽 문에는 연꽃 핀 물결 위가 잔잔하고 물고기들은 하단으로 배치하여 안정감을 주었다. 연지蓮池의 맑은 물속에 생명체들이 평화롭고 건강한 생태계를 유지하고 있다.

오른쪽 연지蓮池에 동자 한 명이 연잎 배 위에 앉아 연 줄기를 노저어서 뱃놀이를 즐기고 있다. 오른쪽 무릎을 구부려 한 발을 슬쩍든 모습에서 호두까기 인형처럼 살아서 움직이는 모습이다.

연잎 배를 타고 노젓는 동자승의 앙증맞은 천진성, 연잎 위에 앉아 막 튀어오를 듯 몸을 웅크리고 있는 청개구리 한 마리, 반대쪽 문살의 앞선 게를 쫓아서 늦었지만 엉금엉금 기어가는 또 한 마리의게, 이 모두가 유유자적하는 연화 세상을 해학적으로 풀어냈다.

색이 바랜 듯 연하게 남아 있는 퇴색한 빛깔이 오히려 깊은 맛을자아내고 세월의 비바람에 갈라진 나뭇결, 몸이 두 동강 난 물고기는 물고기대로 연꽃은 연꽃대로 애잔한 감동을 준다.

오른쪽 모란 문양은 위에서 아래로 흘러내리듯 자연스레 투각하여 덜 핀 모란, 활짝 핀 모란, 막 피려는 듯 꽃잎을 열기 시작하는 모란 등 꽃봉오리의 모양과 위치를 다양하게 조화를 이루었다.

나한전 문살의 물고기와 개구리·두루미 그리고 동자는 우리들속계의 눈에는 정지한 미라mirra에 불과하지만, 법계의 16나한들의눈에는 생명체들이 서로를 배려하면서 어울려 살아가는 아름답고이상적인 극락세계로 보일 것이다.

신기神氣를 담은 장인匠人의 조화로 문살 조각들에게 생명을 불어넣어서 맑은 계류로 헤엄쳐 가게 하였는데, 그때 미처 따라가지 못하고 황태처럼 미라mirra가 된 채 300여 년 동안 문살에 붙어 있다가다행히 부처님 은덕으로 보물로 지정된 것이 아닐까?

성혈사에서 내려와 배점마을에 이르러 맑고 푸른물이 찰랑이는 순흥지順興池 호반을 걸었다. 소백의 산그림자 드리운 맑은 호수에는 어류魚類들이 수초들 사이로 꼬리치며 몰려다녔다.

'아마도 성혈사 나한전 문살 조각들이 생명을 얻어 계류를 타고 이곳으로 온 것이리라.'

소백산 달밭골에서 흘러내린 죽계천과 국망봉 성혈사의 계곡물이 순흥의 배점에서 합수合水 된 것이 순흥지다. 두 갈래의 계곡물이 합쳐지는 곳은 영험한 기운이 뭉치는 곳, 순흥이 바로 이런 곳으로서 영주·풍기는 물론 봉화까지도 순흥도호부의 관할이었고, 안향이 태어난 이곳에 세운 백운동서원이 최초의 사액서원의 효시가 되었다.

퇴계가 18세 때, 제비실〔燕谷〕의 작은 연못을 보고 지은 詩는 연비어약鳶飛魚躍을 자연 본연의 조화로 읊은 주자의 천리天理 詩에 버금가는 철학적 사색이 표현된 작품이다.

露草夭夭繞水涯　이슬 맺힌 풀잎은 물가에 우거졌는데
小塘淸活淨無沙　고요한 연못 맑디맑아 티끌 한 점 없네.
雲飛鳥過元相管　떠가는 구름 나는 새는 본시 연줄이지만
只怕時時燕蹴波　다만 저 제비 발길에 물결 일까 두렵네.

퇴계는 이 詩의 '운비조과원상관 지파시시연축파' 구절에서 구름과 새의 본래 모습과 상관없이 자기 본위로 물결을 일으켜 왜곡시키는 것은 천리에 배반하는 것이며, 이는 마음이 지향하는 것에 따라서 제멋대로 굴절시키는 욕심에서 비롯된 것이라 하였다. 15세 소년의 비평적 관찰력이 돋보이는 詩이다.

'순흥지에 솔개 날고 물고기 뛰니 천리가 유행하네.〔閒來坐順興池晚, 活潑鳶魚一理天!〕여름이면 연잎이 호수를 덮고, 멀리 소나무 숲에 둥지를 튼 백로가 호수 위를 비상하겠지?'

순흥지 호반의 숲속에 가뭇가뭇한 빨간 지붕의 펜션들을 건너다보면서, 알프스의 설산雪山을 배경으로 백조가 호수에 떠다니는 스위스의 평화로운 풍경을 떠올리며, 삼탄三灘 이승소李承召의 〈설경도雪景圖〉를 읊었다.

江天雪霽江雲空　하늘에 눈 개이자 호수 위 텅 빈 하늘
湖上靑山白幾重　호숫가 푸른 산은 하얀 빛이 겹겹이네.
萬壑無風寒晶屭　만 골짜기 바람 없어 매선 추위 힘을 쓰고
千峯疊玉巧玲瓏　천 봉우리 옥 쌓이어 영롱한 빛 눈부시네.

영주 부석사浮石寺, 순흥부 동쪽 봉황산 기슭에 676년(신라 문무왕 16) 의상義湘이 창건한 화엄종華嚴宗의 중심 사찰이다.

순흥부는 시대에 따라 변천하였는데, 순흥도호부로 복설된 것은 이 지역의 중심이기도 하지만, 인근에 있는 천년 고찰 부석사와 무관하지 않을 것으로 본다.

'순흥順興이 부석사를 품은 것인지, 부석사가 순흥을 흥興하게 한 것인지?'

수도권의 사찰이 그러하듯이 상호보완으로 상흥相興한 것으로 여겨진다.

부석사는 의상이 세운 화엄종華嚴宗의 근본도량根本道場이다. 우주의 만물은 어느 하나라도 홀로 있거나 일어나는 일이 없이 시간과 공간 속에서 서로 원인이 되어 연기緣起하기 때문에 대립을 초월하여 융합하게 된다는 화엄사상華嚴思想은 현상과 본체는 결코 떨어져서는 있을 수 없으며, 항상 평등 속에서 차별을 보이고 차별 속에서 평등을 나타낸다는 것으로, 일즉일체一卽一切・일체즉일一切卽一의 논리가 전개되는 것이다.

오늘날 화엄의 가르침은 국가와 사회를 정화하고, 사람들 간 서로 대립을 지양하고 융합시키는 역할을 지향해야 한다.

신라시대의 불교는 각종 각파의 대립 분열이 없는 소위 통불교通佛敎의 시대였으므로 화엄종이 하나의 교학으로서는 의상으로부터 계승되어 왔으나, 화엄종이 하나의 종파로 성립된 것은 고려시대에

11개 종파로 분화되었던 것을 조선시대에 통폐합하여 선종과 교종 둘이었으나, 화엄종은 교종 속에 합쳐졌다.

오늘날 종파의 이름도 없어진 지가 오래되었지만 화엄교학의 흐름은 이 땅의 불교사상을 지탱하는 근본사상을 이루고 있다.

산지나 구릉에 지어진 사찰은 대부분 길게 늘어진 공간 구조를 가지고 있다. 중심축을 따라 입구에서 안으로 들어갈수록 높아지도록 배치되어 있다. 소위 기승전결起承轉結의 구조인데, 부석사도 예외가 아니다.

부석사의 가람 배치는 초입의 '태백산부석사일주문'을 지나서 언덕을 오르면서부터 극락세계를 주재하는 무량수전無量壽殿에 오르는 과정이 전개된다.

사찰 입구에서 천왕문까지의 도입 공간이 기起, 범종각까지 승承, 축이 꺾여 전환점을 맞는 안양문까지 전轉, 안양루와 무량수전은 결結인 셈이다. 부석사는 입구의 일주문에서부터 마지막 무량수전까지 전체를 하나로 보아야 한다.

부석사 초입, 스님의 공덕을 기리고 악귀를 막는다는 당간지주幢竿支柱가 천년 세월의 검버섯에도 하늘을 찌를 듯 수려하고 절제된 자세로 일즉일체一卽一의 화엄을 수행하고 있다.

당간지주를 지나 천왕문에 오르면, 무량수전의 아미타불阿彌陀佛을 수호하는 사천왕이 양편에서 눈을 부릅뜨고 위협적인 자세로 노려보고 서 있다. 사천왕은 수미산 중턱에 살면서 사방을 지키고 불법을 수호하는 사대천왕四大天王에서 비롯된 것이나, 토함산 석굴 사천왕상처럼 석탑의 탑신부에 부조되거나 조사당의 사천왕 벽화처럼 탱화로 그려지다가, 원대元代 이후 라마교의 영향으로 동방지국천왕이 비파琵琶, 남방증장천왕이 보검寶劍, 서방다목천왕西方多目天王이 나삭羅索(그물망), 암흑계 악령의 우두머리 북방다문천왕이 보탑을 들고 있다.

'사천왕이 시대적으로 변천해 왔다면, 오늘날은 어떤 상이어야 할까? 스마트폰을 든 로봇? 아마, 세계에서 첫 번째 디지털 사천왕이 아닐까?'

천왕문에서 층계를 올라 성城처럼 돌로 쌓은 석단石壇 위에 오르면 석탑과 요사채·응향각凝香閣·원각전 등이 높이와 방향에 변화를 주어 시선을 소백산 능선을 향하도록 배치하였다. 범종루梵鐘樓·안양루安養樓 밑을 차례로 지나서 부석사의 본전本殿인 무량수전無量壽殿에 오른다.

무량수전은 봉정사 극락전과 거의 같은 시기에 지어진 대한민국의 국보이다. 무량수전은 제법 길고 가파른 계단을 올라야 닿을 수 있는 최종점에 있다.

부석사는 입구의 일주문에서부터 마지막 무량수전까지 전체를 하나로 보아야 한다. 일주문에서 무량수전까지 도중에 뒤돌아보지 않고 단숨에 올라야 한다. 그것은 이곳에서 멀리 소백산까지 조망할 수 있을 뿐 아니라, 지금까지 지나온 가람들을 모두 내려다보아 관조觀照함으로써 지나온 시간을 반추反芻할 수 있기 때문이다.

　무량수전은 일명 금당전金堂殿이라고 하는데, 도금불상鍍金佛像 소조塑造 여래좌상이 안치되어 있으니, 바로 수壽를 누리는 부처인 아미타불을 모신 부석사의 본전本殿이다.

　아미타불阿彌陀佛은 'Amitāyus, Amitābha'에서 온 말로, 서방 정토淨土의 부처로서 무량수불無量壽佛 무량광불無量光佛을 뜻한다. 동방東方에 대립된 상대적인 서방西方이 아니라 아미타불이 계신 곳, 즉 정방正方이다. 영원한 생명이라는 무량수無量壽는 자비를 상징한 것이며 무한한 광명인 무량광無量光은, 곧 지혜를 뜻한 말이다. 그 지혜와 자비는 인간의 심성心性에 있으므로, "나무아미타불"은 지혜롭고 자비롭게 살다가 다 함께 극락가자는 정토신앙의 본질이다.

　무량수전 동편 낮으막한 언덕의 삼층석탑은 기단 아래층에 탱주撑柱(돌을새김 기둥)가 둘, 위층에 하나이며, 탑신塔身과 옥개屋蓋는 각 층마다 하나의 돌이며, 상륜부相輪部는 노반露盤(상륜부를 받치는 부재)과 복발覆鉢(노반 위 바리때 엎어놓은 모습)만 남아 있는 형태가 탑신부의 높이에 비해 너비가 넓어 둔중한 감이 있지만, 체감이 장중하게 느껴진다.

삼층석탑을 돌아 오르면, 고즈넉한 숲속에 의상조사를 모신 조사당祖師堂이 외로 있다. 조사당 안쪽 벽면에 사천왕과 제석천, 범천을 6폭으로 나누어 그린 벽화가 있었다.

1975년 어느 여름날, 친구와 둘이서 부석사 동쪽 산 너머 봉화군 물야면 오록리에서 산길을 걸어서 부석사에 갔었다.

무량수전에 들었을 때, 무량수전 마루 안의 동편 벽자리에 모두 6폭인 그림이 그려진 벽이 벽채로 해체되어 검은색과 붉은색의 암막을 덮어쓰고 누워있는 것을 볼 수 있었다.

그때 동행한 친구의 표정으로 보아 그 벽화가 얼마나 소중한 것이었는지 대강 짐작할 수 있었다. 그는 한국화 화가이면서 '송광사 후불탱화後佛幀畫'에 대한 논문을 쓰고 있는 중이었기 때문이다.

국보 조사당 벽화는 오늘날 유리 상자에 넣어 벽화 유물전 안에 따로 보관하고 있다.

부석사 조사당 벽화는 제석천帝釋天과 범천梵天·사천왕四天王 등의 호법신장護法神將들이다. 그리고 사천왕은 이 두 천신天神에게 직접 통제되는 천왕天王이다. 제석과 범천은 풍만하거나 우아한 귀부인의 모습이고, 사천왕은 악귀를 밟고 서서 무섭게 노려보는 건장한 무장상이다. 위풍당당하거나 우아한 형태와 능숙한 필치 등에서 고려 불화 가운데서도 독특한 품격을 보여 주고 있다.

본래의 채색에 몇 번에 걸쳐 새로 덧칠한 것이 많아서 원모습은 많이 사라졌지만, 그래도 고려 불화풍이 간직되어 있기에 소중하고 소중한 보물이다.

원래 이 그림은 조사당 입구에서부터 사천왕과 제석천·범천의 순으로 배치되어 석굴암과 비슷한 구도이었다. 석굴암이 불국사 동편 토함산 언덕에 모셔진 것처럼 조사당 또한 부석사 동편 봉황산 언덕에 모셔져 있으며, 석굴암의 본존불이 십일면 관음보살상으로 둘러싸인 것처럼 조사당의 벽화는 부처 대신 화엄종의 조사祖師 의상조사義湘祖師를 부처님과 동격으로 존숭하는 데 있다. 조사당이 무량수전보다 높은 데 자리 잡은 것은 석굴암의 본존불이 불국사보다 높은 곳에 위치한 것과 같은 맥락으로 본다면, 화엄종의 수사찰首寺刹에서 신라 화엄종의 초대 조사에 대한 존숭의 정도를 짐작할 수 있다.

조사당 벽화는 단순한 장식적 벽화가 아니라, 화엄종에서 의상을 부처님보다 존숭하는 뜻에서 불교의 호법신 가운데 최고의 신이라 할 수 있는 제석과 범천을 벽화로 그려 놓은 것이다. 특히, 석굴암을 비롯하여 부석사·봉정사 등의 천년고찰과 탑과 불상이 즐비한 건축물에 비해서 오래된 회화가 적은 우리나라의 회화사적인 측면에서 부석사 조사당 벽화는 고려시대 회화사상 중요한 작품으로 평가된다.

조사당 처마 안의 나무 한 그루를 선비화禪扉花라 하는데, 의상義相이 부석사를 떠날 때 지팡이를 꽂으며,

"내가 떠나면 이 나무에 싹이 나올 것이다. 이 나무의 영고榮枯를 보아 내 생사生死를 징험하라."

하였는데, 과연 그 말대로 싹이 나왔다. 지팡이가 비를 맞지 않고도 꽃과 잎이 피고 지면서 지금까지 천여 년을 살고 있다.

퇴계는 지팡이 머리에 조계수曹溪水 있어, 천지간에 우로雨露 은택 빌리지 않고도〔不借乾坤雨露恩〕천년을 살리라 예언하였다.

琢玉森森倚寺門	옥인 양 높이 솟아 절 문에 기대어 섰는데,
僧言托錫化靈根	스님은 의상대사 지팡이가 변한 것이라 하네.
杖頭自有曹溪水	지팡이 머리에 응당 조계수曹溪水 있어,
不借乾坤雨露恩	천지간 우로雨露 은택 빌리지 않으리라.

의상은 부석사를 창건하고 이 절에서 40일 동안의 법회를 열어서 화엄종을 설법하였으며, 거대한 부석浮石과 도적들, 바다의 풍랑과 용龍으로 변신한 선묘 아가씨, 머리 부분은 무량수전의 아미타불상 바로 밑에서 꼬리 부분은 석등 아래에 뻗어있다는 석룡의 설화가 더해짐으로써, 부석사가 화엄종의 수사찰首寺刹로 뿌리를 내리게 되었다.

안양루 지붕 아래 네 방향으로 마주하거나 돌아앉은 부처들이 보인다. 안양루는 기둥의 윗몸에 창방昌枋과 평방平枋을 두르고 그 위에 공포栱包를 다포식으로 포작包作을 짜 올렸는데, 지붕을 받치고 있는 다포식 공포栱包와 공포 사이에 생긴 공간을 벽체로 마감하지 않고 공간을 그대로 둠으로써 멀리서 올려다보면, 마치 부처가 앉아 있는 듯 머리와 몸체로 비쳐지면서 부처가 목탁을 두드리며 경을 읊고 있는 착시현상이 생긴다.

영주부석사안양루, 법보신문, 2015. 9. 25

빈 공간이 부처의 모습으로 현상되는 것은 마음의 경전인 《반야심경》의 '색즉시공色卽是空, 공즉시색空卽是色'에서 '색色이 공空으로, 공空이 색色으로'의 반야심경적인 사고에 바탕을 둔 '누각의 공포栱包와 공포에 의해서 공空이 부처로 나타나는 현상, 공空과 공空에 의해서 공포栱包가 실체로 드러나는 현상'은 물체가 서로의 관계 속에서 발현되는 현상으로 볼 수 있다.

현상은 무수한 원인과 조건에 의하여 시시각각으로 변화하는 것이므로 변하지 않는 실체란 있을 수 없고, 변화하기 때문에 현상으로 나타난다는 반야심경 식의 발상은 무리일까?

부처를 조소나 목재, 철재로 보지 않는 것이나 빈 공간을 부처로 보는 것이 무에 다를까?

'대저 경전經典은 과학적이고 합리적 사고에서 해탈하여 신앙적 반석에 올랐을 때 열릴 수 있는 혜안慧眼일진저…'

일반적으로 미의 기본 요소는 형태와 색채와 선이라 할 수 있다. 형태가 안정되고 견고한 느낌이라면, 빛깔은 화려함과 즐거움이다. 선線은 대체로 굵기가 가늘고 긴 직선의 이미지가 있다. 굵은 선은 형태에 가까워지기 때문에 선의 의미에서는 떠나게 된다. 형태가 땅에 지탱하는 무게를 지닌 반면, 직선이 아닌 곡선은 바람에 흔들리듯 불안정하다. 저고리의 소매 끝과 동정이 그렇고, 기와지붕의 추녀와 고무신의 코가 그렇고, 백자 달항아리와 청자 매병이 곡선이 아니면 마음이 놓이지 않음은 왜 그럴까?

한반도에 살아온 우리는 대륙에 밀리고 왜구의 노략질을 피해서 땅에 안정되지 못하고 늘 마음이 동요하고 쓸쓸하여 힘이나 즐거움보다 슬픔이나 고통을 숙명처럼 지니고 살아왔다. 곡선은 우리의 성정性情이다. 우리는 곡선처럼 부드럽고 쓸쓸하고 안정되지 못하지만 화려하지 않고 끈질기게 인내할 줄 안다.

양편으로 도열해 있는 응향전·원각전·응진전·자인당을 두루 지나서 덩그렇게 솟은 범종루와 안양루의 누 밑을 차례로 통과하여 돌계단을 천천히 오르면 차츰차츰 시야에 들어오는 호젓한 화강암 석등 뒤로 무량수전의 추녀가 나래를 편 듯 사뿐히 고개를 들고 반긴다.

석등 앞에 서서 다시 바라보면 지붕 추녀를 지탱하고 서서 점점 배를 불리다가 가늘어지는 배흘림기둥의 위아래로 흐르는 곡선, 무량수전을 봉황산 위로 사뿐히 들어 올리듯 비상하게 한다. 무량수전 배흘림기둥에 기대서서 바라보면, 멀고 가까운 산의 무수한 능선들의 곡선은 밀려오고 또 밀려오는 듯 출렁거리는 한바다의 물결이 되어 가슴으로 파고든다.

옛 선비들도 다를 바 없었을 것이다. 오운吳澐의 〈부석사에서 박록의 시에 차운하다〉, 강재항姜再恒의 〈봉황산 부석사에 올라〉, 곽진의 〈취원루를 추억하며 번천의 시에 차운하다〉, 권두경의 〈부석사 취원루에서 피리소리를 듣다〉, 권두문의 〈부석사 취원루에서 취하여 좌중의 시에 차운하다〉 등 이루 헤아릴 수 없이 많다.

청음清陰 김상헌金尙憲은 오랑캐들의 난리를 피하여 부석사에 온 삼장에게 〈부석사중료동승삼장浮石寺贈遼東僧三藏〉를 주었다고 한다.

萬里東來更向南　동쪽으로 만 리 왔다 다시 남쪽 향해 가니
沙彌久已變鄕音　사미승은 고향 말이 변한 지가 한참 됐네.
禪家莫道無情在　선가에선 정 두는 곳 없단 말은 하지 마소
明月秋風夜夜心　달빛 밝고 추풍 불땐 매 밤 고향 그린다오.

퇴계는 호음湖陰 정사룡鄭士龍이 스님에게 준 詩를 차운하여, 〈부석사 취원루聚遠樓〉에서 깊은 밤에 승려를 마주하니, 보이느니 끝없는 하늘의 달뿐이라고 읊었다.

귀신을 부렸음인가 하늘의 이룸인가 만고에 전하는 누대
바람과 구름은 가을 완전히 씻어 새롭게 하였네.
깊은 밤 홀로 고승과 마주하고 있으니
보이느니 끝없는 하늘의 갈고리 같은 달뿐이라네.

鬼役天成萬古樓　風雲一任洗新秋
夜深獨對高僧榻　唯見長空月似鉤

퇴계는 대윤·소윤의 틈바구니에서 이기李芑에 의해 삭탈관직 당했다가 공론이 이를 반대하자 다시 서용敍用되었으니, 이는 독수리 발톱에 낚이었다가 겨우 빠져나온 셈이었다.

"보이느니 끝없는 하늘의 갈고리 같은 달뿐이라네."

그의 형 이해李瀣를 소백산 죽령에서 이별한 후 영원히 만날 수 없게 되었고, 살얼음판 같은 풍운정국風雲政局에 처한 심정으로 '갈고리 같은 달'이 만백성을 편안하게 포용하는 보름달이 되기를 기원하고 있다.

순흥지順興誌에 의하면, 본래의 부석사는 지금의 가람배치와 자못 다르다. 금당金堂 서쪽에 취원루聚遠樓가 있었는데 돌계단을 깎아질러 높이가 10여 길이나 되는데, 남쪽을 바라보면 온 산이 눈앞에 펼쳐지는데, 시력이 좋으면 3백 리는 바라볼 수 있다고 하였다.

취원루 북쪽에 장향대藏香臺, 금당 동쪽에 상승당上僧堂, 금당 뜰에 광명대光明臺, 그 앞에 안양문安養門이 있다. 문 앞에 법당法堂이 있는데, 법당의 왼쪽은 선당禪堂이고 오른쪽은 승당僧堂이다. 종각 아래에 대여섯 곳의 당실堂室이 있는데, 회전문廻轉門과 조계문曹溪門이 있었다.

조전祖殿 서쪽에 영산전靈山殿이 있고, 또 그 서쪽에 은신암隱神菴이 있다. 은신암 동쪽에 큰 돌이 우뚝 솟아 있는데, 높이가 몇 길 되고 위에는 10여 명이 앉을 만하다.

은신암 동서에 대臺가 있는데, 안계가 탁 트인 것이 이 산에서 가장 뛰어난 곳이다. 그 아래 골짜기에 극락암極樂菴이 있다. 조전 동쪽 골짜기에 동전東殿이 있고, 동전 뒤에 국사비國師碑가 있다고 하였다.

학봉 김성일金誠一의 〈취원루聚遠樓〉에, '들풀 속에 이끼 낀 비碑 넘어져 있다.'에서 부석사의 퇴락한 모습을 짐작할 수 있다.

浮石知名寺 부석사가 명찰인 줄 내 알거니와
幽尋去路遙 그윽한 곳 찾아가는 길은 멀구나.
雲山連太白 구름 낀 산 태백산에 잇닿아 있고
棟宇自羅朝 절 기둥은 신라 때 세운 거라네.

野草苔碑臥 들풀 속에 이끼 낀 비碑 넘어져 있고
塵龕佛火消 고찰에는 공양하는 촛불 꺼졌네.
黃昏多古意 황혼녘에 옛 생각이 많이 나는데
林雨又蕭蕭 숲속에는 부슬부슬 비가 내리네.

1580년에 사명당 대사가 쓴 부석사 중창기에,

「(…) 절은 신라 때 창건되어 천 년간 풍우를 겪으면서 전쟁으로 침탈된 적도 있고 선비들이 유상遊想하는 곳이 되기도 했다. 지난 을묘년 봄에 화재가 나서 강운각光雲閣(취원루)이 소실되자 구름도 시름에 차고 강물도 오열하는 듯. 초토가 된 지 10년에 장로 석린石璘이 분연히 중건할 뜻을 가지고 병자년 여름에 역사를 시작했다. 자귀로 깎고 톱으로 자르며 터를 다져서 주춧돌을 놓아 기둥을 튼튼히 하고 기와를 얹어 새지 않도록 하였다.

무인년 가을에 승려 경휘敬暉가 또한 단청을 하자, 이에 수년이 채 되지 않아 누각이 우뚝이 서니 의젓함이 하늘이 만들어준 것 같았다. 귀신이 몰래 도와주지 않았다면, 어찌 이와 같이 될 수 있겠는가? 안개가 끼고 서리가 내린 가을, 밝은 달이 하늘에 떠 있으면 날개가 돋아 신선이 되어 하늘로 올라가는 듯하며, 길은 천리나 되고 몸은 푸른 하늘 위에 있어 하늘에 올라 구름을 타는 듯하다.

서쪽으로 소백산을 바라보면 저녁 비에 고운 빛깔은 등왕각의 운치가 있고, 동쪽으로 청량산을 바라보면 가을 구름이 자욱해서 종산의 맛이 나니 길손은 고향을 생각하게 되고, 외로운 신하는 나라를 걱정하며 임금을 그리워하게 된다. 도사道士가 이에 오르면 환골換骨하지 않아도 곧바로 바람을 타게 될 것이요, 승려가 이곳에 오르면 공력을 들이지 않아도 선정禪定에 들게 될 것이다.

그렇다면 하나의 누각이 이루어짐으로 인해 갖가지 즐거움이 구비되거니와 하필이면 어진 이름을 얻은 이후에야 이를 즐길 것인가.

아! 크고 장한 공적이 산하와 더불어 하리니 그 덕을 새겨서 먼 후세에 보여 뒤에 오는 자로 하여금 또한 지금처럼 옛날을 생각하게 할 일이다. 1580년 사명四溟 미친 사람이 기록한다.」

1580년(선조 13)에 사명당泗溟堂 대사가 중건하였으며, 1746년(영조 22)년에 화재로 추승당·만월당·서별실·만세루·범종각 등이 소실된 것을 중건重建하였는데, 무량수전無量壽殿과 조사당祖師堂은 현존하고 있으나, 범종루, 안양루, 선묘각, 응진전, 자인당, 취현암 등은 조선시대 후기의 건물이다.

부석사 가람의 배치는 몇 번의 중수를 거치면서 먼 안산이 지니는 겹겹한 능선의 각도와 조화시키기 위해 풍수사상에서 계산된 결과물이다. 취원루는 무량수전 앞 서쪽에 있었으나 지금은 보이지 않고, 무량수전을 드나드는 곳에 솟을대문처럼 덩그런 안양루가 석축 아래에 다소곳이 부복俯伏하고 있다.

안양루는 아래에서 쳐다보면 위세 당당한 사천왕처럼 덩그렇게 솟아 있으나, 무량수전에서는 애오라지 그의 부속건물로서 탑하榻下에서 자세를 낮추고 분부를 기다리는 상대적 형상이다.

석축을 쌓아 단상과 단하를 구분함으로써 주불전主佛殿을 방해하지 않을 뿐 아니라, 안양루에 의해서 무량수전을 더욱 돋보이게 한 것이다.

'안양安養'은 극락이니, 안양문은 극락에 이르는 문을 상징하고, 안양문을 지나서 마지막으로 닿는 무량수전은 극락이다.

사명당泗溟堂 대사의 부석사 중수기에, 누각이 우뚝 서니 안개가 끼고 서리가 내린 가을, 밝은 달이 하늘에 떠 있으면 날개가 돋아 신선이 되어 하늘로 올라가는 듯하며, 길은 천리나 되고 몸은 푸른 하늘 위에 있어 하늘에 올라 구름을 타는 듯하다.

서쪽으로 소백산을 바라보면 저녁 비에 고운 빛깔은 등왕각滕王閣의 운치가 있고, 동쪽으로 청량산을 바라보면 가을 구름이 자욱해서 종산宗山의 맛이 나니, 길손은 고향을 생각하게 되고, 외로운 신하는 나라를 걱정하며 임금을 그리워하게 된다. 도사道士가 이에 오르면 환골換骨하지 않아도 곧바로 바람을 타게 될 것이요, 승려가 이곳에 오르면 공력을 들이지 않아도 선정禪定에 들게 될 것이다.

외로운 신하 퇴계는 저 출렁이는 색色을 보았을 것이다. 기뻐하고, 성내고, 슬퍼하고, 즐거워하고, 사랑하고, 미워하고, 욕심내는 희노애락애오욕喜怒哀樂愛惡欲, 일곱 가지 색을 보았을 것이다.

장자는 느긋하게 팔을 베고 누워서 바람을 타고 팔랑거리는 나비의 꿈(胡蝶之夢)을 꾸었을 것이고, 사명당 대사는 청아한 목소리로 '나무아미타불'을 외며 선정禪定에 들어서 '색色이 공空으로, 공空이 색色으로' 보았을 것이다.

나는 극락세계로 이른다는 안양문을 들어서서 숙연히 고개를 숙이고 누마루 밑을 지나서 한 계단 한 계단 금당전金堂殿 마당으로 올랐다. 석등이 홀로 서 있었다. 얼굴 네 면에 보살상을 하고 네 눈을 부릅뜬 채 천년의 세월을 하루같이 '마하반야바라밀摩訶般若波羅蜜' 경지에 들어 있었다.

지는 해 석등에 불을 밝히고, 부석사 갤러리

모서리를 향하여 한 잎씩 복판팔엽複瓣八葉(겹꽃)의 꽃잎이 말린 귀꽃이 화려한 하대석 위에 활짝 핀 연꽃의 꽃술처럼 길쭉이 솟아오른 팔각간주석八角竿柱石의 석등이 머리 위에 보주寶珠가 하늘을 향한 합각合角이 뚜렷한 옥개석屋蓋石을 이고 있었다.

석등의 얼굴은 단판單瓣(하나의 꽃잎)의 앙련석仰蓮石(하늘 향한 연꽃) 위의 8각 화사석火舍石(불 밝히는 곳) 네 면에 보살상을 조각하고, 또 네 면에는 화창火窓을 뚫어서 오직 마주보이는 한 화창火窓으로만 금당전金堂殿을 보여주었다.

1746년의 대화재 때 추승당·만월당·서별실·만세루·범종각을 소실燒失시킨 화마火魔도 범치 못한 '화불능소火不能燒 풍불능표風不能飄'의 능력으로 금당전을 지켜낸 석등이다. '연사두라軟似兜羅 경여철벽硬如鐵壁'의 자세로 '마하반야바라밀摩訶般若波羅蜜' 경지에 들어 있다.

석등이 지켜낸 금당전金堂殿은 수壽를 영겁으로 누리는 부처인 아미타불을 모신 부석사의 본전本殿인 무량수전無量壽殿이다.

영원한 생명이라는 무량수無量壽를 상징하는 아미타불阿彌陀佛은 태양처럼 무한한 무량광無量光이다. 아미타불의 무량광無量光은 석등의 네 개 화창火窓 중에 정면에 있는 오직 한 개의 화창火窓을 통하여 세상으로 비춰진다.

나는 그 화창火窓을 들여다보았으나 '無量壽殿' 현판만 보일 뿐 아미타불은 보이지 않으니 색의 눈엔 색만 보이는가. 다만 해가 기울자 석등이 불을 밝혔다. 갑자기 광활한 풍광이 눈앞에 펼쳐졌다. 무량광無量光 아미타불의 조화였다.

'쟁영소백최위령崢嶸小白最爲靈 회옹군산잡기중回擁羣山匝幾重!'

아, 높고 가파른 소백산의 신령함이여, 봉우리 산은 몇 겹인가!
산 위에 또 산, 그 뒤에 또 산, 한 폭의 〈山水圖〉이 틀림없다.

퇴계는 "방지중추타남산方知衆皺詑南山" 겹겹이 주름진〔皺〕 산봉우리들이 남산을 속이기〔詑〕 때문이라 했다.

層巒萬仞	층층이 솟은 뫼는 만 길이요,
流水千回	흐르는 물은 천 구비라.
雲嵐樹梢	구름과 아지랭이는 나뭇가지에서 일고,
樓閣巖隈	다락과 높은 집은 바위에 섰도다.
隱映出沒	보일 듯 말 듯, 방호方壺(방장산)인가 봉래蓬萊인가.
豈所謂觀摩詰之畵	아, 이것이 이른바 마힐摩詰의 그림을 보고
畵中有詩者歟	그림 속에 詩가 들어 있다 함이로다.

徐正一 作, 부석사에서 바라 본 소백산, 부석사 갤러리

내 앞에 펼쳐진 '소백산 화폭'을 지긋이 응시하였다.
'겹겹이 겹쳐져 주름진 저 능선들은 무엇을 속이기 위함일까?'

　　아, 이것이 이른바 마힐摩詰의 그림을 보고
　　그림 속에 詩가 들어 있다 함인가.

멀고 가까운 산의 무수한 능선들의 곡선은 밀려오고, 또 밀려오는
듯 출렁거리는 한바다의 물결이 되어 가슴으로 파고든다.
　　빨랫줄에 널어놓은 쪽염〔藍染〕한 비단 필疋들이 펄럭이며 춤추는
저 무수한 곡선의 춤사위는 마힐摩詰의 그림이라면,
　　성혈사 나한전 문살 목어들이 헤엄치는 파란 순흥지 위로 바람을
타고 날으는 백로들은 詩란 말인가,

　　소백산 비로봉과 국망봉 사이 그 어디쯤에 한 마리의 자유로운 나
비, 禹도사의 마가리가 있으려니…,
　　그저 눈길이 갈 뿐이다.

4. 푸실마을 새초방

"왕대부인께서 평강하시고?"

창계滄溪 문경동文敬소은 자신의 오랜 친구 송재공이 마흔일곱에 갑자기 타계한 것을 안타까워했다. 정자관에 장죽長竹을 물고 앉은 자태가 근엄하면서 친근감이 갔다. 헌함軒檻 밖에는 가을 햇빛에 과일이 익어가는 정원이 윤택하면서도 안정된 집안 분위기를 느낄 수 있었다.

창계는 딸만 둘이었다. 맏이는 의령의 진사 허찬許瓚에게, 둘째 딸은 이웃 마을 전계箭溪의 생원 장응신張應臣에게 각각 출가하였다. 맏사위 허찬의 두 아들은 허사렴許士廉과 허사언許士彥이며, 장응신의 세 아들은 장윤희, 장순희, 장수희이다.

문경동은 이황의 숙부 송재공과는 조정에서부터 친분이 두터웠고, 의령에 살았던 그의 맏사위 허찬 또한 송재공이 진주 목사 때부터 교분이 있었다. 묵재 허찬은 의령에서 영주 초곡 문전으로 옮겨와 처부모를 봉양하고 있었다.

1517년 6월 6일, 안동부사 송재는 예천 군수 창계를 만나러 아침 일찍 예천을 향해 출발하였다. 〈六月六日. 雨後早發向襄陽〉

趁涼晨起出城門　서늘할 때 가려고 새벽에 성문을 나서니
黯淡東峯欲上暾　어둑한 동쪽 봉우리에 해가 뜨려 한다.
溪漲從知前夜雨　개울물이 불어서 지난밤 비가 온 것을 알겠고
煙生遙望舊家村　연기 나는 곳 멀리 舊家가 있는 마을이 보인다.
崩崖亂壓堤仍決　언덕이 무너져 내리 덮쳐 둑이 터지고
晚秋初移水尙渾　늦게 심은 모가 흐린 물에 잠긴다.
旱後潦多禾卒死　가뭄 뒤에 큰물 져서 벼가 반은 죽었는데
誰將民事叫天閽　누가 백성 사정을 임금께 알려주리.

이날 밤, 안동부사 송재松齋와 예천 군수 창계滄溪는 예천에서 만났다. 송재는 창계와 만남을 〈襄陽與文欽之夜飮〉 시로 읊었다.

春去餘花照眼明　봄이 가고 남은 꽃이 눈에 비쳐 밝으니
三年病客亦生情　삼 년 앓던 병객도 정이 인다.
金鈿縱被風吹却　금비녀는 바람에 불려 떨어졌으나
琴韻冷冷尙舊聲　거문고 소리 시원함은 예 그대로구나.

안동 애련정은 안동부사 송재 이우가 안동 관아 옆에 지은 정자인데, 퇴계 형제들이 공부하던 곳이다.

어느 날 비 그친 뒤 예천 군수 창계 문경동이 애련정에 왔다. 〈비온 뒤 흠지들과 술을 마시다[雨後與欽之輩飲蓮亭].〉흠지欽之는 문경동의 字이다.

琴韻泠泠雜雨聲　거문고 소리 서늘하여 빗소리와 섞이고
敗荷無藕尙含淸　늙은 연꽃 송이가 없어도 아직은 산뜻하다.
移葵閒竹西墻下　서쪽 담 밑 대나무 사이에 해바라기 옮겨 심어
紅綠分明各自旌　붉은빛 푸른빛이 분명하게 나타나네.

송재공이 1513년에 대죽리에서 이자李耔를 만났을 때, 그 자리에 예천 군수 문경동이 함께 있었으며, 허찬은 이자李耔, 권벌權橃과는 의義로 맺은 관형제瓘兄弟(관직에 있는 형제)로서, 1515년 4월에 용궁 대죽리에서 그 두 사람과 만났었다.

이날, 이황은 숙부 송재공이 생전에 자신의 혼사를 정해 놓은 것을 알게 되었다.

허찬은 이황을 자신의 사랑으로 안내하였다.

"내 여식을 그다지 잘 가르치진 못했으나, 남의 눈에 벗어나는 일은 없을 걸세."

허찬의 부인 문씨는 사랑에서 당주와 환담하는 젊은 선비의 거동을 은밀히 살피고 있었다. 이황은 겸손함이 몸에 배여 교만하거나 인색함이 없었다. 이황이 돌아간 후, 허찬은 문씨 부인의 뜻을 물었다.

문씨 부인은 선비가 가난한 점이 썩 내키지 않았지만, 속내를 드러내지 않는 성품이다.

허찬은 그의 딸 허소저와 아들 허사렴을 불러 앉혔다.

"송재공도 덕망이 높지만, 이수재李秀才도 허명이 아니더군."

문경동으로부터 이황이 식견과 도량이 맑고 장래가 촉망되는 수재로 알려져 있었는데, 직접 만나보고 범상하지 않음을 간파했던 것이다. 혼인 당사자인 허소저는 말없이 고개를 숙이고 듣고 있었다.

"송재공의 탈상脫喪이 지났으니, 초례를 서두르자."

그 순간, 허소저는 단전丹田에 따끔한 통증을 느꼈으나, 곧 진정되었다. 허소저의 통증이 악령의 저주詛呪임을 당시에는 미처 깨닫지 못했다.

그날 이후 사주단자四柱單子가 도산에서 초곡으로 오가고 혼례 절차가 순조롭게 진행되었다. 1521년 봄, 영주 초곡(푸실)에 혼인잔치가 있었다.

하얀 차일이 출렁이는 초례청에는 십장생 병풍이 처지고, 사모관대하고 자색 단령을 입은 신랑이 이미 초례청에 서있었다. 이목구비가 귀골인 데다가 몸가짐이 의젓하였다.

다홍 비단 바탕에 온갖 꽃들로 수놓은 활옷에 한삼으로 얼굴을 가린 신부가 수모의 부축을 받으며 초례청에 나와 신랑과 마주섰다.

두 사람이 무릎을 꿇고 대례상 앞에 마주 앉았다. 신랑 상床에는 밤이 괴어져 있고, 신부상에는 대추가 소복하였다.

"서동부서壻東婦西" 신랑은 동쪽에, 신부는 서쪽에 마주 보고 선다.

홀기笏記(혼례·제례 의식 순서)에 따라서 서로 마주 절하고 신랑의 술잔에 청실을 감아 신부에게, 신부의 술잔에 홍실을 감아 신랑에게 주고받는 초례가 순조롭게 진행되었다.

"예필철상禮畢撤床"

홀기 소리가 낭랑하게 울리면서 보자기에 싸여 대례상 위에 있던 암탉과 장닭(수탉)을 날렸다.

"각종기소各從其所"

마지막 순서의 홀기에 웃음소리와 꽹과리 소리가 섞여 차일 틈을 빠져나와 문전文田에서 소백산 비로봉으로 울려 퍼졌다.

그날 밤, 화촉을 밝힌 신방新房에서 간단히 차려진 주안상 앞에 신랑과 신부는 처음으로 마주 앉았다. 신부는 현란한 각종 장식의 화관을 머리에 이고 큰비녀와 비녀를 감아 내린 댕기, 그리고 부풀어 보이는 활옷이 무척이나 거북해 보였다.

"첫날밤에, 신부의 화관을 벗기고 머리를 풀어주어야 한다."

어머니의 당부가 생각이 났다.

신랑은 신부의 머리에 얹힌 화관을 조심스럽게 벗기고 검자주색 머리댕기를 푼 후, 거북해 보이는 활옷의 대대를 끌러주고 저고리 옷고름을 풀어주었다. 신랑의 손길이 닿을 때마다 신부는 움츠려지고 떨렸다.

부자연스런 차림이 한 겹 한 겹 벗겨지자, 신부는 조심스럽게 숨을 내쉬면서 점차 편안해지기 시작했다. 신랑은 마지막으로 신부의 버선발을 조금 잡아당겨 주었다. 새하얀 발이 촛불에 빛났다. 신부는 부끄러워 발을 치마 속으로 당겨 감추었다.

신부가 술잔을 신랑에게 조심스럽게 건넸다. 신랑이 술잔을 비우고 신부에게 권하자, 얼굴을 돌려서 술잔을 입술에 대었다 내려놓았다.

촛불에 비친 신부 얼굴의 아취가 한 송이 향설香雪을 연상케 했다.

'내 그대를 꽃으로 대하리라.'

사주단자를 받던 날, 문씨 부인은 딸에게 가르쳤다.

"아내는 남편을 일생 동안 손님처럼 공경해야 하느니라."

이윽고 새초방(신혼방)의 화촉동방의 촛불은 꺼졌다. 하늘의 별 하나가 내려와 신랑의 가슴에서 빛났다. 공초 오상순 시인은 〈첫날밤[初夜]〉에서, '밤은 새벽을 잉태孕胎 한다.'고 읊었다.

이양원, 혼례도, 국립현대미술관, 1995

不堪庚深愛欲幷

어어 밤은 깊어 화촉동방의 촛불은 꺼졌다.

허영의 의상은 그림자마저 사라지고….

混沌冥兮恍惚聲

그 청춘의 알몸이 깊은 어둠 바닷속에서

어족인 양 노니는데

홀연 그윽히 들리는 소리 있어.

二儀開闔成物時

아야… 야!

태초 생명의 비밀 터지는 소리

한 생명 무궁한 생명으로 통하는 소리

열반의 문 열리는 소리

오오 구원의 성모 현빈玄牝이여!

衆星耿耿亦長城

머언 하늘의 뭇 성좌는

이 밤을 위하여 새로 빛날진저!

밤은 새벽을 배고〔孕胎〕

침침駸駸히 깊어간다.

'현빈玄牝'은 여성을 의미하여, '玄牝之門'은 '우주와 생명의 뿌리'가 되니 끊어질 듯 이어진다.

《노자》에 '玄牝之門 가믈한 암컷의 아랫문은 是謂天地根 천지의 뿌리라 한다. 綿綿若存 이어지고 또 이어지니 用之不勤 아무리 써도 마르지 않는도다.'

신행하던 날, 시어머니 춘천 박씨를 뵈올 때, 며느리의 복스럽고 수려한 미모와 행동거지가 예禮에 맞았고, 위로 시조모로부터 제부諸父, 제모諸母를 비롯해 일가친척은 물론 이웃들이 칭찬하기를,

"역시, 보고 배운 데가 있구나." 하였다.

부잣집에서 자라나서 거만하고 천박할 것이라는 짐작과 달랐다.

물건을 건넬 때는 소반에 담아 공손히 올렸다. 남편 공경하기를 손님같이 정성을 다하고, 거처도 달리하여 가인家人들은 친애하는 모습을 보지 못하여, 부부간의 금슬이 좋지 않은 것으로 의심하기도 했으나, 나중에서야 부부간의 정이 깊고 온유한 것을 알았다고 한다.

훗날 (1560, 명종15), 퇴계가 손자 안도安道에게 준 편지에,

"무릇 부부란 인류의 시작이고 만복의 근원이니, 아무리 지극히 친하고 지극히 가까워도, 또한 지극히 바르고 지극히 삼가야 하는 자리이다. 그러므로 '군자의 도는 부부에서 시작된다.'고 하는 것이다.

세상 사람들이 예우하고 공경하는 것은 온통 잊어버리고 다짜고 짜 친압하여 마침내 업신여기고 능멸하여 못할 짓이 없는 데까지 이 르게 되는 것은, 모두가 서로 손님같이 공경하지 않는 데서 나오는 것이다. 이 때문에 그 집안을 바르게 하려면 마땅히 그 시작을 삼가 야 하는 것이니, 천 번 만 번 경계하거라."

이황의 집은 가난하고 부인의 친정은 부유하였지만, 처가살이를 하지 않고 출산 때만 처가에 맡긴 채 왕래하였다. 어머니를 봉양하 는 여가에 가끔 영주와 도산을 오갈 때 처가에는 살진 말이 있었지 만 항상 자신의 여윈 말을 타고 다녔다.

어느 봄날, 신혼부부는 꽃을 찾는 나비가 되어 답청踏靑을 나갔다. 이황은 부인의 가마를 앞세우고 말 위에 앉아 뒤따랐다.

순흥 배점마을에서 국망봉國望峰 아래 죽계로 꺾어 올랐다. 죽계 를 따라 10여 리를 올라가자, 골짜기가 아늑하고 깊숙하며, 일행을 반기듯 새소리, 물소리, 꽃과 방초들로 어우러진 낙원이었다.

바위에 부딪치는 물소리를 뒤로 흘려보내며 위로 올라갔다. 안간 교安干橋를 건너 초암에 이르렀다. 초암은 원적봉 동쪽, 월명봉 서쪽 에 있었고, 양쪽 봉우리에서 뻗은 두 산줄기가 암자 앞에서 서로 포 옹하듯이 마주쳐 산의 어귀를 이루었다.

초암에서 요기를 하고 두 사람만 달밭골로 들어갔다. 봄이 벌써 반을 지나서 만물이 때를 얻어 꽃과 새가 흥이 한창이었다. 작은 냇물을 따라 난 오솔길에는 소나무 사이로 철쭉과 산죽山竹이 군락을 이루고, 산새 소리에 산 벚꽃이 하얗게 눈이 부셨다.

이황은 깎아지른 절벽 위 바위틈 사이에 뿌리를 내리고 어렵게 버티고 서있는 소나무의 기상에 감흥을 받아 〈영송詠松〉을 지었다.

신랑 이황이 소나무에 집중하는 동안 신부는 지천으로 핀 야생화와 새소리에 취해서 나비처럼 산속을 헤매고 다녔다.

이황은 시 짓기를 마치고 신부를 찾아 숲속 나무들 사이를 두리번거렸다. 신부의 모습은 보이지 않고, 산죽 숲 뒤로 산 벚꽃이 바람에 하늘거렸다. 이황은 바람에 서걱거리는 대숲으로 다가갔다. 하얀 저고리에 남색 치마를 입은 신부가 하얀 도라지꽃을 머리에 꽂고 산죽 잎 사이로 미소 짓고 서있었다. 이황의 눈에 비친 신부는 한 송이 향설香雪이었다. 신부의 고운 이가 가지런히 빛나고 진주알같이 반짝이는 눈동자가 자신의 눈으로 들어오자, 이황은 눈이 부셨다.

風吹齊發玉齒粲　바람 불어 고운 이 가지런히 빛나고,
雨洗渾添銀海渙　흐렸던 눈은 비에 씻겨 빛나네.

돌아오는 길에 가마꾼을 먼저 보내고, 저녁 강물이 흐르는 서천강 강둑을 둘이서 걸었다. 황혼 속의 소백산 연봉이 병풍처럼 길게 둘러쳐 있었다.

초곡草谷은 영주 시내에서 남산 고개 너머 서천강 강변의 강마을 이다. 서천과 원당천, 그리고 전계가 합수하는 곳이어서 들이 넓고 강변의 경치가 아름다웠다. 강모래가 쌓인다 하여 사일沙逸, 모래톱 이 햇빛에 반짝인다고 사일沙日이라고도 한다.

두 사람은 강둑에 앉아 저녁 강물 소리를 들으며 별을 헤었다.
이황은 현실이 꿈만 같았다. 영주는 그에게 타향이었으나, 사랑 스런 아내와 함께하는 포근한 가정이 있으니 꿈이 아닌가.

열아홉 살 때 이황은 영주 의원에서 공부하였다. 그때 만났던 진 사 박승건朴承建(박승임朴承任의 둘째 형)이 이황의 몸가짐을 살피더니, 자신이 읽고 있는《소학》과 합치하므로 감읍하여 물었다.
"공은 일찍이《소학》을 읽은 일이 있습니까?"
"아직 어리석고 불민不敏합니다. 가르쳐 주시옵소서."
청년 이황이 공부하러 갔던 영주의 의원은 의학 강습 기관이었 다. 1452년(단종 즉위년)부터 계수관界首官(국도변의 큰 고을)마다 지 방 의원을 설치하여, 각 도에서 교수관을 파견하고 양반 자제들을 선발하여 의서醫書를 교육하던 제민루濟民樓가 있었다.
1393년(태조 2년) 1월 29일, 전라도 안렴사按廉使 김희선金希善이 도평의사사에 보고하여 각도에 의학교수와 의원을 두고 양반 자제 들을 교육하여 백성의 질병을 치료토록 청하였다.
"외방外方에는 의약醫藥을 잘 아는 사람이 없으니, 각도에 의학교

수醫學教授 한 사람을 보내어 계수관界首官마다 하나의 의원醫院을 설치하고, 양반의 자제들을 뽑아 모아 생도로 삼고, 글을 알며 조심성 있고 온후한 사람을 뽑아 교도敎導로 정하여, 그들로 하여금《향약혜민경험방鄕藥惠民經驗方》을 익히게 하고, 교수관敎授官은 두루 다니면서 설명 권장하고, 약을 채취하는 정부丁夫를 정속定屬시켜 때때로 약재를 채취하여 처방에 따라 제조하여, 병에 걸린 사람이 있으면 즉시 구료救療하게 하소서."

1433년(세종15년), 학교와 의국을 겸하는 제민루 건물을 세웠는데, 오랫동안 서당과 학자들이 공부하는 곳으로 사용하였다.

1591년, 군수 이대진이 북쪽에 큰 건물을 재건해 의국으로 삼으면서 기능을 회복했다.

1596년, 제민루에 속한 전답은 우리나라 최초의 사액서원인 소수서원과 비교해도 적지 않았다. 국가가 마련한 둔전屯田과 지방의 사족들이 기부하고, 향촌 사회가 자율적으로 운영하게 되면서 양반과 상민, 천민, 승려를 비롯해 100여 명이 운영에 관여했다.

청년 이황은 활인심방活人心方을 개선하여 건강을 스스로 조섭하였다. 이때부터 아침 잠자리에서 일어나면, 신체 부위를 문지르고, 두드리고, 비틀고 심호흡을 하는 등의 동작으로 온몸에 활기를 돋우고 유연하게 함으로써 쇠약한 체질을 개선하였다. 활인심방으로 몸을 이완시킨 후 면벽한 자세로 명상에 들어간다.

명상은 가부좌 자세로 양손을 무릎 위에 얹고, 코끝에 드나드는 호呼·흡吸에만 집중함으로써, 자신을 현상 세계로부터 떨어지게 하여 통찰과 집중으로 내적 자아를 찾는 것이다.

영주는 계수관이 있는 지방의 중심지로서 의원인 제민루뿐 아니라 거접居接이 있었다. 거접은 '3개월 정도 합숙하면서 과거시험을 위한 글짓기 연습을 집중적으로 행하는 것'으로 성균관, 향교, 서당 등 과거시험을 준비하는 곳이라면 어디서나 행하고 있는 시험 준비 방법이었다. 오늘날 학원에서 가르치는 논술과 같은 것이다.

퇴계는 거접 교육을 비판했으나 그의 아들과 손자는 거접에 다니기를 원했다. 결국 그들을 거접에 보냈으니, 부모의 자녀 교육은 예나 지금이나 크게 다를 바 없다.

1551년 4월 23일, 이황이 맏아들 준寯에게 보낸 편지에,
영주의 접接이 4월 25일에 회합하기로 그 날짜가 정해졌는데도 길동무가 없어서 떠나지 못하고 있는 준을 나무라는 한편, 자신이 성균관에 처음 유학할 적에 동행하는 친구도 없이 종이 끄는 여윈 지친 말을 타고 혼자 서울로 올라갔던 일과 집안이 너무 가난하여 가사를 종에게만 맡길 수 없는 처지인데도 어버이의 명에 따라 결연히 서울로 올라간 이국량李國樑의 경우를 예로 들어 길동무를 만들어 갈 생각을 하지 말고 혼자서라도 가도록 간곡히 타일렀다.

4월 25일, 아침에 영주의 접接으로 떠나는 맏아들 준寯에게 보내는 편지에, 접에 가서 매사 조심하여 열심히 공부할 것을 당부하였다. 그리고 필요한 양식은 초곡草谷에 있는 것을 가져다 쓰라고 하고, 박승임朴承任 아버지의 대상大祥이 6월 언제인지 알아보라고 지시하였다.

5월 7일, 맏아들 준이 3일 영주의 접接(과거 강습소)에서 부친 편지를 받고 답장「答子寯(辛亥五月七日 榮州의 夏課所)」을 보냈다. 이 편지에서 접接에서 학업에 열중한다고 하니 다행이라고 한 다음, 노는 무리들에게 이끌려 그릇된 길로 빠져들지 말고, 유익한 벗들을 따라 더욱 학업에 열중하라고 당부하였다.

그 후, 손자 안도安道가 영주의 거접居接에서 수학修學을 하였다.

1523년 여름 어느 날, 이황 부부는 용수사에 갔다. 운곡을 지나자, 인적은 사라지고 소나무 숲이 하늘을 가렸다. 산문 안으로 들어서니, 지난날 하과夏課 때 낯이 익은 중 서넛이 나와서 반갑게 맞아주었다. 빈 뜰에 선 늙은 탑은 낮고, 부처는 낡아 파리하였다.

허씨 부인의 치마는 동산같이 불러 있었다. 조심스럽게 두 손 모아 부처님 앞에 엎드렸다. 첫 출산의 기대와 두려움을 불심으로 진정시켰다.

이황은 허씨 부인과 아들을 낳고 행복한 청춘기를 보냈다. 청춘은 누구나 말이 詩가 되고 노래가 될 수 있다. 시인은 이 시기에《시경詩經》에 심취하였다.

《시경》의 〈국풍國風〉은 노래로서, 15개 제후국 160편의 민요를 모은 것인데, 남녀의 사랑을 노래한 연애시, 사회 현실을 비판한 사회시가 대부분이다.

이황이 즐겨 읊었던 〈국풍〉 가운데 주남周南 관저關雎편에는 임을 그려 잠도 자지 못하다가 마침내 함께 음악을 들으며 즐겁게 지낸다는 내용으로 연가戀歌, 축혼가祝婚歌가 있다.

마름을 따려고 물가에 온 젊은이가 새들이 노니는 광경을 보고 그리운 임을 떠올렸는데, 이런 연상의 수법을 '홍興'이라 한다.

'저구雎鳩'의 암수가 화목하고 행실이 단정하여, 바람직한 부부상으로 보고 즐겨 읊었다.

> 꽥꽥 물수리, 물가 섬에 있구나.
> 아리따운 숙녀는 군자의 좋은 짝.
> 삐죽빼쭉 마름풀을 이리저리 찾노라,
> 아리따운 숙녀를 자나 깨나 찾노라,
> 찾아도 얻지 못해 자나 깨나 그립네.
> 그리워라 그리워, 이리 뒹굴 저리 뒤척.

삐죽빼죽 마름풀을 이리저리 뜯노라.
아리따운 숙녀를 금과 슬로 짝하노라.
삐죽빼죽 마름풀을 이리저리 고르노라.
아리따운 숙녀를 종과 북으로 즐기노라.

1524년, 24세의 이황은 과거에 낙방하였다. 이번까지 과거에 세 번 낙방하기는 했으나 상심하지 않았다. 서둘지 않아도 되는 젊은 날이 남아 있고, 성리性理의 오름길에 과거科擧는 오히려 걸림돌이었기 때문이었다.

'선비로서 과거科擧의 얽매임에서 벗어나지 못하고 도를 강명하는 방법을 아직 깨닫지 못하였다 하더라도, 도의를 소중히 여기고 예의를 숭상할 줄은 알아서 학행을 겸비하여 사군자士君子의 풍도를 익히는 것이다.'라고 자신의 마음을 다잡았다.

하루는 고향집에 있는데 누군가 와서,

"이 서방, 이 서방……."

자신을 부르는 줄 알고 열린 방문 틈으로 살펴보니, 이웃에 사는 젊은 총각이 늙은 종을 찾는 것이었다. 자신의 가문을 지칭하는 성 뒤에 붙는 '이 생원', '이 진사', '이 대감' 등의 호칭은 독립된 나(我)가 아니라, 관습의 굴레에 예속된 나(我)라는 존재이다.

'사군자士君子의 풍도는 단지 이상일 뿐인가?'

젊은 이황은 이상과 현실의 괴리乖離에 고민하지 않을 수 없었다.

찌는 듯한 더위를 참고 앉아서 책장을 넘기니, 글자가 눈에 어른거리고 잡념이 그치지 않는다. 점차 자신이 왜소해지고 매미소리 짜증나는 여름이었다. 마음이 혼란스러워 책을 덮으니, 장마가 걷힌 하늘가에 수수 알이 영글어 고개를 숙인 수숫대가 바람에 일렁였다.

'넉넉한 가을을 넓은 가슴으로 받아들여야지….'

그해 7월 보름, 용두산 용수사에 달구경 갔다. 경명景明(온계 이해의 字), 경호景浩(퇴계 이황의 字), 장경長卿 민구서閔龜瑞, 질부質夫 김사문金士文, 종지宗之 정효종鄭孝宗, 사촌동생인 대년大年 이수령李壽笭(이우李堣의 아들), 조카사위 서경筮卿 민시원閔蓍元(맏형 이잠의 사위), 조카 경부敬夫 이인李寅, 숙번叔蕃 손류孫𥕏 등 집안의 자제와 동네 청년 9명이 휘파람을 불면서 걸었다.

저녁연기 피어오르는 매정마을을 지나 용수사 경내로 접어들자, 우묵한 숲속에 반딧불이 날고 풀벌레 소리에 어둠이 내려앉았다.

용수사는 이황의 고향 마을 용두산 골짜기에 있다. 이황의 아버지와 숙부가 공부하던 곳이며, 이황 형제들이 하과夏課를 하던 곳이다.

숙부 송재공이 강원도 관찰사를 마치고 귀전했을 때, 이황은 열두 살이었다. 이때, 형들과 함께 송재공에게 《논어》를 배웠다.

숙부는 조카들에게 각각 자字를 지어 주었는데, 서귀를 언장彦章, 서봉을 경명景明, 서란을 정민貞愍, 이황을 서홍瑞鴻에서 경호景浩로 바꿔주었다.

송재의 교육은 알묘조장揠苗助長이 아니라, 사람답게 사는 길을 스스로 터득하도록 하는 것이었다.

"앎과 배움은 그것 자체로 가치가 있는 것이 아니다. 학문의 길에 각고도 중요하나, 심신의 휴양 또한 중요하다."

자연을 소요하며 물아일체의 호연지기浩然之氣를 길러 자유의지와 정의로운 품성을 갖춰야 한다고 했다.

"알기만 하는 사람은 좋아하는 사람만 못하고, 좋아하는 사람은 즐기는 사람만 못하다.〔知之者不如好之者, 好之者不如樂之者.〕"

송재는 자질들을 용두산 용수사에 보내 하과夏課를 즐기게 했다. 그는 하과夏課를 떠나는 자질들에게 시를 지어 주었다.

경서 공부 청색과 자색 인끈의 도구라 말하지 말라,
학문을 염두에 두고 닦음, 입신양명의 계책으로 세워야 하리.
예로부터 훌륭한 일 일찍부터 갖추어야 하나니,
홰나무 저자 앞머리까지 세월 빠르기만 하다네.

'형님들을 따라와서 승경도 놀이하던 어린 시절이 그립구나.'

용수사 하과夏課 때 형님들과 관직 알아맞히기 승경도 놀이 생각이 났다.

송재는 어릴 때부터 관직에 대한 체계적인 관념을 자제들에게 익혀주기 위하여 승경도 놀이를 장려하였다.

승경도의 크기는 일정하지 않으나, 전체 면적의 4분의 3에 300여 개의 칸을 만들어 관직명을 써넣고 남은 공간에는 놀이의 규칙을 기입하였다. 사방으로는 외직인 8도의 감사·병사·수사, 주요 고을의 수령을 배치하고, 중앙부의 첫 꼭대기에는 정1품을, 그 다음에 종1품을 차례대로 늘어놓아 맨 밑에는 종9품이 오게 하였다.

이윽고, 둥근 보름달이 용두산에 두둥실 떠올라 어둠살을 걷어내자, 달빛에 탑이 솟아오르고 대웅전 추녀 끝에 풍경소리 청량하였다.

둥근 보름달이 동쪽 산 위로 떠오르자, 시를 잘 짓는 경호景浩(황)가 첫 운을 뗐다.

龍壽山中寺　용수산 속 절에
招邀集友生　벗들이 부르고 맞이해 모였구나.

生이 첫 운자韻字가 된 만큼, 다음 사람도 청이나 명, 생, 성, 영, 영, 청 등의 발음이 되게 받는다.

그 다음을 형 경명景明이 받았다.

初涼時已至　벌써 날씨가 서늘해지고
積雨更新晴　장맛비도 드디어 개었네.

그 다음은 장경長卿 민구서가 이었다.

洞府昏將入　골짜기 안은 아직 어둡지만
松巒月欲明　솔뫼엔 달 밝으려 하네.

경명景明이 다시 받았다.

瑞光流玉宇　옥 같은 하늘엔 서광이,
素彩散雕櫺　아로새긴 창살에는 맑은 빛이

장경이 읊으니 질부가 받았다.

碧樹陰斜砌　파란 나무 그림자 섬돌에 걸리었고
遙岑影落庭　멀리 산 그림자 뜰에 거꾸러졌네.

龍珠浮水國　용 구슬이 물나라에 떴고
仙鏡出雲局　신선의 거울이 구름 창 열고 나온다.

종지宗가 읊으니 경호가 받았다.

素態清無滓　하얀 자태는 티 없이 깨끗하고
氷容瀉劇精　얼음 같은 얼굴엔 정기가 맺혀있네.

星河漸明滅　은하수들이 깜빡거리자
蟾桂正輕盈　두꺼비와 계수나무가 달을 채운다.

경명이 읊으니, 경호景浩가 받았다.
玉兔趺居樣　옥토끼가 쪼그리고 앉아있는 듯,
姮娥宛轉形　항아가 몸을 돌려 앉는 듯

廣寒棲冷落　광한전에서 춥게 살면서
藥臼擣伶俜　외롭게 약절구를 찧는다.

이날, 〈용산완월연구龍山翫月聯句〉는 달이 서쪽으로 기울 때까지
계속되었으며, 경명景明이 마무리하였다.

遺編如可續　남긴 글을 이어 가는데
妙響若爲聽　오묘한 소리가 들리는 듯하네.
珍重交須勉　서로 아끼고 격려하면서
藏修愼勿輕　행동도 신중하게 오래오래 닦아나가세.
共聯玆警律　깨우치는 운율을 나란히 하니
聊擬古盤銘　옛 반명이 나온 듯하네.

이황이 허씨 부인과 혼인하던 해, 그의 처외조부 창계 문경동은 청풍 군수로 나갔다가 그곳에서 타계하였다. 이황은 문경동의 묘갈명墓碣銘을 지었다.

　　「1521년(중종 16년) 6월 그믐날, 청풍 군수 문공文公이 병으로 군아郡衙에서 졸卒하였는데, 사자嗣子가 없어 아우 몇 명이 관柩을 운반하여 돌아갔다. 한편 공의 사위 의춘宜春 허찬許瓚 공이 부음을 듣고 달려와 영로嶺路에서 상여를 맞이하여 영천榮川(영주)의 초곡草谷 옛 거처에다 빈소殯所를 마련하고, 이해 모월에 고을의 동쪽 말암리末巖里 석봉石峯의 동쪽으로 향한 터에다 장사 지냈으니, 임종할 때의 분부를 따라서이다. 얼마 안 되어 공의 집안에는 크고 작은 상사喪事와 환란이 서로 잇달아 그 외손外孫이 더러는 그곳에서 살기도 하고, 더러는 이사하기도 하여 겨를을 내지 못한 일이 많았다.
　　지난해에 장수희張壽禧군이 와서 나 이황李滉에게 말하기를, "우리 외할아버지가 돌아가신 지 지금 거의 40년이 되었지만 묘표墓表를 새기지 못하였으니, 책임이 저희 무리에게 있습니다. 감히 묘갈명을 지어 주시기를 청원합니다." 하였다.
　　나 이황이 그 말을 훌륭하게 여겨 그의 행장行狀을 징험하였더니 문첩文牒은 흩어지고 유실되었으며, 옛사람은 살아 있는 이가 없으므로, 무릇 벼슬한 이력과 행사行事를 겨우 전해들을 수 있었으나 상세하지 않았다. 그래서 지금 그중 큰 것을 추린다.

공의 휘諱는 경동敬소이고, 자字는 흠지欽之이며, 안동의 감천甘泉 사람이다.

1495년(연산군 원년), 별시에 급제하여 성균관에 보임되었다가 비안 현감이 되기도 하였다.

1508년(중종 3년)에, 양산 군수가 되어 왜구를 막는 데 공로가 있었다. 내직으로 들어와 성균관 사성成均館司成이 되었다가 1512년(중종 7년)에 예천 군수에 임명되었으며, 임기가 만료되고는 몇 년 동안 한가하게 지내다가 청풍淸風 군수가 되었는데, 봄에 부임하여 여름에 졸卒하였으니, 향년이 65세이다.

공의 사람 됨됨이는 모습이 보통 사람과는 달라 허심탄회하고 마음이 활달하여 구속됨이 없었으며, 다른 사람과의 처신에는 경계를 만들지 않고 거리낌 없는 말과 익살로 일찍이 세무世務에는 유념하지 않았기 때문에 사람들이 사정事情에 어둡다고 여겼으므로, 평생토록 여기에 연좌되어 침체되었지만 돌아보지 않았다.

글짓기를 잘하였으며 더욱 사부詞賦에 능하여 과거를 보는 유생이었을 때는 이르는 곳마다 장중場中에서 제일 뛰어났으므로, 그가 지은 것을 후생後生들이 다투어 전습傳習하였다. 그리고 문인文人이나 묵객墨客을 만나면 번번이 함께 시詩를 읊었는데, 마음이 맞아 흥취를 발하여 낭랑하게 읊조리기를 마치 곁에 다른 사람이 없는 듯이 하였으므로, 가끔 어느 한 부분이나 외모만을 가다듬는 자의 비웃음 거리가 되기도 하였지만, 한 시대의 명망이 있는 부류들 또한 함께 서로 화답하며 왕복往復하였다.

나 이황이 젊어서 일찍이 공이 집안에서 기거하던 때에 이르러 보았는데, 공이 서적書籍과 문방文房의 붓과 벼루 등을 반드시 화려하고 좋은 것으로 구경할 만한 것을 많이 쌓아 두었으며, 헌함軒檻 밖에는 이름난 꽃과 기이한 풀을 줄지어 심어두고, 새벽이면 일어나 곧장 짚신에다 지팡이를 짚고 그 사이에서 서성거리다 돌아와 책상을 마주하고 하루 종일 즐거워하며, 손님이 오면 술을 내오도록 명하여 두어 순배 지나지 않아 파罷하고, 간혹 스스로 술 한 단지[一甌]를 끌어다 손님에게 여러 잔을 권하면서,

　　"나는 술 마시기를 좋아하지 않으니, 공은 스스로 취하는 것이 좋겠다."고 하였으니, 대체로 그의 진실된 성품이 이와 같았다. 공이 저술한《창계시고滄溪詩藁》2권이 집안에 소장되어 있다.

　　배위配位는 평해 황씨로 건공 장군 황태손黃兌孫의 딸이다. 2녀를 낳아서 맏이는 바로 진사 허찬許瓚에게, 다음은 생원 장응신張應臣에게 각각 출가하였다.

　　진사의 2남은 진사 허사렴許士廉과 허사언許士彦이며, 2녀는 공조참판 이황李滉과 충의위忠義衛 김진金震에게 각각 출가하였다. 장응신張應臣의 3남은 장윤희張胤禧·장순희張順禧·장수희張壽禧이고, 2녀는 울진 현령 김사문金士文과 습독習讀 이효충李孝忠에게 각각 출가하였다.

　　공이 몰歿한 7년 뒤에 황씨黃氏가 잇달아 서거逝去하여 같은 묘역에 부장祔葬하였으며, 측실側室에도 딸이 하나 있다.

장군張君(장수희)이 그의 조카 장언보張彦輔 등 근처에 살고 있는 여러 사람과 나 이황의 아들 이준李寯이 비록 외지外地에 살기는 하지만, 역시 그 어미의 무덤이 같은 묘역이어서 서로 함께 묘소를 수호하고 속사俗祀를 받든다. 다음과 같이 명銘을 쓴다.

공은 빛나는 재주를 지니고 기개는 문장에 펼쳤도다. 과장科場에 나가 노닐 때는 곰의 무리에서 수염을 뽑는 것처럼 쉬웠는데, 늦게 벼슬길에 오른 것은 운명 가지런하지 않았도다.

공의 재질은 넓었지만 세속이 좋아하는 것과는 부합되지 않았도다. 공은 관리로서의 교묘한 재주를 부끄러워하여 가장자리 꾸미는 것을 일삼지 않았도다. 명망은 한 시대에 요동쳤지만 지위는 낮은 곳에서 절뚝거렸도다. 지방의 수령에 자주 부임하여 거친 음식으로 여러 차례 속였도다.

오리와 학의 짧고 긴 다리가 모두 적합한데 메추라기와 붕새를 어찌 가릴 것인가? 우리 공의 처세는 빈 배도 부딪치지 않도다. 진실에 맡기고 즐거워하니 그 다른 것을 우려할 겨를이 있겠는가? 등유鄧攸(진晉나라 등백도鄧伯道)처럼 아들은 없으나 채옹蔡邕(후한後漢 말기 사람)의 집안처럼 훌륭한 딸을 두었도다. 많은 외손들 전해지는 경사를 받아들이기에 적당하니, 세속의 명절이 닥칠 때면 감히 수묘修墓치 않을 수 있겠는가? 석봉石峯의 동쪽 기슭에는 소나무 숲이 울창하도다. 비석에다 사실을 새겨서 무궁토록 알리노라.」

1527년 11월 7일, 이황은 향시를 치렀다. 향시는 진사시와 생원시 중 1개 과를 선택해서 응시하지만, 이황은 진사시와 생원시 양兩과에 응시했다.

과장에는 기침소리 하나 없이 침묵이 흘렀다. 집을 떠나올 때 꼭 입방入榜하라고 당부하던 아내의 퀭한 눈과 메마른 입술이 눈앞에 어른거렸다.

'아들 출생, 향시 합격이 호사다마好事多魔인가?'

그는 진사시에 1등, 생원시에 2등을 하였으니 양손에 행운을 거머쥔 것이다. 그러나 갑자기 찾아온 행운이 도리어 불안했다.

해가 소백산 너머로 자취를 감추고 심술부리듯 먹구름 잔뜩 낀 밤하늘은 별 하나 없었다.

어둠 속에서 하얀 길을 더듬어 불안한 생각으로 푸실 마을(초곡)에 들어섰을 때, 처가 대문에 사람들이 우왕좌왕하며 들락거렸다.

희미한 조등弔燈이 바람에 흔들리고 있었다.

'아, 이럴 수가……'

악령이 조등 위에서 저주詛呪의 굿판을 벌이고 있었다. 이황은 그 자리에 쓰러져 땅에 눈물을 뿌렸다.

'태어나 일곱 달 만에 아버지를 여의고, 학문의 길을 몰라 헤맬 때 길을 터주시던 숙부님도 떠나고, 이제 아들 둘과 네 식구 어머님 평안히 모시려고 했는데….'

하늘이 자신에게 고통을 주는 뜻을 헤아릴 수 없었다.

해 아래서 미처 몰랐더니, 어둠 속에 달이 더 밝구나.

그대 보름달처럼 맑은 얼굴로 내 가슴으로 잠겨드는구려.

원추리 꽃처럼 웃던 봄, 벽오동 잎보다 싱그런 여름,

대추 영그는 가을보다 향설香雪 날리는 겨울 먼저 왔구려.

산도라지꽃 꺾어 머리에 꽂으니 나비 앞서 날고,

오호 통재痛哉! 일곱 해 답청놀이 호접몽이었구나.

절개 있는 선비는 속된 얼굴 꾸미지 않고,

정절 곧고 고요한 여인 교태부리지 않나니,

내 정녕 임포처럼 매처학자梅妻鶴子 삼으리라.

남편의 진사·생원 양과 합격 소식을 듣지 못한 채, 출산 한 달 후인 11월 7일, 허씨 부인이 세상을 떴다. 이산현 신암리 석봉 동쪽 기슭, 외조부의 품에 안기듯, 창계 문경동의 산소 뒤 언덕에 장사지냈다.

새터 남쪽 마을 앞에 마애삼존불이 있어 '미륵댕이'라 하고, 우측의 골짜기가 사금砂琴골이다. 사금골은 내성천의 모래톱과 실버들이 늘어진 강둑이 어우러져 풍류객들이 거문고를 즐기던 곳으로, 마을 앞 넓은 들녘을 사금평이라 부르고 있다.

사금평과 내성천이 내려다보이는 사금골 언덕에 퇴계 이황의 초배初配 김해 허許씨 부인의 묘소와 창계 문경동의 묘소가 있다.

허씨 부인이 잠든 곳, 모래톱 사이로 유유히 흐르는 물결에 은어가 꼬리를 살랑이며, 좌청룡 우백호 소나무 숲에서 뻐꾸기 울고 솔바람 시원한 곳, 미륵댕이 삼존불이 천년을 '나무아미타불' 하니, 내성천 건너 우금마을의 풍성한 들판에 금어수金魚水가 생동하고 좌우가 오목하고 균형 있게 둘러싸인 가운데 자리 잡은 진혈眞穴이니, 천하제일의 명당이라 할 수 있다.

도산의 퇴계 묘소는 낙동강을 굽어보고 있으나 경사가 급한데, 허씨 부인의 묘소 오르는 길은 계단을 오르듯 비스듬한 길에 해마다 봄이면 연분홍 두견화 무리 지어 피고 뻐꾸기 노래하니 정원을 거니는 기분이다.

이황은 삼우제를 지낸 후 도산으로 돌아왔으나, 며칠 후 굴건제복屈巾祭服에 대지팡이를 짚고 다시 아내의 묘소를 찾아 나섰다.

주자가례朱子家禮에 철저한데다가 침식을 겨우 연명하는 자학적自虐的 복상服喪으로 초췌한 얼굴은 쓰러질 듯 지쳐 있었다.

아내의 묘소는 고향 도산에서 영주로 통하는 도중途中에 있다. 상주의 애곡哀哭도 걸쭉한 상엿소리까지도 죄다 묻어버린 듯, 서늘한 솔바람 소리만 이따금 몰려왔다 회오리처 흩어질 뿐, 산 꿩도 알을 품은 채 새내기 무덤을 조심스레 힐끗거린다. 스물일곱 해를 살다 간 여인이 흙내가 알싸한 황토 이불을 덮어쓴 채 깊은 잠에 빠져들어 있었다.

피어오르는 향연香煙을 망연히 바라보다가 아내의 머릿결 같다는 생각이 미치자, 참았던 울분이 원망으로 터져 나왔다.

'하필, 왜? 우리가…'

가슴속에 가뒀던 슬픔을 애곡으로 토해 내며 무덤을 빙빙 돌았다. 만남이 있어 이별이 있고, 산다는 것은 떠난다는 것이라지만, 너무 짧은 만남, 너무 빠른 이별이었다.

한편, 아내와의 삶에서 인생의 참된 의미를 미처 알지 못하고 방만했던 자신의 삶을 자책하는 순간, 원망이 회한으로 바뀌면서 슬픔이 폭포수같이 쏟아져 내렸다.

'그래도, 외롭지는 않을까?'

부질없는 생각에 주위를 둘러보니, 아내의 무덤 바로 아래쪽에 처외조부 창계의 묘소가 보였고, 시선을 더 먼 곳으로 돌리니 들녘이 펼쳐지고, 들녘을 가로지르는 내성천이 햇빛에 눈부시게 반짝였다.

묘소 초입에 오래된 마애삼존불상이 모여 불경을 합창하며, 좌청룡 우백호 형상의 산울타리 낮게 둘러쳐진 그 가운데 오도카니 솟은 동산에 자리한 망자의 음택陰宅이 산 자의 재사齋舍같이 아늑하였다. 하늘에 솔개 날고 강에 물고기 뛰는 '연비어약鳶飛魚躍' 형상으로 망자의 공간이 활기차고 조화롭다는 느낌이 들었다.

天理生生未可名　하늘 이치 생생하여 이름할 수 없으니,
幽居觀物樂襟靈　그윽이 만물 관조 즐거움이 깊어라.
請君來看東流水　그대 이리 와서 동쪽으로 흐르는 물을 보시오.
晝夜如斯不暫停　밤낮으로 이와 같아 잠시도 그치지 않는다오.

'땅의 영기靈氣가 살아있는 생물을 진화·쇠퇴·소멸할 수 있듯이, 생명이 다한 것에도 땅과 화합하게 할 수 있을까?'

명당은 산천의 형세로, 길흉화복을 설명하는 〈설심부雪心賦〉에,

"평탄한 것은 기울게 되고, 가는 것은 돌아오지 않는 것이 없다."

물극필반物極必返의 현상을 인간 사회 현상으로 유추 해석한 것일 뿐이라는 생각이 들었다.

내성천 건너 동산골로 들어서면 봉화 황전마을로 통하고, 산을 오른쪽으로 돌아서 구천을 지나면 도산으로 가는 길…,

이황의 시선이 멈춘 곳은 강가 언덕의 버들과 모래톱이었다.

도산과 영주를 오가면서 지친 발을 강물에 담그던 하얀 모래톱, 버드나무 그늘에 앉아 흐르는 강물처럼 도란도란 애기꽃을 피우던 강가 언덕, 바지를 둥둥 걷어 올리고 아내를 업어서 강을 건너던 내성천 맑은 물은 햇살에 반짝이며 쉼 없이 흐르는데…,

어느 무더운 여름날, 시원한 강물에 멱 감고 아이들처럼 송사리 떼를 쫓아다니다가 물속에 엎어지던 그를 보고 까르르 웃던 아내,

'수물총새와 암물총새가 어울려서 시끄럽게 날갯짓하는〔翠羽刺嘈感師雄〕'장면을 연상하면서 무심코 아내를 돌아보았다.

그러나 아내가 늘 앉았던 그의 옆자리는 허탕이었다.

'아, 아내가…….'

아내의 빈자리를 확인하는 순간, 아내의 존재가 한없이 깊고 넓게 허허로웠다. 자신과 아내가 '삶과 죽음', '이승과 저승'이란 서로 다른 공간에 존재한다는 현실을 처음으로 깨닫는 순간이었다. 생명은 유한하고 쉼 없이 흐르니 죽음은 결코 두렵지 않으나, 단독자의 고독과 상실감이 뼛속까지 시리고 아려왔다.

깎은 듯 빼어난 얼굴에 사슴처럼 순한 눈, 수줍은 목소리에 가지런한 이빨을 드러내던 그 웃음도 더 이상 들을 수 없다. 아내의 미소가 떠올라서 정신을 가다듬어 간절히 읊조렸다.

風吹齊發玉齒粲　바람 불어 고운 이 가지런히 빛나고,
雨洗渾添銀海渙　흐렸던 눈은 비에 씻겨 빛나네.

수줍음은 한낱 예의의 표현일 뿐, 그녀는 그저 순하고 미련한 양羊이 아니라, 장차 가문을 새롭게 열어갈 종부宗婦로서의 소명召命의식과 자존감이 지극히 높았다.

아내가 그에게 와서 7년, 처음과 마지막이 한결같았으니, 비록 하인에게까지 기쁨을 주면서도 정작 자신에게는 엄격했다.

마지막 날도 아내는 부축을 받아 가며 대문 밖까지 나와 서서, 과거장으로 가는 남편의 뒷모습이 사라질 때까지 바라보았다.

죽어가는 아내를 지켜만 보았던 무기력한 자신이 미웠고, 아내가 고통스러울 때 과장科場에 나갔던 자신이 부끄러웠다.

'내가 죽고 그대 산다면, 기꺼이 황령을 넘고 열수를 건너리.'

아내의 무덤 위에 풀썩 엎어져 흐느끼는 어깨가 들먹였고, 지는 해의 산그늘이 서늘한 바람을 타고 그를 덮어 왔다.

挾飛仙以遨遊	하늘을 나는 신선과 만나 놀며
抱明月而長終	저 밝은 달을 품고 오래도록 머물고 싶은데
知不可乎驟得	얻을 수 없음을 홀연히 깨닫고
托遺響於悲風	그저 소리를 슬픈 바람결에 보낸다네.

"천지에 기대어 하루살이로 살아가는 우리의 삶이 그저 잠깐임을 슬퍼한다."

소식蘇軾의 〈적벽부赤壁賦〉를 읊으니, 온 산천이 숙연해졌다.

퇴계는 제자 이평숙에게 보낸 편지 〈이평숙에게[與李平叔]〉에서,

"듣건대 공이 금슬이 좋지 않아 탄식한다는데, 무엇 때문에 이러한 불행이 있게 되었습니까. (…)

나는 두 번째 장가를 들어서는 한결같이 매우 불행하였습니다. 그러나 그렇다고 감히 마음을 박하게 지니지 않고, 열심히 선하게 처신한 것이 거의 수십 년이 되었습니다. 그동안 마음이 번거롭고 생각이 어지러워 근심을 이기지 못한 때도 있었습니다. 그러나 어찌 감정에 좇아 인륜을 소홀히 하여, 홀어머니께 걱정을 끼쳐드릴 수 있겠는가?"

이황은 부인이 죽은 후 상실감과 그리움에 고독했다. 그러나 고독을 스스로 조절하고 승화함으로써 노래하듯 詩를 지었다.

스스로 시벽詩癖이라고 할 만큼 시를 좋아했던 그는 시의 소재가 될 만한 대상을 발견하면 흥興이 일어나 읊조리기를 멈추지 않았다.

이황은 허씨 부인과 사별하였지만, 서울을 오가며 들르거나 병이 났을 때는 초곡에서 안식을 취하기도 하였으며, 영주와 의령의 농토를 분재 받아 관리하였다.

1533년 경상좌도 향시에 1등으로 합격한 후, 이듬해 봄에 있을 식년문과 대과 회시에 대비하여 청량산으로 들어가게 되었는데, 처

남 허사렴에게 장정을 더하여 양식을 넉넉히 보내줄 것을 부탁하였으며, 1541년(중종 36년) 맏아들 준雋이 서울로 올라올 때 영주 초곡에서 지난 가을 추수한 쌀 한 바리를 배편으로 실어 오라고 하였다.

1550년 9월 12일, 맏아들 雋에게 고성固城의 전답을 판 돈은 그곳에 두어 다음에 다른 전답을 살 비용으로 쓰는 것이 좋겠다고 하였으며, 1551년 4월 25일, 영주의 접接으로 떠나는 맏아들 준雋에게 필요한 양식은 초곡草谷에 있는 것을 가져다 쓰라고 하였다.

이황은 1546년(명종 원년), 을사사화乙巳士禍의 여파로 조정이 크게 어지러웠기 때문에 외직으로 나가기를 구하였지만 뜻대로 되지 않아 장인 권질의 장사를 지내는 것을 사유로 휴가를 받았으나, 이것도 병 때문에 기한을 넘겨서 고향으로 돌아갈 수 없게 되었다.

그해 3월 1일 휴가를 받아 장인 권질의 산소에 참배하였다. 고향 가는 길에 장인의 산소를 참배하였다.

4월 10일, 휴가 기한이 다 되어 서울로 가려다가, 영주에 이르러 병이 나서 그곳 초곡의 전사田舍로 되돌아왔다.

이곳에 머물면서 목은牧隱 이색李穡의 詩 〈有感〉에 차운하여 다시 병이 나서 되돌아오게 된 기쁨을 〈以事當還都至榮川病發輟行留草谷田舍〉 시로 표현하였다.

少日書紳服訂頑　젊을 때 명심하여 정완訂頑을 일삼더니
至今惛學但慙顏　여태껏 배움 아득 얼굴빛만 부끄러워라.
狂奔幸脫天里險　겹겹이 험한 곳은 행여나 벗었지만
靜退纔嘗一味閒　잠자코 물러오니 한가한 맛 보았구나.
羈鳥有時依樹木　얽맨 새도 이따금은 짙은 숲을 의지하고
野僧隨處著雲山　들의 스님은 곳을 따라 구름에 몸을 붙인다.
後園化蕚猶爭笑　뒷동산 꽃봉오리 오히려 웃음 짓되
何必區區病始還　어찌 그리 구구히도 병 들어야 돌아오는가.

영주는 퇴계 이황의 처향妻鄕으로 친구 금축琴軸과 김사문金士文, 김난상, 제자 박승임, 황금계, 이덕홍 등이 있어서, 죽령을 넘어 풍기 땅에 들어서면 고향의 정情을 느꼈다.

퇴계의 문인門人 황준량黃俊良은 풍기읍에서 태어나, 농암 이현보 李賢輔의 손서孫壻로서 단양 군수 시절 〈단양진폐소丹陽陳弊疏〉를 상 소하여 20여 종의 공물을 10년간 감해주는 혜택을 받았다.

기암괴석과 수백 년 된 노송이 어우러져서 '비단물결에 신선이 노 니는' 금선계곡 물가 절벽을 선경이 펼쳐진다. 금계錦溪 황준량黃俊良 은 금선대錦仙臺라 이름하였고, 그의 후손들이 금선정錦仙亭을 지었 다. 금계의 초가에서 쉬며 읊다〔錦溪茅齋憩吟〕.

松竹參差擁一丘	들쭉날쭉한 송죽이 언덕 하나 안고 있는데
三春錦水夢中流	석 달 봄 금계의 물이 꿈속에서도 흐르네.
自臨釣石灑然濯	스스로 낚시터에 나가 흉금 맑게 씻었으니
魚鳥見人應解愁	물고기와 새도 사람 보고 시름 풀었음 알겠지.

《명종실록 22권》 1557년 5월 7일, 단양 군수 황준량의 〈단양진폐소丹陽陳弊疏〉를 올렸다.

"삼가 생각건대, 천하의 일은 피폐되기 전에 보수할 경우에는 보통 사람도 대처하기가 쉽지만, 이미 피폐된 후에 진기시키는 경우에는 지혜로운 자도 공을 세우기가 어렵습니다. 이루어져 있는 형세를 기반으로 해서 피폐한 정치를 수습하는 것은 수령의 힘만으로도 쉽게 도모할 수 있다 하겠지만, 텅 비어버린 허기虛器만 가지고서 이미 흩어져 버린 것을 수습하는 경우에는 수령에게 전적으로 책임 지울 것이 아니라 반드시 회유懷綏하는 은전恩典이 있어야 합니다. 그렇다면 피폐된 것을 진기시키는 어려움은 피폐되기 전에 보수하는 쉬움과는 다르기 때문에 그 조처에 대한 방략은 결코 수령이 전담하거나 옹졸한 자가 감당할 수 있는 것이 아님이 분명합니다. (…)

《여지승람》에 '땅이 척박하고 물이 차가와서 오곡이 풍요롭지 못하다.'고 한 것은 이곳의 풍토가 본래 그렇기 때문입니다. 이제는 극도로 피폐해져서 살아갈 길이 날로 옹색해지는데다가 부역에 나아갈 수 있는 민호가 40호에 불과하고, 산과 들의 경지 면적이 3백입니

다. 피폐된 고을이라 하여 까닭 없이 폐지하는 것 또한 큰일이라 해서 두 가지 가운데 하나도 행할 수가 없다면 마땅히 하책下策으로 해야 할 것입니다.

그러나 이는 백성을 병들게 하는 것 가운데 큰 것만을 뽑은 것으로 폐단의 절반도 제거할 수 없는 것이니, 바로 눈앞의 고식적인 급함을 우선 구제하는 것이요, 피폐해진 것을 진기시켜 장구히 유지해 나가는 정사가 아닙니다. (…)

"이제 상소 내용을 보건대, 10개 조항의 폐단을 진달하여 논한 것이 나라를 걱정하고 임금을 사랑하고 백성을 위하는 정성이 아닌 것이 없으니, 내가 아름답게 여긴다."

명종이 비답을 내렸다.

금계 황준량은 빈부의 격차를 줄이고 부호의 토지 겸병兼併과 백성의 유리流離를 막기 위해 정전제井田制를, 이 제도를 시행하기 어려우면 한전제限田制를 주장하였다.

황준량은 1563년 성주목사 재직 중에 병으로 사직하고 고향으로 돌아오는 도중 예천에서 별세하였다. 그가 죽었을 때, 수의마저 갖추지 못해서 베를 빌려서 염을 했으며, 관棺에 의복도 다 채우지 못할 만큼 청빈했다.

황준량은 타고난 문학적 재능에다가 학덕學德까지 겸비하였고 농암 이현보李賢輔의 손서孫壻이자 퇴계의 고제高弟로서 영남사림의 기대를 한 몸에 받았던 인물이었다. 성주목사 재직 중《주자서절요朱子書節要》를 간행한 지 2년 만에 병을 얻어, 애석하게도 47세에 유명幽明을 달리하였다.

황준량이 죽자, 그의 스승 퇴계는 슬픔을 억누르고 손수 붓을 들어 그의 관 위에 명정銘旌을 써내려갔다. 그리고 다시 마음을 가다듬어 〈행장行狀〉을 지어 제자의 일생을 증언하고, 〈제문祭文〉과 〈만사挽詞〉를 지어 제자의 영혼을 위로했다.

"아, 슬프다 금계여! 이 지경에 이르렀는가? 성주에서 풍기까지 몇 리나 되기에 길을 따라 들것으로 부축했는데 미처 집에 이르지 못했단 말인가? …… 어찌 생각이나 했을까! 영결하는 말이 부고와 함께 이를 줄을! 실성하여 길게 부르짖으니 물이 쏟아지듯 눈물이 흘렀다네. 하늘이여! 어찌 이리도 빠르게 이 사람을 빼앗아 가시나이까? 진실인가 꿈결인가 너무 슬퍼 목이 멘다오."

嗟嗟錦溪　아 금계여!
一去難回　한 번 가서 돌아오기 어려우니
已矣已矣　끝났구나 끝났구나,
哀哉哀哉　슬프고 슬프도다.

어느 스승이 제자의 죽음 앞에서 이렇게 상실감이 클까.

황금계의 〈제문祭文〉에서 참 스승 퇴계의 면모를 짐작할 수 있다.

박승임과 황준량은 1517년(중종 12)에 태어난 동갑으로 청년시절에 퇴계의 서당에서 함께 글 읽고, 1540년(중종 35) 식년문과에 함께 급제한 동년이다. 황준량이 별세하자, 박승임이 제문祭文을 지어 슬퍼했다.

稟賦之秀	품부 받은 천성이 빼어났고
志業之篤	의지와 학업도 돈독했네.
久大是期	오래도록 원대함을 기약했는데
胡奪之速	어찌 재빨리 데려가 버렸나.
有母在堂	모친이 북당에 계시기는 하지만
無兒守氈	청전을 지킬 아이가 없구나.
中途蓋棺	중년에 세상을 떠났으니
萬事茫然	모든 일이 아득하네.
幸同出處	다행히 출처가 같았는데
愧余之侗	내가 무지함이 부끄러웠네.
獨延病懶	홀로 늦게 병들고 게을러서
余悲之恫	내가 슬퍼하노라.
欲言無應	말하려 해도 응답이 없으니
余將誰語	내 장차 누구에게 말을 하며,
欲說無窮	말하려 해도 끝이 없으니

余將何擧　내가 장차 무엇을 거론하랴.

留名滿世　남긴 이름이 세상에 가득하니

遺愛人民　백성들에게 사랑을 남겼네.

寒江月色　차가운 강에 달빛이

宛然如新　완연히 새로운 듯하네.

　박승임朴承任은 세종 1년(1418) 집현전 설치를 건의한 좌의정 박은朴訔(이색의 생질)의 현손玄孫이다. 박상충朴尙衷은 고려 때(1375년) 북원과의 외교를 반대한 정몽주 등과 유배되어 유배 도중에 사사되었다. 그의 아들 박은朴訔은 외숙부 목은 이색에게서 학문을 익혔다. 박승임을 비롯한 7형제가 모두 과거에 급제하였다.

　퇴계는 박승임에게 《예경禮經》과 《주역周易》을 가르쳤으며. 1540년(중종 35) 24세의 나이로 식년 문과에 급제하였는데, 이때 셋째 형 박승간朴承侃을 비롯하여 황준량, 채무일蔡無逸, 유중영柳仲郢 등이 함께 급제하여 박승임과 동방의 인연을 맺게 되었다.

　소수서원 '김중문 사건' 당시 박승임은 윤원형의 세도가 더욱 심해지자 고향에서 학문에 힘쓰고 있는 중이었다.

박승임의 시 〈시월에 오는 비〔十月雨〕〉는 궁한 선비의 삶을 노래
했다.

乾坤暝色十月霜	천지가 어두워지더니 시월인데 서리 내리고
凄風帶雨鳴高棧	찬바람은 비 머금고 높은 고갯길에 불어오네.
落葉生驕恣翻覆	낙엽은 방자하게 뒹굴기를 반복하며
寒聲掠砌摧如剗	바람소리는 섬돌을 치고 깎는 듯
窮儒四壁衣裳單	궁한 선비 가난하여 단벌옷뿐이라.
歲華遒盡情難限	한 해가 저무니 심정은 더욱 어려운 지경일세.
半間冰突黔未得	반 칸 방에 불 못 때니 얼음장 같고
悶見蛛絲封破盞	깨진 잔에 거미줄 친 것 민망스레 보노라.
癡妻嗔我爲計疏	어리석은 아내 나의 생계 소홀함 꾸짖고
空向虛窓披蠹簡	헛되이 밝은 창 향해 좀 먹은 책 펼치노라.
兒女焉知窮達理	아녀자들이 어떻게 궁달의 이치를 알까?
萬事在天堪一莞	만사가 하늘에 달렸으니 한 번 빙그레 웃노라.
陽春應續沍寒後	봄은 응당 심한 추위 뒤에 오나니
可忍須臾且閉眼	잠깐 동안 눈을 감고 인내하는 것 뿐이네.

박승임은 시가詩歌와 문장文章에 뛰어났다. 유희춘이 문장의 대표
적 인물을 열거하여 선조에게 아뢰었다.

"이 시대 사장詞章의 대표적 인물로는, 노수신·김귀영·윤현·이
후백·기대승·박승임을 치는데 이후백이 조금 뒤진다고들 합니다."

박승임은 일신의 양명을 꾀하지 않았다. 사간원은 국왕에 대한 간쟁諫諍을 맡은 언론기관으로 사헌부와 더불어 양사兩司라 하였는데, 대사간大司諫은 간언諫言을 주도하는 사간원의 정3품 당상관직이다.

1583년(선조 16) 7월 16일, 대사간 송응개가 율곡 이이의 잘못을 극론極論하다가 이이를 두둔하는 선조의 노여움을 사서 물러나게 되자, 박승임을 대사간에 제수하였다. 박승임은 송응개의 주장을 고집하며 대사간에 부임하지 않고, 이이의 잘못을 논박하였다.

"만약 언관言官이 전하의 위엄에 겁을 먹고 당장 항론을 중단한다면 신에게 일신상의 이익은 되겠지만, 사직을 위해서는 무슨 복이 되겠습니까. (…)

어떻게 하는 것이 저의 몸에 이로운 줄 결코 모르는 바가 아니지만, 전하께서 신에게 위임하신 뜻을 저버리지 아니하고 만에 하나 있을지도 모르는 국사의 위험을 거두고자 하는 것입니다.

전하께서 신의 견마지성犬馬之誠을 살피지 아니하시고 도리어 사심이 있다고 의심하시니, 신이 어찌 감히 벼슬을 욕되게 할 수 있겠습니까. 빨리 신의 직을 파하소서."

"이 상소문을 보니, 자기가 가지고 있는 생각을 반드시 아뢰는 그 성의는 가상하나 그 내용은 망령된 것들이었다. 우선 그냥 두라."

그해 8월 28일 선조의 특지로 박승임은 창원 부사에 임명되었다.

간재 이덕홍은 1541년(중종 36) 영천榮川(영주) 남촌南村 구룡동九龍洞(영주시 장수면 호문리 녹동) 외가에서 태어났다. 간재의 어머니는 반남 박씨 박승장朴承張의 딸이고, 평도공平度公 박은朴붖의 6세손이며, 농암聾巖 이현보李賢輔가 종백조부從伯祖父이다.

1559년(명종 14), 19세 때 퇴계의 제자가 되었다. 성성재 금난수 문하에서 글을 배웠으며, 성성재를 통하여 퇴계 선생을 찾아가 뵈었는데 선생이 한 번 보고 허락하였으며, 이름을 덕홍德弘, 자를 굉중宏仲이라고 지어 주었다.

"그대는 그대 이름의 뜻을 알겠는가? 덕德 자는 행行 자, 직直 자, 심心 자로 이루어진 글자니, 곧 곧은 마음으로 행하라는 뜻이네. 고인이 명명할 때 반드시 그 사람에 맞게 하였으니 그대는 잘 체득하라."

1560년(명종 15), 20세 때 5월, 간재는 조부의 상을 당했다. 옛날에 도산의 내살메[川沙]에 살았는데, 퇴계 선생의 詩에

"깊고 먼 내살메는 李씨 어른 사는 곳. 幽敻川沙李丈居"이라 한 것이 이곳이다. 장례 때 퇴계 선생이 또 시를 지어 주었다.

> 昔我歸耕日　내가 옛날 밭 갈 때
> 從公始卜鄰　공을 따라 이웃이 되었네.
> 梅同朱老喫　매실 익으면 주로와 함께 먹었고
> 樽對蔣卿陳　술동이는 장경을 맞이해 벌렸네.

壽賀如山永　태산처럼 길이 장수하길 축하하고
心親反古淳　태고의 순박한 마음 친애하였네.
幽明忽相隔　이승과 저승으로 서로 갈라지니
吟薤淚沾巾　해로가 부르며 수건을 적시네.

1564년(명종 19) 4월, 24세 때 동문들과 퇴계 선생을 모시고 청량산을 유람하였다. 이문량, 금보(士任), 금난수, 김부의, 김부륜, 권경룡, 김사원, 류중엄, 류운룡, 이덕홍, 남치리, 조카喬(君美), 맏손자 安道 등 13인이 동행하였다. 퇴계는 시를 지어서 칭찬하였다.

"함께 유람한 이 모두 뛰어나고, 일찍 온 이도 당당하여라.〔同游盡英英, 曾到亦濟濟.〕"

1570년(선조 3) 30세 때, 오계정사迂溪精舍를 지었다. 안동 녹전면 원천의 토일천 상류의 평평한 산기슭에 대臺를 만들고, 그 대 위에 정사를 짓고, 존양성찰하고 휴식하는 곳으로 삼았다.

퇴계 선생이 병이 깊어지자, 서자 적寂을 시켜 간재에게 서적을 맡으라고 명하였다. 즉시 명을 받고 물러나 김부륜과 점을 쳐서 〈겸괘謙卦〉의 '군자유종君子有終'의 사辭를 얻었다.

1593년(선조 26) 53세 때, 이덕홍은 행재소行在所로 가서 선조에게 왜적을 막을 방책의 소疏를 올리면서 '귀갑선도'를 첨부했다.

"귀갑선은 적을 무너뜨리는 좋은 계책입니다. 그 배는 등에 창검을 붙이고, 머리 부분에 쇠뇌를 숨겨 설치하며, 허리에는 판옥板屋을 두고 그 가운데 사수射手가 들어가며, 옆으로는 사격하는 구멍을 내고, 아래로는 배의 내부로 통하게 합니다. 가운데는 총통銃筒과 큰 도끼를 두고 때려 부수기도 하고 철환鐵丸을 쏘기도 하며, 활을 쏘기도 하고 충돌하기도 합니다. 부딪치는 자는 부서지고 침범하는 자는 무너지니, 적선이 비록 많아도 대응책을 쓸 수 없을 것입니다."

1595년(선조 28) 봄 55세 때, 모친상을 당하여 동막동東幕洞 언덕에 장사 지냈다. 아침저녁으로 죽을 먹어 몸이 야위어 뼈가 드러났다. 1596년(선조 29) 56세로 2월 19일 여막에서 세상을 떠났다. 간재 이덕홍은 평은면 천본리 오계서원迂溪書院에 배향되었다.

김사문金士文은 창계 문경동의 둘째 사위 장응신의 딸과 혼인하여 퇴계와는 이종동서간이면서 절친이었다.

1533년 4월 22일 경, 퇴계는 '계사년 남행'에서 돌아오자, 성균관에 가기 위해 넷째 형 해瀣와 함께 예안에서 서울을 향해 떠나, 4월 23일 영주에 도착하였다. 영주에서 김사문金士文이 놀리는 詩 1首를 지어 주기에 이에 차운한 詩, '四月從正言兄西行二十三日龜城次金質夫見戲'를 지었다.

1538년(중종 28), 김사문은 알성시 문과에 급제하였다.

윤원형尹元衡이 득세하자, 울진현령을 마지막으로 관직에서 물러나 고향에서 후학을 가르쳤다. 김사문은 이황李滉과 교유하며 여러 편의 시를 남겼다.

김사문은 아들이 없어 그의 아우 김사명金士明의 아들 김륵金玏을 양자로 맞아서 가르쳤다. 아들 김륵이 현달함에 따라 자헌대부資憲大夫 이조판서吏曹判書에 증직되었다.

1567년 6월 12일, 명종은 퇴계를 예조판서禮曹判書를 제수하였으나, 이를 사양하였지만 그를 불러올렸다.

"치사致仕는 고의古義인데도 우리나라에서는 의례 허락하지 않으니, 이것이 신하들이 몹시 난처해하는 것이다."

퇴계는 임금의 부름에 따라 서울을 향해 길을 떠났다.

7월 17일, 비가 오는 가운데 죽령을 넘어 단양에 도착하였다.

단양에서 당시 양재역 벽서사건으로 유배 와 있던 영주 순흥 사람 김난상金鸞祥을 만났다.

양재역 벽서良才驛壁書 사건은 명종 때 외척으로서 정권을 잡고 있던 윤원형尹元衡 세력이 반대파 인물들을 숙청한 사건이다.

지난날 윤원형을 탄핵한 바 있는 송인수, 윤임 집안과 혼인 관계에 있는 이약빙李若氷을 사사하고, 이언적李彦迪·정자鄭磁·노수신盧守愼·정황丁熿·유희춘柳希春·백인걸白仁傑·김난상金鸞祥·권응정權應挺·권응창權應昌·이천계李天啓 등 30여 명을 유배하였다.

병산餠山 김난상金鸞祥은 순흥 사람으로, 1528년 이황李滉과 사마시 동년이며, 1544년 이후 이황과 김난상金鸞祥은 경직에 있으면서 두 사람은 절친한 사이었다.

김난상은 양재역벽서사건으로 이기李芑·윤원형 등의 청에 의하여 남해로 유배되었다가 1565년에 감형되어 단양으로 이배移配되었다. 퇴계는 옛 친구 김난상을 20년 만에 만나 그간의 회포를 나눈 다음 객관으로 돌아와 시 3首 '丹山贈金季應' / '冒雨踰嶺抵丹山見'을 지어서 그에게 주었다. 특히 '丹山贈金季應'에서는 중추절仲秋節에 영주에서 다시 만날 것을 기약하여 서울에 올라갔다가 곧 돌아올 뜻을 밝히는 한편 김난상도 해직解配되어 그의 고향 영주로 돌아와 있기를 바라는 마음을 아울러 표현하였다.

1567년 8월 10일, 퇴계는 예조판서禮曹判書에서 해직이 되자 곧바로 도성을 벗어나 고향으로 돌아왔다. 단양에 도착하여서는 김난상을 다시 만났다. 김난상은 아직도 단양에 이배된 채 그의 고향 영주로 돌아가지 못하고 있었다. 이에 대한 아쉬운 심정을 안고 그와 작별한 다음 영주에 와서는 박승임朴承任을 만나고 고향으로 돌아왔다.

풍기 군수 퇴계는 영천(영주)에 시독관으로 와서 하과夏課를 치르는 선비들을 보고 詩〈쌍청당에서 있는 그대로 적다〔雙淸堂卽事〕.〉를 지었었다.

曲檻斜飛雨　굽은 난간에 빗방울 비스듬히 날리고,
淸池出小荷　맑은 연못에 조그만 연꽃 피어나네.
烏衣舞亂石　검은 옷의 제비는 어지러이 바위 위에서 춤추고,
槐國戰橫戈　홰나무 나라 개미는 창 비껴들고 바삐 움직이네.

擾擾英才集　와글와글 빼어난 인재들 모이고,
鼕鼕畫鼓撾　둥둥 그림 장식한 북 쳐서 울리네.
傳杯聊遣興　술잔 전하며 오로지 근심 흩어버리니,
魚蟹莫訝茶　어안이니 해안이니 차茶 평하지 말게나.

　어해막아차魚蟹莫訝茶는 소식의 〈시험장에서 차를 끓이며〔試院煎茶〕〉를 차운한 것으로, 물이 끓기 시작할 때는 게눈 같은 작은 물방울이 생겼다가 이미 지나가고, 물고기 눈 같은 큰 물방울이 생겼다가 쏴쏴 소나무 바람 우는 소리 같은 큰 소리가 일려하네.〔東坡試院煎茶詩, 有蟹眼已過魚眼生之句.〕를 '와글와글 빼어난 인재들 과장에 모이고, 둥둥 그림 장식한 북 쳐서 시험 종료를 알리고 난 후 과장을 나와서, 술잔 전하며 시끌벅적하니 오로지 근심 흩어버리는 과거장의 풍경을 있는 그대로 그림 그리듯 적었다.

　― 함경도 지방의 과거 시험 (北塞宣恩圖) 1664년(현종 5) 함경도 길주에서 실시한 무과시험 장면. 국립중앙박물관

퇴계의 처가가 있었던 영주 초곡 마을은 현 영주 시청 남쪽 1km 거리의 중앙선 철로와 경북선 철로, 경북대로가 지나가는 삼각지 가운데쯤에 있었다. 영주 시청이 있는 옥루봉玉樓峯을 배산으로, 남쪽으로 서천이 사일들판을 휘돌아 나가는 초곡 마을에 창계 문경동의 구택이 있었다.

행랑채의 솟을 대문을 들어서면, 넓은 마당 가운데 축대를 쌓아 아담하게 꾸민 화단 뒤로 드높은 축대 위에 헌함을 두른 대청 좌우로 큰 사랑과 작은 사랑의 본채가 육중한 팔작지붕의 날렵한 처마 끝에 풍경이 바람에 댕그랑거린다. 작은 사랑이 퇴계 이황의 신혼방〔新初房〕이다.

숙부 송재공은 두 딸을 경남 창원과 함안으로 원혼遠婚을 시켰는데, 둘째 딸이 오석복의 며느리, 즉 오언의의 부인이다.

창계 문경동 또한 원혼遠婚 시켰는데, 그의 두 딸 중에 맏딸을 의령의 허원보의 아들 허찬과 맺어서 영주 초곡에서 함께 살았다.

1533년, 33세의 이황은 관포 어득강의 초청으로 곤양까지 여행할 때 의령과 함안을 방문하였었다.

이황의 장인 허찬은 예촌禮村 허원보許元輔의 둘째 아들로서, 문경동의 사위가 되어 영주 푸실에 분가하여 살았다. 그러나 이때에는 고향 백암촌으로 돌아와 고독한 노년을 보내고 있었다. 모처럼 찾아온 사위가 반가웠지만, 사위를 보면 볼수록 죽은 딸 생각이 간절하였다.

처가의 백암정에는 시인 묵객들의 시가 걸려 있었는데, 그 가운데 처외조부 문경동文敬仝의 詩도 있었다. 문경동은 퇴계가 허씨 부인과 혼인하던 그 해 여름 세상을 떠났다.

처외조부가 별세하고 어느덧 12년이 지난 후, 백암정에서,

"빗속에 꽃잎 떨어짐을 안타까워한다."라는 그의 詩를 대하고 보니 그 시를 쓴 당사자가 살아서 온 듯 반가워, 그의 시를 차운하여 〈의령우택동헌운宜寧寓宅東軒韻〉을 지어 나그네 신세의 안타까운 심정을 읊었다.

雨中梅蕊落瓊英	빗속에 매화 꽃술 옥 같은 꽃잎 떨어지지만,
誰借長空繫日纓	누가 높은 하늘의 해 맬 끈 빌릴 수 있을까?
鳥爲喚人啼更款	새가 사람 부르고자 우는 소리 정답기만 하고,
花因欺暮暗還明	꽃은 저녁임을 속이고자 어두운데 오히려 환하네.

이황의 처가는 고성에서 의령 가례촌으로 이거하여 박천駁川 냇가에 백암정을 지어, 이름난 시인 묵객들을 초청하였다. 탁영 김일손金馹孫, 한훤당 김굉필金宏弼, 창계 문경동文敬仝, 우랑 김영金瑛과 함께 시회詩會를 열었다.

허씨 부인의 할아버지 예촌禮村 허원보許元輔는 재물과 딸린 사람들이 많았으며, 임란 당시 홍의 장군 곽재우도 어머니를 여의고 세 살 때부터 허원보 집안에서 양육되었다.

이황은 의령 가례 백암촌을 떠나 단암진(정암교)을 건넜다. 지리산 계곡마다 흘러내린 남강 물이 단암진을 지나 남지에서 낙동강과 만나면서, 큰 강을 이루어 남해로 흘러 들어간다. 봄빛은 남에서 강물을 거슬러 올라가고, 봄꽃은 들에서 산정山頂으로 오른다.

의령에서 단암진을 건너면서 시 〈붉은 바위 나루〉를 지었다.

野分千螻峀　모곡의 들은 꼬물거리는 많은 산봉우리로 갈라지고,
江中一葉舟　강 가운데는 한 조각 나뭇잎 배로다.
醉深春到午　경치에 취해 주위를 둘러보니 봄은 이미 한낮인데,
愁滿草生州　풀이 난 모래톱엔 수심이 가득하구나.

함안은 남강이 흘러 낙동강과 만나는 곳으로, 농사를 지을 수 있는 들판과 다른 지역과 교통할 수 있어서, 초기 철기시대와 원삼국시대를 거치면서 강력한 고대국가인 아라가야로 통합 발전하였다.

단암진(정암鼎巖)을 사이에 두고 의령과 함안 일대는 아라가야 땅이다. 고령의 대가야가 신라와 결혼 동맹을 맺고 신라에 병합되었으나, 아라가야는 오래도록 자립성을 유지하였던 곳이다.

죽재 오석복이 살았던 모곡矛谷은 함안 산인의 자양산 기슭이다. 모곡矛谷은 고려의 유민 재령 이씨 모은矛隱 이오李午 선생의 모은矛隱에서 유래된 것이다. 모은 선생은 고려 유민의 절의를 지켜 두문동杜門洞에 지내다가 자미화紫薇花(배롱나무) 활짝 핀 이곳에 집을 짓고 '고려 동학高麗洞壑'이라 하였으며, 그는 아들에게 유언하기를,

"나라를 잃은 백성의 묘비에 무슨 말을 쓰겠는가?"

자신의 비에는 이름은 물론이고, 글자 한 자 없는 백비白碑를 세우도록 했다.

훗날, 퇴계는 묘도墓道에 비갈碑碣을 세우지 말고 작은 돌에 '퇴도만은진성이공지묘退陶晚隱眞城李公之墓'라고 쓰도록 유언하였다.

오석복의 죽재는 고려동의 고려교를 건너 자미화 덤불 앞을 지나 고려동 뒤 막다른 곳에 대나무 숲속에 있었는데, 푸른 대나무 숲에 이는 맑은 바람으로 죽재의 소쇄瀟灑한 정취를 알 수 있다.

오석복은 외로운 며느리의 종제가 찾아왔으니 그 또한 반갑지 않을 수가 없었다. 오석복과 이황은 시를 수창酬唱하며 망년지우忘年之友의 인연을 쌓았다.

오석복의 시 〈삼우대〉는 '잔을 들어 밝은 달을 맞고, 그림자 마주 하니 세 사람이 되었네.'에서 시의 제목을 따왔다.

中庭作小臺　뜰 한가운데 작은 누대 지었음은
我友自虛無　내가 스스로 아무것도 없이 텅 빈 것을 벗함이라네.
遙遙三五夜　아득하고 고요한 십오야에
皎皎慰情孤　밝은 달빛 외로운 마음 위로하네.

粲然出海來　찬란하게 바다에서 나와
臨風催玉壺　바람 맞으며 옥 술병 재촉하는구나.
黶然在吾傍　거무스름하니 내 곁에 있어
俛仰與之俱　숙였다가 쳐들었다 이와 함께한다네.

倂我作三人　나와 아울러 세 사람이 되었으니,
佳期良不渝　좋은 때 실로 저버릴 수 없구나.
擧酒宛相對　술 드니 완연히 서로 마주 대한 듯하고,
及時行樂娛　때에 맞추어 즐거움 행한다네.

我飮月爲勸　내가 마시면 달이 권하고,
我醉影爲扶　내가 취하면 그림자가 부축하네.
人間與碧落　인간 세상과 푸른 하늘의 달은
有情各盡輸　있는 정을 각기 다 쏟아 놓았네.

나는 퇴계의 계사년 남행길을 따라갔다가 의령과 함안에 갔었다. 퇴계의 처가가 있었던 의령군 가례의 백암천은 가례천으로 물길이 바뀌었으나, 퇴계의 '가례동천嘉禮洞天' 암각 유묵은 세월의 검버섯을 덮었다.

마을 앞 박천 냇가 절벽의 백암정은 태풍 매미로 2003년에 유실되었으며, 백암촌은 230호이던 마을 전체가 1942년의 대화재로 소실燒失되었으나 '매화'있던 그 자리에 의령 여자고등학교로 다시 피어났으며, 가례 이웃 도산마을에 예촌 허원보의 맏아들 허수許琇의 재실인 존저암存箸庵과 허원보의 후손들이 가문을 이어가고 있다.

의령에서 정암교를 건너서 모곡리에 들어가니, 오석복의 삼우대 빈터에 풀만 무성하고, 앞산 언덕에 퇴도의 장구지소杖屨之所를 기념하는 경도단景陶壇 표지석이 억새에 덮였으며, '퇴도가 유남遊南 중에 오석복의 모곡을 방문했다.'라는 경도단비景陶壇碑가 그를 경모하는 유림들에 의해 모곡리 문암초등학교 교문 건너편에 세워져 있었다.

모은 이오의 손자 근재覲齋 이맹현李孟賢은 태종의 아들 함녕군의 외손녀와 혼인하여 7형제를 두었는데, 그중 여섯째 이애李璦가 경상도경차관으로 가는 숙부 중현仲賢을 따라와 영해의 백원정白元貞의 딸과 혼인하여 영해 나랏골에 뿌리 내려서 그의 후손 갈암 이현일이 퇴계의 학문을 이어 받았으며, 영양 수비와 석보로 옮겨 살았다.

갈암의 아들 밀암密庵 이재李栽, 밀암의 외손자 대산大山 이상정李象靖으로 영남학파를 계승·발전시켰다.

모곡리 죽재 오석복의 삼우대는 어떻게 되었을까?

영주 초곡 마을 퇴계 이황이 허씨 부인과 신혼을 보냈던 창계 문경동의 구택이 있던 곳에서 경북선 철로 너머에 삼우대가 있다. 삼우대는 경상남도 함안군 산인면 모곡리 653에 있었던 의령 군수 죽재 오석복의 삼우대를 옮겨 지은 것이다.

허찬은 딸이 타계한 후 고향 의령 가례 백암촌으로 옮겨가고, 그의 아들 허사렴이 초곡의 문전을 지키고 있었다. 허사렴許士廉도 딸만 둘이었는데, 소고嘯皐 박승임朴承任의 맏아들 박록朴漉을 사위로 맞았으며, 둘째 딸은 퇴계의 종자형 오언의吳彦毅의 손자 죽유竹牖 오운吳澐을 사위로 맞았다.

금계 황준량이 안동에서 굶주린 백성들을 구휼하느라 집으로 돌아오지 못하는 오언의吳彦毅에게 부치다(寄吳仁遠馬官).

東風引興過城南　동풍에 흥이 일어 성 남쪽에 들르니
花柳爭姸草似藍　꽃과 버들 아름답고 풀들도 짙푸르네.
拾翠遊人看兩兩　봄놀이하는 여인들이 쌍쌍이 보이고
連明疏雨近三三　새벽까지 가랑비 내려 삼짇날이 가깝네.

新詩獨詠誰相和　새 시를 지은들 그 누가 화답하랴,
薄酒孤斟我未酣　홀로 막걸리 마시니 즐겁지가 않네.
回首驛樓春欲老　역참 바라보니 봄이 지려 하는데
尋芳何日返征驂　꽃구경 간 찰방은 언제 돌아오려나.

죽유 오운은 임진왜란 때 가족을 처가가 있는 초곡에 피난시켰다가 그대로 눌러 살게 됐다. 초곡에는 아직도 죽유의 후손들이 살고 있으며, 남악정과 삼우대三友臺가 그것이다. 함안 모곡에 있었던 죽재 오석복의 삼우대三友臺를 죽유 오운이 옮겨온 것이며, 남악정南岳亭은 죽유의 후손 남악南 오여벌이 건립한 정자이다.

서천을 사이에 두고 동쪽에는 창계가 살았던 산이리 초곡방(사일)이 있고, 맞은편 서천 강 건너에는 박록이 살았던 가흥리 초곡방(한정)이다.

한정 마을 초입의 소고대嘯皐臺는 야트막한 언덕 위에 몇 그루 소나무와 정자가 있다. 이 정자는 벽이 없고 지붕만 덮여있어 사방에서 시원한 바람이 불어오고, 서천을 한눈에 볼 수 있다.

소고대 앞에 수령 400년 된 느티나무 한 그루가 있으며, 소고 탄생 500주년을 맞아 영주의 서예가 의성 金씨 녹전의 삼대종택의 김태균金台均이 쓴 소고嘯皐의 시비詩碑를 세웠다.

門關久絶客人干　출입문 오래 닫혀 손님도 끊어지고

獨坐淸吟一日閒　홀로 앉아 시 읊으니 하루가 한가하네.

軒靜對叢新竹瘦　가만히 마주한 숲 보니 햇 대나무 파리하고

牖虛來響細泉寒　빈창으로 찬물소리 가늘게 들려오네.

翻翻白葉掀風樹　펄럭이는 나뭇잎은 바람에 나붓끼고

靄靄靑烟帶雨山　자욱한 푸른 안개 산에는 비구름

魂爽晩凉微起簟　대자리에 감도는 저녁 바람 상쾌하니

存心古卷把書看　고서에 마음 두어 책을 잡고 읽노라.

박록의 장남 육우당 박회무朴檜茂는, 원당 본가에 정착했으며, 차남 삼락당 박종무朴樅茂는 초곡방(한정)에 뿌리내렸다.

간송 조임도의 원행록은 그의 스승 반천盤泉 김중청金中淸〔봉화 명호 역개(麗浦) 마을 구미당〕의 대상大祥에 조문한 여행록이다.

「1631년(인조9) 6월 6일, 봉화奉化에 조문하기 위해 길을 나섰다. 반천盤泉 김 어른은 내가 어렸을 적에 배웠던 분인데, 소상小祥이 지난 뒤 늦게 부음을 듣고서 시마복을 입고 곡위를 만들어 곡하고서 그 아들에게 부의賻儀와 위장慰狀을 보냈다. 그리고 길이 멀고 몸이 병들어 몸소 궤연의 아래에 나아갈 수 없었음을 항상 한스러워하였다.

지금 대상大祥이 13일이라고 듣고서 더위와 비를 생각지도 않고 길을 나서 현풍玄風에서 묵었다. 7일, 비를 무릅쓰고 길을 가 하양河陽 땅에서 묵었다.

(…)

궤연에 나아가 절하였다. 그 자리에 영천榮川과 본 현의 인사들이 찾아와 모인 자가 많았는데, 모인 사람들 중에 안면이 있는 자는 금원琴援, 박위朴煒, 남복초南復初, 권경란權慶蘭이며, 군수 김우익金友益, 도사 박회무朴檜茂, 정자正字 김선金鐥이 영천榮川에서 왔는데, 간송은 1598년(선조31) 영천에서 우거하다가 봉화로 이거하였었다.

"이때 나이가 겨우 14, 5세였는데, 지금 33년의 세월이 훌쩍 지나

버렸다. 모습과 얼굴이 모두 변하고 모발은 이미 쇠하였으며, 부모
는 모두 세상을 떠나버려 생각을 하니 나로 하여금 가슴 아프게 하
였다."」*

김몽호金夢虎(字 中淸)의 어머니가 소고의 다섯째 형 박승인朴承仁
의 딸이니, 소고의 손자 박회무朴檜茂 등 영주인들이 모였던 것이다.

마을 앞으로 서천이 흘러서 여름에도 시원한 곳이라고 하여 하한
정夏寒亭이라 하였는데, 소고 박승임은 이곳에서 소요逍遙하며 만년
을 보냈다. 삼락정 앞의 향나무는 소고가 예천 금당실의 처가에 있
던 울릉도 향나무를 옮겨 심었다고 한다.

1961년, 영주 시가지가 물바다가 된 적이 있다. 소백산에서 흘러
내리는 토사가 쌓이면서 하상河床이 높고 강폭이 좁은 남원천은 늘
홍수의 위험이 있었다.
1961년 7월 11일, 새벽 3시부터 5시간 동안 영주 지역에 약 337mm
의 집중호우가 내렸다. 남원천의 급류가 서천 제방을 붕괴시키면서
영주 시가지를 물바다로 만들었다.

---

*간송집澗松集 : 경상대학교 경남문화연구원 남명학연구소 | 정현섭, 양기석, 김
현진, 구경아, 김익재, 강현진 (공역) | 2016.

당시 군사 정부는 수해복구를 위해 공병단을 투입하여 가흥리 한 절마을 뒷산을 절단하여 남원천을 서천으로 연결하고, 중앙선 철도를 이설移設하였다.

경북선 철로는 본래 김천에서 안동까지의 구간이었으나, 1944년 태평양 전쟁 때 점촌-안동 구간의 철로를 철거하여 영암선에 놓았다.

1962년, 경북선을 예천까지 복원하고, 1966년 예천-영주 구간이 신설되었다. 이때 영주 초곡 창계 문경동의 구택을 허물고 철로를 놓았다.

일제는 중앙선 철로 건설 때, 석주石洲 이상룡李相龍의 구택을 헐면서 전탑과 임청각은 남겨 놓았었는데, 우리는 경북선 철로를 건설하면서 푸실 마을의 퇴계 새초방〔新初房〕이 흔적도 없이 헐려나가고 그 자리에서 사금파리 몇 개가 나왔을 뿐이다.

5. 맑은 강

모든 강의 상류는 아침 이슬같이 맑고 평화롭고 겸손하여, 새와 짐승들이 마시고 산과 들녘에 꽃을 피우고 열매를 맺게 한다.

　　소나기 한 차례 지나고 매미 소리 자지러지는 여름 한철, 석천정 금강송 아래 너래 반석은 물 미끄럼 타는 천둥벌거숭이 하동夏童들의 천지가 된다.

　　내성천 상류 유곡에서 어린 시절을 보냈던 강좌江左 권만權萬은 〈석천정사石泉精舍〉詩에서, '복사꽃이 아득히 흘러간다〔桃花流水杳然去〕.'고 읊었으니, 석천정은 신선이 사는 무릉도원武陵桃源이다.

　　　人言靑巖好　사람들은 청암정이 좋다고 하지만
　　　我獨愛石泉　나는 홀로 석천정을 사랑하네.
　　　兩桃花滿發　양쪽 언덕에 복사꽃이 피었다 지면
　　　川流去杳然　시냇물에 아득히 흘러가네.

문수산에서 흘러내린 청하동천을 빠져나와 삼계리 합소合沼에서 물야천과 만나면, 청하동천이 지닌 고요의 선경도 염화시중拈華示衆의 미소가 아니다.

　두 물이 만나는 '두물머리'는 어디나 그렇듯이 용호상박龍虎相搏의 자세로 두 물이 서로 맞잡고 아래위로 자세를 바꿔가면서 씨름을 하듯 빙빙 돌면서 강바닥은 깊어지고 강기슭은 파이고 흩어진다.

　합소에서 섞인 두 물은 내성천으로 한 몸이 되어 흐른다. 내성리 사람들은 내성천을 '큰 거랑'이라 한다. 한강이 크고 넓은 강을 의미하는 '한가람'이 변한 것과 같이, 내성천의 또 다른 이름은 '큰 거랑'이다. 두 거랑이 삼계三溪에서 만나서 '큰 거랑'이 된 것이다. 내성리는 포저리를 개칭하였는데, 포저리浦底里는 나루터를 의미하듯이 내성천이 자연 하천으로 범람과 침식을 하던 때 배를 타고 강을 건너 다녔었다.

　여름의 큰 거랑은 탁류가 강둑을 넘칠 듯이 거센 홍수洪水로 존재[identity]를 과시하기도 하지만, 멱 감는 아이들과 빨래하는 아낙네들의 자유천지가 되었고, 황금들판에 참새 떼 지어 날고 만산홍엽에 은어와 피라미가 거슬러 오르는 가을 저녁, 강물 위로 희망의 추석 달이 두둥실 떠오른다. 북풍한설을 몰고 온 현명玄冥(동장군)을 막아서서 살신성인殺身成仁의 겨울 강은 얼음장 밑으로 흐르는 외화내정外化內貞의 덕德을 지닌 '큰 거랑'이다.

호골산을 휘돌아 내린 내성천은 천상川上에서 멀고 먼 세상으로 여행을 시작한다. 물은 흐르면서 물길이 바뀌고 침식과 퇴적을 거듭하지만, 자연의 순리에 맞게 유동하면서 사람들의 삶 속으로 흐른다. 내성 시내를 벗어난 내성천은 호골산을 비껴 돌아 흐르면서 들판을 만들었다. 호골산이 품은 들녘이어서 호평虎坪(범들이)이라고 한다. 범들이 강둑의 느티나무·왕버들·회화나무 그늘에 버들치·모래무지·참마자·피라미·동사리·붕어·은어가 모래 위를 흐르는 물살을 거슬러 몰려다니고, 하얀 모래톱에 물결이 찰랑이었다.

쌍매당雙梅堂 이첨李詹이 물의 근본[原水]을 논한 글에서,

「물의 성질은 아래로 스며드는 것이다. 물이 땅 밑에 있을 때는 비록 잠복하여 괴어 있으나 땅 위에 나오게 되면, 유동하기도 하고 가득 차기도 해서, 그 이치에 따라 변하는 것을 보게 된다. 사람이 물을 안다는 것은 보이는 것에만 국한되고, 그 보이지 않는 것에 대해서는 어둡다.」

쌍매당은 물의 근원을 인간 세상에 비유하여, 외모와 언변으로 사람을 취하고, 그 마음의 곡직曲直에는 근본하지 않으니, 물이 흐르는 것만 알고 근원은 알지 못함과 같다고 하였다.

소백산맥 마구령에서 흘러내린 낙하암천은 꽃내〔花川〕와 합류하여 화천의 복숭아 꽃잎이 도천에서 내성천으로 흘러든다.

내성천 화천포구는 강변에 숲과 모래톱을 이루고 꽃잎을 떠내려 보내지만, 가끔 홍수를 감당하지 못하고 강둑이 터지거나 범람하여 큰 수해를 일으키기도 한다. 도천에서 내성천 건너편의 신례마을은 어느 해 홍수로 온 동네가 물바다가 된 후 내성천 건너편의 영주시 이산면 신암리로 옮겨 살았다.

영동선 문단역 원구마을은 남양 洪씨와 진성 李씨의 집성촌이다. 마을 앞으로 내성천이 휘돌아나가는 문단은 순흥도호부 시절의 파문단破文丹으로 사암(뱀바우), 조동槽洞, 원구院丘, 요산腰山, 건정巾正, 적덕赤德, 소지蘇知 등 12 문단(수민단)이라 일컫는다.

퇴계의 넷째 형 온계溫溪 이해李瀣가 세상을 떠난 후 1564년 이해의 아들 이교李㝯가 가족을 데리고 이 마을에 입향하여, 그 후손들이 문단·신례·신암 등 문단과 이산면 일대에 번성하고 있다.

문단마을 골짜기의 '빈동재사賓洞齋舍'는 무송헌撫松軒 김담金淡의 묘소를 관리하는 재사이다.

무송헌 김담은 1439년에 집현전 박사가 되어서 천문학자 이순지 李純之와 더불어《칠정산외편七政算外篇》을 교정했으며, 수시력법授時曆法과 대통역태양태음통궤大統曆太陽太陰通軌의 계산법을 밝히고, 교정을 가해서《칠정산내편七政算內篇》을 만들었다.

《칠정산七政算》은 해, 달, 화성, 수성, 목성, 금성, 토성의 위치를 계산법을 서술한 역서이다. 현존하는 규장각본인《칠정산내편》과《태양통궤》·《태음통궤》등이 모두 이순지와 김담이 편찬하였다.

무송헌 김담의 4대손 백암栢巖 김륵金玏은 7세가 되던 해부터 백부이자 양아버지 김사문에게 글을 배우기 시작하여 소고 박승임· 금계 황준량에게 배우고, 퇴계의 문인이 되어 큰 선비로 성장하였다.

금계 황준량은 생원 김륵이 글을 읽고 돌아감에 시를 주어 전송하였다〔贈送金生玏讀書行還〕.

浪走身何益	떠돌면 몸에 무슨 도움이리오,
歸求自有師	돌아가 구하면 절로 스승 계시리.
學期窮聖域	배움은 성인의 경지 궁구하길 바라니
詩豈漏天機	시가 어찌 천기를 누설하리.
功業時難再	공업은 때로 다시 쌓기 어려우니
光陰疾若飛	세월은 나는 듯이 급하네.
平生丈夫志	대장부 평생의 뜻
元不在輕肥	원래 호사스런 삶에 있지 않느니.

김륵金玏은 1564년 사마司馬 등과하여, 1580년 홍문록弘文錄에 선발되었고, 1592년 임진왜란 당시 향인鄉人들이 군사를 꺼려하자, 안집사가 되어 김성일과 서로 호응하여 격문으로 의병을 모았다.

1595년(선조 28), 부체찰사 김륵은 영남을 순시할 때, 한산도와 거제도에서 이순신의 활약상을 보고하여 전공을 위무하였고, 그가 투옥됐을 때 구명운동을 벌여 정유재란에 종군할 수 있게 도왔다. 왜란이 종결되자 대사헌으로 시무16조로 민심수습책을 제시하였다.

　　김륵金玏은 정유재란을 마무리한 뒤 병을 이유로 관직을 사퇴하고 고향 사암蛇巖(뱀바우)으로 돌아와 있었다.

　　이웃 마을 문단에 사는 소년 홍습洪雪이 김륵을 찾아뵈었다.

　　"삼가 여쭙겠습니다. 사람들은 왜란을 문충文忠공(학봉 김성일) 탓이라고들 합니다."

　　백암은 홍습을 지그시 바라보더니, 되물었다.

　　"너도 그렇게 생각하느냐?"

　　"…"

　　"너는 안 본 것을 미리 짐작해서 말할 수 있느냐?"

　　1591년 3월 1일, 통신사 황윤길은 부산포에서 선조에게 '필시 병화兵禍가 있을 것'이라는 장계를 올렸다. 그 후 대궐에서 선조가 물었을 때, 황윤길은 전일의 치계와 같았으나, 김성일은 그러한 정상은 발견하지 못하였는데, 윤길이 장황하게 아뢰어 인심이 동요되게 하니 사의에 매우 어긋난다고 보고하였다.

"일본에 갔을 때 윤길 등이 겁에 질려 체모를 잃은 것에 분개하여 서로 다르게 보고한 것이라는 이도 있으나, 김성일은 못 본 것을 못 봤다고 진실을 고했고, 아직 일어나지 않은 일을 미리 단정하지 않았을 뿐, 적정敵情 보고를 판단하는 것은 임금 몫이 아니겠느냐."

백암의 가르침을 진지하게 듣고 있던 홍습洪霫은 또 물었다.

"삼가 또 여쭙겠습니다. 서로 다르게 보고한 것은 당파 때문이라고 하는데, 진실을 알고 싶습니다."

이성린, 사로승구도槎路勝區圖, 조선통신사, 국립중앙박물관, 1748

백암은 홍습에게 사신의 행적을 자상하게 설명해 주었다.

임진왜란이 발발하기 2년 전인 1590년(선조 23) 4월 29일, 통신사 황윤길·부사 김성일·서장관 허성은 부산포를 출발하였다.

일본 사신이 조선에 올 때는 선위사가 부산까지 가서 맞이하였는데, 통신사 일행이 대마도에 도착하였으나 일본은 영접하지 않았다. 황윤길이 선위사를 기다리지 않고 떠나려 하자,

"만약 선위사를 기다리지 않고 출발한다면, 저들이 전례를 삼아 장차 선위사를 폐지하고 보내지 아니할 것입니다."

김성일은 그들의 거만함을 받아들일 수 없다고 의논하고, 1개월을 지체한 뒤에야 출발하였다.

대마도 체류 중 국본사國本寺(고쿠혼샤)에 초대된 일행이 당상에 있을 때 도주島主 아들 평의지가 가마를 탄 채 당상에 올랐다.

"그의 무례함에 그대로 앉아 서로 수작한다면 사신이 체모를 잃어서 우리 임금을 욕되게 하는 것입니다."

김성일은 구차스럽게 앉아 있을 수 없다고 하였지만, 황상사가 듣지 않자 김성일이 혼자 일어섰다. 역관譯官이 부사가 몸이 불편해 먼저 일어섰다고 해명하자, 거짓으로 왜인의 비위를 맞춘 점을 들어 김성일은 그 역관을 매질했다.

다음날 평의지가 교활하게 가마꾼의 머리를 베어서 김성일에게 사죄하였다. 이후로 왜인들이 예를 지켰다.

1510년, 삼포왜란을 계기로 사절 왕래가 끊긴 것을 평수길平秀吉(도요토미 히데요시)이 통신사를 요청하였는데, 정작 초청한 당사자인 평수길이 출병하여 자리를 비웠으며, 궁실宮室을 수리한다는 평계로 오래도록 명을 전하지 못하였다.

　통신사 일행 모두가 뇌물을 주어서라도 속히 일을 마치고 돌아가기를 바랐으나, 김성일은 국위를 손상시키는 것이라 허락하지 않았다. 김성일《해사록》〈평의지에게 주는 시〉中에서

客夢懸宸極　나그네 꿈 대궐 향해 치달아 가고
龍光射斗躔　용천검의 기운이 두우성에 뻗네.
男兒心似鐵　사나이 맘 무쇠 같이 단단하여서
去國節彌堅　나라를 떠나자 절개가 더욱 군건하다오.

　5개월을 지체한 뒤 겨우 국서國書(書啓)를 전하였는데, 평수길의 용모는 왜소하고, 얼굴은 검고 주름져 원숭이 형상이었다.
　평수길은 겨우 떡 한 접시를 놓고 평수길이 안으로 들어갔다가 편복便服 차림으로 외아들 학송을 안고 나왔는데, 학송이 오줌을 쌌다. 수길은 크게 웃으며 자식을 시녀에게 주고는 옷을 갈아입었다. 통신사 일행은 방약무인한 코미디를 지켜보아야 했다.
　수길은 답서答書를 즉시 재결하지 않고 먼저 가도록 하였다.
　"사신으로서 국서를 받들고 왔는데, 만일 답서가 없다면 이는 왕

명을 천하게 버린 것과 마찬가지입니다."

김성일이 물러 나오려 하지 않았다. 황윤길 등은 붙들려 있게 될까 두려워하여서 숙소에서 기다리고 있으니, 반 달 만에 답서가 왔는데, 명색이 외교 문서인 〈답서答書〉에 도요토미 히데요시 자신이 태양의 아들로서 대륙을 정복하겠다고 으름장을 놓았다.

「일본국 관백關白은 조선 국왕 합하에게 바칩니다. 보내신 글은 향불을 피우고 재삼 되풀이하여 읽었습니다.

우리나라 60여 주는 근래 제국諸國이 분리되어 나라의 기강을 어지럽히고 대대로 내려오는 예의를 저버리고서 조정의 정사를 따르지 않기 때문에 내가 분격을 견디지 못하여 3~4년 사이에 반신叛臣과 적도賊徒를 토벌하여 먼 섬들까지 모두 장악하였습니다.

삼가 나의 사적事蹟을 살펴보건대, 비루한 소신小臣이지만 일찍이 나를 잉태할 때에 자모慈母가 해가 품속으로 들어오는 꿈을 꾸었는데, 상사相士가 '햇빛은 비치지 않는 데가 없으니 커서 필시 팔방에 어진 명성을 드날리고, 사해에 용맹스런 이름을 떨칠 것이 분명하다.' 하였는데, 이토록 기이한 징조를 인하여 나에게 적심敵心을 가진 자는 자연 기세가 꺾여 멸망하는지라, 싸움엔 반드시 이기고 공격하면 반드시 빼앗았습니다. 이제 천하를 평정한 뒤로 백성을 어루만져 기르고, 외로운 자들을 불쌍히 여겨 위로하여 백성들이 부유하고 재물이 풍족하므로 토공土貢이 전보다 만 배나 늘었으니, 본조本

정왜기공도병征倭紀功圖屛, 국립중앙박물관, 174cm×381cm

朝가 개벽한 이래로 조정朝政의 성대함과 수도首都의 장관이 오늘날보다 더한 적이 없었습니다.

사람의 한평생이 백년을 넘지 못하는데, 어찌 답답하게 이곳에만 오래도록 있을 수 있겠습니까. 국가가 멀고 산하가 막혀 있음도 관계없이 한 번 뛰어서 곧바로 대명국大明國에 들어가 우리나라의 풍속을 4백여 주에 바꾸어 놓고 제도帝都의 정화政化를 억만 년토록 시행하고자 하는 것이 나의 마음입니다. 귀국이 선구先驅가 되어 입조入朝한다면 원려가 있음으로 해서 근우近憂가 없게 되는 것이 아니겠습니까. 먼 지방 작은 섬도 늦게 입조하는 무리는 허용하지 않을 것입니다. 내가 대명에 들어가는 날 사졸을 거느리고 군영軍營에 임한다면 더욱 이웃으로서의 맹약을 굳게 할 것입니다.

나의 소원은 삼국三國에 아름다운 명성을 떨치고자 하는 것일 뿐입니다. 방물方物은 목록대로 받았습니다. 그리고 국정國政을 관장하는 무리는 전일의 사람들을 다 바꾸었으니【관속을 바꾸어 전의 호칭이 아니었기 때문이다.】불러서 나누어 주겠습니다. 나머지는 별지에 있습니다. 몸을 진중히 하고 아끼십시오. 이만 줄입니다. 천정天正 18년 중동仲冬 일日 수길秀吉은 받들어 답서한다.」*

---

*한국고전번역원 | 김윤수 (역) | 1989

김성일이 두세 차례 서신을 보내어 고칠 것을 닦달하였으나 따르지 않았다.

황윤길과 허성許筬은 남의 일을 보듯 말했다.

"현소가 그 뜻을 스스로 이렇게 해석하는데, 굳이 서로 버티면서 오래 지체할 것이 없지 않소."

정사 황윤길이 끝까지 따져서 고쳐야 하는데, 일본 측의 오만한 태도에 타협적으로 일관했다. 김성일은 사신을 설득하였으나 관철하지 못하고 마침내 돌아왔다. 돌아오는 길목마다 왜장倭將들이 주는 물건들을 김성일만은 물리치고 받지 않았다.

부산으로 돌아와 윤길은 선조 임금에게 보고하였다.

"필시 병화兵禍가 있을 것입니다."

통신사 일행이 임금을 만났을 때 윤길은 전일의 보고와 같은 의견을 아뢰었고, 성일은 아뢰기를,

"그러한 정상은 발견하지 못하였는데, 윤길이 장황하게 아뢰어 인심이 동요되게 하니 사의에 매우 어긋납니다."

"수길이 어떻게 생겼던가?" 윤길에게 물었다.

"눈빛이 반짝반짝하여 담과 지략이 있는 사람인듯하였습니다."

성일은 아뢰기를,

"그의 눈은 쥐와 같으니 족히 두려워할 위인이 못됩니다."

백암은 이야기를 마치고, 홍습에게 또 물었다.

"네 생각은 어떠냐? 당파 때문에 일을 그르친 게냐?"

"…."

홍습은 큰 충격을 받았다. '사신은 마땅히 한 나라의 왕을 대신하여 국가의 체통을 지켜야 하는데, 사신을 비례로 접대하는데도 윤길尤吉은 두려운 마음으로 땅에 엎드려 감히 말 한마디 입 밖에 내지 못하다니…'

홍습의 생각을 읽은 백암이 다그치듯 물었다.

"네가 사신이라면 어떻게 하겠느냐?"

"남의 나라를 침범하겠다는 협박은 국서가 아닙니다. 그런 국서라면 그 자리에서 찢어버리겠습니다."

"정녕 그렇게 하겠느냐?"

홍습은 조금도 주저하지 않고 의연하게 대답했다.

"새 답서를 받지 못하면 원혼이 되더라도 돌아오지 않겠습니다."

학봉 김성일은 사신이 지켜야 할 禮와 義를 분명히 하였다.

"들어갈 때 다툰 것은 그 예禮를 다툰 것이고, 나올 때 다툰 것은 그 의義를 다툰 것이다. 군자가 의관을 바로 하고 위의威儀를 엄숙함은 평상시의 법도이다. 하물며 사신이 위의가 없다면 대국의 사신을 얕볼 것이며, 국도國都에서 나올 때에 대의大義는 국서를 받아야 하는데, 사신이 義에 근거하여 타일렀더라면, 그들의 뜻을 꺾을 수가 있었다."

1600년, 15세의 홍습洪霫은 큰아버지 홍대성洪大成에게 입양되어, 남양南陽 마을로 떠났다.

홍습은 당시 최고의 문장가 월사月沙 이정구李廷龜의 문하에서 장원급제한 후 익한翼漢으로 개명하였으며, 그가 태어나서 어린 시절 뛰어 놀던 내성천을 못 잊어서 자신의 호를 화포花浦라 하였다. 화포花浦는 꽃내가 내성천으로 합류하는 도촌의 포구, 즉 화천포구花川浦口이다.

1624년(인조 2년), 정시문과에 장원급제한 홍익한은 동지사의 서장관으로 명나라에 다녀와서 《항해조천록航海朝天錄》을 남겼다.

육로가 아닌 해로의 사행록이라는 점이 특이하다. 평안도 정주 선사포宣沙浦를 출발해 가도椵島에서 도독 모문룡毛文龍을 만나고, 광록도·장산도를 경유해 등주登州에 상륙한 다음, 제남濟南을 거쳐 북경으로 향하였다. 닿는 곳마다 명나라 관리들의 치사한 사익비리私益非理에 사신들이 시달리면서, 홍익한은 통신사 일행 모두가 뇌물을 주기를 바랐으나, 국위를 손상시키는 것이라 허락하지 않았던 김성일의 대의大義를 생각했다.

1636년, 청나라가 조선을 속국시하는 모욕적인 조건을 내세워 사신을 보내오자, 홍익한은 청의 사신을 죽임으로써 모욕을 씻자고 주장하였다. 그해 병자호란이 일어나자, 홍익한은 최명길崔鳴吉의 화의론을 끝까지 반대하였다. 결국 남한산성에서 인조가 항복하고 삼전도에서 삼배구고두三拜九叩頭의 치욕을 당한 후, 오달제吳達濟·윤집尹集 등과 심양瀋陽으로 끌려갔다.

"척화斥和에 앞장섰으면, 우리 군사가 나갔을 때 어째서 싸우지 않고 사로잡혀 이 꼴이 되었느냐?" 청장 용골대가 비꼬았다.

홍익한은 용골대에게 죽기를 바란다고 호통을 쳤다.

"내게 있는 것은 다만 대의大義뿐이니, 성패와 존망은 논할 바 아니오. 만일 우리 백성 모두가 나의 뜻과 같다면, 그대의 나라는 벌써 망했을 것이오. 나는 죽더라도 나의 피를 당신의 전고戰鼓에 바르고 넋은 날아 고국으로 돌아가 노닌다면, 이보다 상쾌한 일이 또 있겠소. 어서 빨리 죽기만을 바랄 뿐이오."

온갖 회유와 협박에도 굴하지 않고 다른 2학사와 함께 사형당한 것은 오직 대의大義를 지키기 위함이었다.

청 태종은 청에 충성할 것을 회유하였으나, 홍익한·오달제·윤집은 끝내 충성을 거부하며 죽기를 자청했다.

청 태종은 이들을 처형하면서도 삼학사의 절의에 감탄하여,

"나도 저런 신하들이 있었으면 좋겠다."

그 뜻을 기리는 비를 세워 자기 신하들에게 귀감이 되게 했다.

중국 요령성 심양의 요령발해전수학원 교정에 '삼한산두三韓山斗' 비석이 있다.

'삼한三韓'은 조선을, '산두山斗'는 '태산처럼 높고 북두칠성 같이 빛나는 충절'을 뜻한다.

홍익한의 고향, 문단의 원구마을에 '충정공홍익한洪翼漢'의 충렬비를 세워 그의 義를 기리고 있다.

화포가 청의 전고戰鼓에 바른 붉은 피는 청나라를 지구상에서 흔적도 없이 사라지게 하였으며, 그의 넋은 고향 마을로 돌아와 내성천 꽃내의 화포花浦 강둑을 거닐고 있다.

김륵의 사암蛇巖(뱀바우) 마을 남쪽, 이산면 말암리 송곡은 춘향전의 주인공 이몽룡 역의 실제 인물로 추정되는 성이성成以性의 외가 마을이다. 성안의는 임진왜란이 일어나자, 창녕으로 내려가 의병 1,000여 명을 이끌고 곽재우, 김륵金玏을 도왔으며, 정유재란이 발발하자 창녕 화왕산성에 입성하여 결사 방어하여 산성을 지켰다.

이때 성안의成安義가 부인의 상을 당하자, 백암 김륵이 그의 형 김욱金勖의 손녀(조카 김계선의 딸)와 재혼시켜서 종손서가 되면서 성안의가 창녕에서 영주로 왔다. 그의 아들 성이성成以性이 1595년(선조28년) 임진왜란 중 선성 김씨 집성촌이었던 송곡마을의 외가에서 태어났다.

성이성의 다섯 아들 중 맏아들이 충재 권벌 선생의 후손인 석계石溪 권석충權碩忠의 사위가 되어 닭실과 가까운 물야 가두둘에 계서당을 짓고 후손들이 살기 시작하였다.

성이성은 부친 성안의成安義가 남원부사를 지내던 1607년부터 3년여 동안 남원에서 살았다.

《춘향전》에서, 변사또 생일잔치에서 읊은 〈금준미주천인혈金樽美酒千人血〉은 오늘날 많은 사람들에게 회자膾炙되고 있다.

송곡 마을에 김안로金安老가 살았던 곳이라 하여, '안로리'라 부르다가 내성천 범람을 막는 제방을 쌓은 후 지금은 새터라고 한다.

김안로의 아들 희禧가 중종과 장경왕후의 딸인 효혜공주와 결혼하여 권력을 남용하다가 유배되었다. '작서의 변(灼鼠之變)'을 일으켜 정계에 복귀하여 권력을 장악한 뒤에는 문정왕후 측근 세력 및 사림파 등 정적들을 축출하는 옥사獄事를 여러 차례 일으켰다.

1534년, 퇴계는 대과에 급제한 후 예문관 검열檢閱에서 갈리게 되었다. 안처겸安處謙의 옥사 때 연좌되어 죽음을 당한 처삼촌 권전權磌의 일을 가지고 김안로는 대간臺諫을 사주하여 퇴계가 사관이 될 수 없음을 논하게 하여, 퇴계를 추천한 예문관 관원들도 모두 추문推問을 당하고 모두 파직되었다.

김안로는 영주에 전장田庄을 가지고 있었던 연고로 퇴계가 자신을 한번 찾아오기를 바랐지만, 퇴계가 찾아가지 않자 이런 일을 꾸민 것이라고 한다.

새터 언덕 솔밭의 '봉화정씨제단소'에는 정도전의 아버지 정운경의 묘와 정도전이 후학을 지도한 문천서당과 봉화정씨추원제단이 있다.

정도전鄭道傳은 단양 도담의 禹씨 집안에서 출생하여 10대 중반이 되었을 때, 아버지 정운경을 따라 개경으로 갔다. 정도전이 24살이던 1366년 1월에 부친상을 당하고, 12월에 모친상을 당하여 이곳에서 시묘侍墓살이를 하면서 학동들을 가르쳤다.

정도전의 외조부 우연禹延의 처부妻父인 김전金戩이 일찍이 중이 되어 종 수이樹伊의 아내를 몰래 간통하여 딸 하나를 낳으니, 이가 도전의 외조모外祖母이었는데, 도전이 관직에 임명될 적에, 고신告身이 지체遲滯된 것을 우현보의 자손이 그 내력을 남에게 알려서 그렇게 된 것이라 생각하여, 우현보의 한 집안을 무함하여 우현보의 세 아들과 이숭인 등 5인을 죽였다.

목은牧隱 이색李穡은 고려 말 경학의 대가인 이곡의 아들로서, 원나라 과거에서 장원으로 합격하고 고려로 돌아와 공민왕의 개혁을 도왔다. 성균관을 중건하여 정몽주, 이숭인, 정도전, 하륜, 권근, 길재 등이 모두 그의 제자였다.

정도전이 이색李穡을 스승으로 섬기고 정몽주鄭夢周와 이숭인李崇仁과 우정이 깊었는데, 후에 세 사람을 참소하였다. 정도전이 그의 스승 이색을 자연도紫燕島로 귀양 보내고자 하였을 때, 허주가 자연도가 무인도임으로 반대하자,

"섬에 귀양 보내자는 것은 바로 바다에 밀어 넣자는 것이다."

고려 말 조선 건국 초 실타래처럼 얽히고설킨 정치 상황에서 결국 왕자의 난에서 정도전이 방원에게 목숨을 잃게 되자, 목은 이색은 그의 제자 정도전鄭道傳을 생각하며 시를 읊었다.

憂讒初避地　참소 걱정해 처음에 자리 옮기더니
愛靜遂忘機　조용함 좋아해 마침내 기심 잊었네.
郎署無司直　낭서엔 곧은 말할 사람이 없으나
天原獨發微　천도의 근원엔 홀로 묘처 발명했네.
世情依舊薄　세상 인정은 예전처럼 각박커니와
吾道至今非　우리 도는 이제 와서 그릇되었구려.
他日相從處　후일에 우리가 서로 종유할 곳은
禪窓與釣磯　참선하는 방이나 낚시터일 거로세.

나는 갯버들이 움을 트기 시작하는 내성천 강둑을 따라 내려갔다. 실래·머름·우금으로 이어지는 봄 들판에는 성급한 농부들이 거름을 뿌리고 가래질하고 있었다. 강둑이 없던 시절, 반복되는 홍수 피해를 견디지 못해서 실래〔新川〕 마을에서 강 건너 신암 마을로 옮겨갔다던 친구의 이야기가 실감나지 않는다.

퇴계의 허씨 부인 묘소에서 내성천 건너 우금방友琴坊 초입의 언덕에는, 지금 이산서원 이설移設 공사가 진행 중이다.

이산서원伊山書院은 설립 당시 휴천동 번천蕃川 고개의 '양정당養正堂'이란 거접居接(강습소, 하계학교)의 장소에 있었다. 퇴계는 〈백록동규도白鹿洞規圖〉와 〈후서後敍〉에 나타난 교학의 이념을 서원교육에서 실현시키기 위하여 몸소 〈이산원규伊山院規〉을 지었을 정도로 퇴계가 특별히 관심을 가지고 있었다.

퇴계가 별세한 이듬해 1572년 퇴계의 위패를 이산서원에 봉안하고, 1574년 사액賜額을 받았다.

1558년, 번천蕃川(휴천1동 남간재) 언덕에 이산서원이 설립되었는데, 터가 습해 서까래가 썩어, 1614년 성안의가 이산서원원장으로 있으면서 구서원묘자舊書院廟子를 내림임고內林林皐(수구리)로 독단이건獨擔移建 하였는데, 오늘날 영주댐 건설 수몰지역이 되면서 말암리末巖里 우금방友琴坊 초입의 언덕으로 옮기게 되었다. 이제 이산서원의 퇴계의 위패와 내성천 건너편 사금골의 허씨 부인의 묘소가 마주 바라보게 되었으니, 이는 천공天功이 아니라 할 수 없다.

신혼의 이황 부부가 도산에서 온종일 걸어와 시원한 강물에 발을 담그던 사금골의 하얀 모래톱, 버드나무 그늘에 앉아 흐르는 강물처럼 도란도란 애기꽃을 피우던 강가 언덕, 수줍어 수줍어하는 아내를 덥석 업어서 강을 건네주던 내성천 맑은 물은 햇살에 반짝이며 쉼 없이 흐르는데, '물총새 암수가 어울려서 시끄럽게 날갯짓하네〔翠羽刺嘈感師雄〕.' 스물한 살의 동갑내기 물총새의 날갯짓은 겨우 7년으로 끝이었다.

퇴계는 일생 동안 도산에서 영주를 오가는 길에 내성천 강가에 앉으면 양귀비꽃보다 더 붉은 추억의 강물이 폭포수처럼 흘렀고, 자신도 모르게 아내의 묘소가 있는 사금골로 발걸음이 옮겨지면, 암수 한 쌍의 작은 새 풀숲에서 포르르 날아올랐다.

퇴계는 부인을 잊지 못해 이곳을 찾으면, 눈 녹은 양지쪽에 수줍은 듯 연분홍 두견화가 반겼다.

雪消氷泮淥生溪　눈은 녹고 얼음 풀려 푸른 물 흐르는데
淡淡和風颺柳堤　살랑살랑 실바람에 버들가지 휘날린다.
病起來看幽興足　병 중에 와서 보니 그윽한 흥 넉넉한데
更憐芳草欲抽黃　꽃다운 풀 싹트는 것 더욱더 어여뻐라.

'삶과 죽음', '이승과 저승'이란 서로 다른 시·공간에 존재하다가, 이제 내성천을 사이에 두고 같은 시·공간에서 마주보게 되었으니, 아들을 낳고 저승길에 나섰던 허씨 부인의 한恨과, 아내를 보내고 여생餘生을 가슴 저린 퇴계의 한恨이 500여 년이 지난 오늘에야 풀리게 되었다.

1564년 12월 15일, 퇴계의 조카 교寯(瀣의 둘째 아들)가 자신의 외가 원암촌遠巖村(머름)에 작은 집을 지어서 처자를 데리고 떠날 때, 김취려·금난수·이안도가 모두 詩를 지어서 송별하였다. 이산서원을 이설 중인 말암리末巖里 우금방友琴坊은 연안 김씨의 만취당晚翠堂 김개국金盖國·두암斗巖 김우익金友益의 마을이다.

두암고택이 있는 우금촌과 만취당이 있는 머름이 이웃이지만 옛날에는 기와집이 연이어 있어서 비를 맞지 않고도 다닐 수 있었다고 했다. 우금은 선성 김씨 집성촌이고, 실래 머름은 연안 김씨와 진성

이씨가 많이 살고 있다. 머름에서 실래까지 비 안 맞고 갈 수 있을 정도로 기와집이 많았다. 퇴계의 형 이해의 부인 연안 김씨는 만취당 김개국의 고모이며, 이해李瀣의 둘째 아들 교㝯가 도산에서 이곳으로 옮겨온 후 그의 후손들이 머름〔末巖〕과 실래〔新川〕에 집성촌을 이루게 되었다.

이산서원이 이전되는 우금방 입구의 천운정을 중심으로 모정, 야일당, 동상골, 서낭대이, 소바우, 지동 등 여섯 마을 뒤 야산에는 송림이 울창하다. 사금골 허씨 부인 묘에서 건너다 본 번계들은 내성천의 물길 따라 풍요로움이 넘실거린다.

번계의 옛 이름이 '반포'로 기록된 것은, 백암 김륵金玏 선생이 내성천을 영천의 동쪽에 흐르는 하천이라 하여 동포東浦라고 불렀는데, 그의 아들 번계공이 동천(지금 내성천)을 돌려 치수治水함으로써 개(浦)를 돌렸다 하여 반포反浦라 하였다.

백암의 둘째 아들 번계樊溪 김지선金止善은 이곳에 터를 잡은 후 내성천 줄기를 서쪽으로 멀리 밀어 내고 마을 앞을 모두 농토로 일구어 냈다. 넓고 기름진 농토를 얻은 마을 사람들은 번계공의 공덕에 감사하면서 공의 호를 따 '번계'라 하고 마을의 성황신은 '동포성황신東浦城隍神'으로 모시고 있다.

번계 마을에 살았던 백암栢巖 김륵의 후손 추사秋槎 김장金丈은 향산 이만도의 친형 이만교李晩嶠의 장인이다. 향산의 〈추사처사김공묘갈명秋槎處士金公墓碣銘〉에 내성천을 동천東川이라 하였다.

당당하고 당당했던 그 기절에다
우뚝하고 우뚝했던 그 풍신이네.
남쪽 선비 가운데에 고사였으며
동천東川 가에 지은 집의 주인이었네.
뜻은 골짝 숨어 살 뜻 잊지 않았고
의는 능히 철륜 굴릴 수가 있었네.
신선 짚던 지팡이는 언제 꿈인가
상자 가득 아름다운 시 담겨 있네.

1611년, 광해군이 장차 생모를 추숭하려고 하자, 백암栢巖 김륵이 도헌都憲(대사헌)으로 있으면서 비례非禮임을 극력 반대하다가 마침내 죄를 얻어 물러나 서귀대西龜臺 아래 학가산이 마주보이는 곳에 집을 짓고, '구대龜臺와 학가鶴駕'를 상응시킨 의미로 구학정龜鶴亭(영주시 가흥동)이라 하였다. 1988년 사암 마을로 이건하였다.

백암栢巖은 사암蛇巖(뱀바우)에서 태어났으나, 관직에서 물러나 번계 마을에 천운정을 짓고 만년을 보냈다. 그가 별세하자, 한강寒岡 정구鄭逑는 〈김참판륵玏의 죽음을 애도〉하는 만사를 지었다.

구성에서 즐긴 취흥 오로와 한가지요,
숨은 회포 푸느라고 은후隱侯 시 읊조렸네.
하염없이 짓는 눈물 침문寢門에서 흩뿌리고
오두막에 병 앓으며 나 홀로 서러워라.

사우의 학문 연원 바른 전통 이어받고
두 조정에서 이룬 업적 역사에 남기었네.
늘그막 한가로워 시름 속에 낙 누리고
거문고 학 높은 기풍 한 백년의 모습일레.

한국고전번역원 | 송기채 (역) | 2001.

1746년 8월 22일, 김륵의 집에 신종황제神宗皇帝가 하사한 《대학연의大學衍義》 한 부가 있는데, 권수券首에 두 개의 옥새가 찍혀 있어 하나는 '광운지보廣運之寶', 하나는 '흠문지새欽文之璽'로, 인주가 선명하였다. 선조 때 신종 황제가 하사한 복두幞頭·난삼欄衫 두 벌이 한 벌은 태학에 있었고, 한 벌은 안동 향교에 있었는데, 태학에 있던 것은 임진왜란 때 불타버렸고, 안동에 있는 것은 지금까지 완전한 것을 김륵의 손자 김홍운金弘運이 가지고 왔는데, 《삼경》과 《근사록》·《대학연의》를 내리게 하고 유사攸司에 신칙하여 복두·난삼은 그 복식을 알아보고 김홍운에게 돌려주었다.

1794년 8월 30일 정조가 이르기를, "영남의 여러 고적古蹟과 선사宣賜한 어제御製·어시御詩와 《대학》·《심경》 등에 대한 일의 시말을 《일성록日省錄》과 《기거주起居注》에 상세히 기재토록 하고, 김륵·권벌의 후손을 등용하라."고 명하였다.

두월리·내림리는 월경지越境地 정리 때 봉화군으로 이관됐다가, 1973년 영주군 이산면에 복귀됐다. 내림內林이란 지명은 '우거진 숲'에서 따온 것인데, 임구林丘의 수풀 임林자에서 '수'자를 따고 언덕 구丘자를 붙여 '수구리'라 부르게 됐다. 1586년, 소고嘯皐 박승임이 별세하자, 수구리의 외조부 김만일金萬鎰의 묘소 앞에 장사 지냈다.

강마을 '수구리'는 동쪽으로 내성천이 휘돌아 나가면서 마을 앞 개상開上들과 강 건너 번계樊溪들이 넉넉하고 갯버들 그늘에 모래무지·버들치 헤엄치고, 반짝이는 모래톱에는 검은등할미새·꼬마물떼새·멧새들이 알을 품는다.

수구리에는 초·중학교 과정인 도림서당과 대학과정인 이산서원이 있었다. 1614년, 번천蕃川에 있던 이산서원을 임구로 이전하였으며, 이산서원지 입원록에 장수희·김륵·박록·김개국·김융·이개립·이덕홍 등이 있으며, '퇴계의 성학십도'를 이곳에서 발간하였다.

소고의 장남 박록이 아버지의 유지遺志를 받들어 도림서당을 건립하였는데, 1872년 갈마동渴馬洞(두월뒷산)으로 옮겨갈 때까지 250년간 도림서당은 수구리에 있었으며, 훗날 서암西菴(慕恩亭)이 세워졌으며 과거에 등용된 인재들이 많이 배출되었다.

내성천은 두월산에 막히면서 수구리에 모래를 쌓아놓고 서류西流하다가 박봉산 기슭 내림리 언덕에서 다시 물길이 남류南流하게 된다. 두들 마을에 달이 뜨면 마을 풍광이 말(斗)과 같다 하여 말 두斗자에 달 월月자를 써서 두월斗月이라 했다.

　도산에서 녹전·원천·구천 삼거리에서 두월리 덕골로 들어서서 내성천에 닿는다. 영주댐이 건설되면서 이 지역은 수몰지역으로 내성천에 새 두월교 다리가 놓이고, 괴헌고택과 덕산고택은 문화재단지로 이주할 계획이다.

　내성천 천변에 넓은 들이 형성되고 두월산 자락 언덕 위에 있어 '두들'이라 불리는 두들 마을의 덕산고택은 연안 金씨 덕산 김경집金慶集이 두암(신암2리 머름)에서 옮겨와 지은 집이다.

　덕산고택 옆 괴헌고택은 덕산의 아들 괴헌槐軒 김영金瑩이 분가한 집이다. 괴헌은 문과에 급제한 후 연안 김씨들은 두들에서 약 260년 동안 세거해 오다가 영주댐 수몰로 떠나게 됐다.

　내성천 천변의 촌락들이 문화재단지로 옮겨 하고 영주댐 수변도로와 두월교 신설에 맞춰 덕곡천 하천정비사업, 농업용수시설공사, 간이상수도 시설 등 공사가 한창이었다.

　괴헌고택 앞을 지나 두월 삼거리에서 내성천을 따라 건설된 영주댐 수변 도로를 남쪽으로 내려오면, 토일천과 내성천이 합수되는 곳이 영주, 안동, 봉화 삼군 경계 지점이다.

문수산 줄기가 봉성의 미륵재로 이어지면서 분수령을 이루어 남쪽으로 흘러내린 토일천은 봉성면 소재지와 봉화 琴씨 집성촌 문촌을 지나서 녹전면 원천리의 상토·하토를 차례로 흘러와 어란에서 신라천과 합수하여 원천 삼거리를 지나 오계서원 앞을 흘러서 천본리 연장골에서 내성천에 합류하여 영주댐에 갇히게 된다.

　　천본리에서 내성천교를 건너자마자 평은면 사무소·평은리 방향의 천상로를 따라 녹전 원천리·천본리 방향, 영지산 북편 방향 오르막길을 올라 '평은 고개(해발310m)'를 넘어 500여m 가량 내려가면 산중도방山中道傍에 유문儒門을 이룬 망월동이다.

　　평은면 천본리 내성천이 내려다보이는 언덕에 1906년에 설립된 내매교회도 수몰되는 운명이다. 높다란 종각 첨탑의 교회종이 '댕그렁 댕그렁' 울리면, 교인들은 일손을 멈추고 묵상하고 내성천 위를 날던 물새는 나래를 접고 물고기들도 헤엄을 멈추었다. 천본리에 평화가 찾아오는 순간이다.

　　믿음이 컸던 만큼 시험도 컸다. 1948년 9월, 좌익에 의해 6명의 성도가 순교하고, 교회도 불타버렸다가 다시 지어졌다. 특히 1910년에 설립된 교회 부설 내명학교는 근대식 학교로 많은 인재들이 사회 각지로 진출하였다.

　　'이제, 영주댐에 첨탑이 물속에 잠기면, '댕그렁 댕그렁' 용궁에 울려 퍼지겠지.'

평은면 사무소 건너편의 이산면 신천 2리 새해 마을은 경주 孫씨와 의성 金씨 집성촌이다. 당초 경주 孫씨 선조가 내성천 강가에 살 때 마을 앞 모래사장이 넓어서 '모래바다' 란 뜻으로 사해沙海라 하였고, 의성 김씨 세보에도 '묘사해촌墓沙海村'이라고 적었는데, 세월이 흐르면서 '새해'가 됐다.

새해〔沙海〕의 의성 김씨 입향조는 23세손 김애립金愛立이다. 안동 녹전에서 이곳의 경주 孫씨 문중이 설립한 서당의 훈장訓長으로 초빙되어 왔다. 김애립의 아들 사일士一이 경주 손문에 장가드니 양兩 성씨는 수백 년간 사돈지간으로 살아오고 있다.

1997년, 영주-평은 간 국도공사 분묘 이장 때 의성 金씨 새해 입향조 애립의 5대 선조 김흠조金欽組 부부의 분묘에서 500년 전 복식류 등 총 134점의 유물이 나왔다. 40cm 두께의 회장석으로 관이 싸여 있었고, 그 회장석을 안에 보통 관보다 큰 두 관이 있었다. 관은 내관과 외관 사이의 10cm 틈에는 알코올 성분 추정하는 액체가 가득 차 있었으며, 관 바깥은 숯으로 채워져 있었다.

관을 해체하니 시신은 미라 상태였으며, 출토된 복식(옷)류 66점은 시신이 겹겹으로 입고 있었고, 만사輓詞와 제문祭文, 분청자기 등 유물 30점은 관 속에 함께 묻혀 있었다.

내성천 강변의 평은平恩은 '평화롭고 은혜로운 땅'으로, 조선시대 역참驛站으로서, 영주의 창보역, 안동의 옹천역과 안기역, 봉화의 도심역 등이 관도官道로 연결되어 있어 사방으로 통하는 교통의 중심지였다. 1914년, 행정구역 개편 때 평은리에 면사무소를 두었다가 금광 1리로 이전한 후 100년 만에 다시 평은리로 돌아오게 됐다.

평은平恩에서 영지산 산속의 양지암이 있었다는 지암 마을에 살았던 '돌봉이'는 내성천을 건너서 '깊으실'의 평은 초등학교까지 한 시간을 걸어야 했다. 여름철 홍수 때 흙탕물이 넘실대면 비를 맞으며 먼 길을 돌아가야 했다. 그 돌봉이가 영남퇴계학연구원 석암石巖 김영숙金榮淑 원장이다.

예천군 보문면 미호리의 표절사에 고려 말 충신 율은栗隱 김저金佇와 아들 계절당, 손자 퇴신재 삼대의 위패가 모셔져 있다.

석암은 김영숙은 율은 김저金佇의 후손으로 그의 선조가 평은면 강동리 내성천 천변의 눌재 송석충의 괴동재사槐洞齋舍가 있던 귓골〔槐谷〕에 터를 잡았다가 다시 지암 마을로 옮겨간 것이다.

석암 김영숙은 대학에서 《영사악부詠史樂府》 연구를 비롯해서 퇴계의 詩와 성리학의 현대적 해석을 위해 70여 편의 논문을 발표하였으며, 그의 한문 서체書體는 예서隸書의 일가一家를 이루었다.

퇴계 당시에 황준량과 박승임이 있었듯이, 오늘날 영주시 상줄동 줄포 마을의 정순목·정순우 형제와 더불어 석암의 퇴계학 연구는 소수서원의 본향인 영주가 선비의 고장으로 더욱 의미가 있다.

평은 초등학교와 면사무소가 있었던 평은면의 소재지 금광 1리는 '깊으실〔深谷〕'이라 불렀다.

내성천은 천본리에서 토일천과 합류하여 몸을 불린 뒤 직류로 흘러왔으나, 산이 높고 골이 깊은 '깊으실'에서부터 용혈리까지는 산과 산 사이를 용이 꼬리를 치듯 구불구불 흘러가면서 물의 흐름이 느려지면서 깊어지기 때문에 '깊으실'이라 했다.

퇴계의 첫 제자인 인동 장씨張氏 장수희張壽禧의 아들 사계沙溪 장여화張汝華는 영주 시내 전계箭溪에 살았는데, 그가 처가인 안동 내앞〔川前〕을 오갈 때 '깊으실'을 마음속으로 장래 정착지로 생각하고, 금강金江(금광 2리) 마을 언덕에 심원정心遠亭을 짓고 글을 읽으면서 자연을 벗하며 지내고자 했으나 실행하지 못하고 타계하였다.

장여화의 아들 장용현張龍見과 장용경張龍慶 형제가 금강 마을로 옮겨왔으며, 그 후 장용현張龍見의 둘째 아들 섭爕과 장용경張龍慶의 일곱째 아들 유瑜가 금강에서 용강龍江으로 옮겨왔다.

와은臥隱 장위항張緯恒은 무신년(1728년) 이인좌의 난 이후 영남 유생에 대한 차별을 호소하는 내용의 상소문을 올렸다.

"…아마도 흉역凶逆의 무리인 정희량鄭希亮·조성좌曹聖佐가 출생하였기 때문에 영남 사람을 다 의심하는 것이 아닌지요? 역적 정희량은 안음安陰에 살았고, 역적 조성좌는 합천陜川에서 출생하였는데, 여기는 곧 낙동강의 오른쪽 궁벽한 고을로서 정인홍鄭仁弘이 악취惡臭를 남긴 곳입니다. (…)

이번의 선발하여 등용하겠다는 청은 사실상 영남 사람을 돌보아 아끼는 것도 아니며, 또한 나라에 수용需用하려고 하는 것도 아닙니다.

이는 다만 인심이 안정되지 못함을 염려하여 얽매어두는 방법을 베풀기 위한 것뿐이니, 다만 이적夷狄을 대우하는 것과 무엇이 다르겠습니까? 영남 사람들이 비록 다른 장점은 없으나, 그래도 염치와 의리의 귀중한 것을 대략은 알고 있으므로 백의白衣로 조령鳥嶺을 넘어가는 것을 예로부터 부끄럽게 여기고 있습니다. 그런데 어찌 부질없이 의도적인 미끼를 던져서 도리어 무심無心한 물고기를 유혹하려고 하는 것입니까? 삼가 원하옵건대, (…) 충신과 역적을 명백히 분변해서 온 道의 사람으로 하여금 남이 모르는 죄과罪科에 모두 돌아가지 않도록 해 주소서."

이 상소문은 이인좌난 이후 영남 차별이 60년 간 지속된 무신년(1788년) 이진동의 영남 만인소가 성공하여 무신창의록戊申倡義錄이 채택되고 도산서원 별시別試(1792년)가 실시되는 계기가 된 것이다.

와은臥隱은 자인 현감을 끝으로 고향으로 돌아왔다. 그의 스승인 금강錦江 장신張璶이 창건하였던 운곡서당雲谷書堂을 금강으로 이건하고, 숙야재夙夜齋·역락헌亦樂軒·사우포四友圃를 짓고 강론하였다. 그의 《와은문집臥隱文集》에 〈운곡잡영雲谷雜詠〉·〈운포구곡雲浦九曲〉 등 내성천의 아름다운 풍광을 그림처럼 詩로 읊었다.

내성천 상류 봉화 봉성 창평의 와란에 살았던 향산 이만도의 조부 하계霞溪 이가순李家淳 공이 도산구곡을 설정하여 퇴계구곡시를 짓고, 경주 옥산서원의 옥산구곡가를 지었듯이, 당시의 선비들은 벼슬에서 은퇴하여 향리의 자연을 주자의 무위도곡에 비추어 구곡가를 지어서 주자와 같은 삶을 살아가는 것을 이상향으로 여겼다. 산과 산 사이를 굽이쳐 흐르는 물줄기 가운데 경치가 아름답거나 깊은 뜻을 지닌 곳을 지정하여 구곡이라 하였다.

내성천이 천본리 연장골에서 토일천과 합류하여 천천히 흘러가면서 강물과 모래톱, 울긋불긋한 단풍이 어우러져 비단처럼 아름다운 금강錦江을 이루었다.

와은臥隱 장위항張緯恒이 은거하였던 와운곡臥雲谷은 그가 읊은 〈운포구곡雲浦九曲〉의 극처에 해당하는 〈제9곡〉 지포곡芝浦曲(평은면 금광 1리)은 금강 마을이다.

와은臥隱은 와운곡을 돌아 흐르는 내성천을 〈제1곡〉부터 〈제9곡〉까지 거슬러 오르면서 구곡시九曲詩를 읊었는데, 극처極處인 금강 마을에서 물결을 따라 다시 내려가면서 읊는 것을 〈복차覆次〉라 하였다.

와은 선생이 극처極處에서 물결을 따라 내려가면서 〈복차覆次〉 하였듯이, 나는 〈제9곡〉인 지포곡芝浦曲(금강 마을)에서 〈제1곡〉 우천곡愚川曲(승문리)까지 내성천을 따라 내려가면서 구곡시를 읊었다.

제 9곡 〈지포곡芝浦曲〉

　　九曲洲平勢豁然　구곡이라 모래섬 평평해 지세가 열리니
　　東來水折作南川　동에서 온 시냇물이 꺾여 남천이 되네.
　　芝歌一曲從何許　지초 노래 한 곡조 어디에서 들리는가,
　　聲在靈岑日午天　한낮에 영지산 위에서 소리가 들리네.

　와운곡의 지명이 주자의 운곡과 닮아서 자신이 살고 있는 집의 이름을 주자朱子의 글에서 취하고, 주자가 무이산에 은거하면서 〈무이도가武夷櫂歌〉를 지은 것처럼 〈운포구곡雲浦九曲〉을 지어서 주자의 삶과 정신을 계승하려 하였다.

　동쪽에서 흘러오던 내성천이 영지산(504m)과 부딪치면서 크게 휘돌아 방향을 남쪽으로 틀어서 흘러가니, 저 멀리서 지초 노래 한 곡조가 들렸는데, 그것은 한낮에 영지산에서 지초를 캐면서 부르는 노래였다. 장위항은 이곳을 운포구곡의 극처로 여겼다.

　지포는 금광 3리 심곡深谷 또는 '깊으실'이다. 이 심곡을 장위항이 지포芝浦로 고친 것은 심곡 뒤에 지산촌이 있고, 영지산 서쪽에 나루가 있었기 때문이다.

　내성천은 토일천과 합류하여 천천히 흘러오다가 영지산靈芝山 지맥이 이 지점에서 내성천에 닿게 되면서 영지산의 용이 물을 먹는 형국인데, 다시 동저산을 만나 물길이 막히어 크게 굽이 돌면서 모래가 쌓이어 모래톱이 하얗게 펼쳐 있고 강둑을 따라서 버들이 푸르른 곳이다.

제8곡 〈동저곡東渚曲〉

八曲芝山洞欲開　팔곡이라 지산의 동천이 열리려 하는데,
水侵沙岸共縈洄　시냇물이 모래 언덕에서 함께 굽이도네.
隔川試問長途客　시내 건너 먼 길 가는 길손에게 묻노니,
爲底茫茫去又來　무슨 일로 아득히 길을 가고 또 오는가.

제8곡의 동저는 운포구곡의 극처에 가까운 굽이여서, 영지산의 동천이 열리려 한다고 하였다. 시냇물이 모래 언덕을 굽이도는 일상의 공간에 지나지 않았으나, 극처에 이르면 아름다운 경치가 전개될 것으로 기대하면서, "무슨 일로 먼 길을 가고 오는가." 먼 길을 떠나는 길손에게 말을 걸었다.

동저는 영주시 평은면 금광 3리 속칭 동호東湖 또는 동막東幕이라고 하는 곳이다. 지포芝浦(금광리)에서 물길을 따라서 내려가면 시내가 굽이 도는 지점에 이르는데, 이 굽이가 동저東渚이다.

모래톱이 넓고 건너편 강변의 숲이 백로 서식처로서 영지산이 병풍처럼 펼쳐져 아름다운 풍광을 지닌 곳이었다. 이 굽이에는 동호교가 놓여 있고 시내 오른편 언덕에 동호 이주 단지가 생겼다. 동호 이주 단지에서 동호교를 건너서 오른편 골짜기는 안동 옛 고개로 통하는 길이다. 동저는 내저와 외저가 있는데, 내저 동막에는 안동 김씨가, 외저 아래 동막에는 흥해 배씨가 대대로 살고 있다.

제7곡 〈금탄곡錦灘曲〉

七曲平川轉作灘　칠곡이라 평천이 빙 돌아 여울을 만드니
西流俄作北流看　서쪽으로 흐르다 갑자기 북으로 흐르네.
淸波可濯天孫錦　맑은 물결 직녀의 비단을 씻을 만하니
願備瓊樓十日寒　경루에서 열흘 동안 지내기를 바라노라.

칠곡에 이르러 여울을 이루는 굽이가 서쪽으로 흐르다 갑자기 북으로 물결을 돌렸다. 북으로 구만을 향하여 흘러가는 물결에 직녀가 짠 비단을 씻을 만하니 금탄錦灘이다. 그곳의 경루瓊樓에서 열흘 동안 지내기를 바랐다.

운포구곡 제7곡은 평은면 강동리 가자골 불로봉 아래를 이른다.

평은역과 옹천역 사이의 송리원 철교 아래로 흐르는 물여울은 비단을 드리운 듯 아름다운 광채를 발하여 금강錦江, 즉 금수錦水가 흐르는 여울이라 하여 금탄이다. 이 굽이에 張씨 70여 호가 홍수 피해를 입어 지금은 모두 떠났다고 한다.

금탄 남쪽의 불로산에는 공민왕恭愍王이 머문 곳이라 하여 왕유王留라는 곳이 있다. 왕유동에서 영주와 안동으로 통하는 길은 옛 관도官道였다. 1361년, 공민왕이 안동으로 몽진할 때 순흥에서 안동으로 가는 길에 두문재 고갯마루에 이르러서 샘물을 마시며 잠시 머물렀던 곳이라 하여 왕머물〔王留〕이 왕머리가 되었다.

왕머리 마정지 연못이 내려다보이는 언덕의 한사정寒沙亭은 횡성 趙씨 월천月川 조목趙穆의 둘째 아들 한사寒沙 조석붕趙錫朋을 추모하기 위하여 후손들이 건립한 정자이다.

한사寒沙의 후손인 조진한은 내성천을 건너서 평은 초등학교까지 십리 길을 걸어 다녔으나, 중학생이 되면서부터 두문재를 넘어서 옹천역에서 기차를 타고 안동으로 통학했다.

당곡골 불로산 기슭의 진한이네 밭머리에 머리가 없이 몸체만 있는 부처바위는 예수의 12제자 중 '도마' 상像으로 알려지고 있는데, 부처바위 좌측면의 네모꼴 안에 새겨진 '도마의 손과 눈'이라는 네 글자는 히브리어로 여겨진다고 한다.

제6곡 〈구만곡龜灣曲〉

六曲回岑俯碧灣	육곡이라 두른 봉우리 벽만을 굽어보고
東穿一巡若門關	동으로 난 한 작은 길은 관문과 같아라.
塗中曳尾眞吾樂	진흙 속에 꼬리 끄는 일 나의 진락이니
元緖傳稱豈等閒	전해오는 거북의 이야기 괜히 하였으랴.

육곡에 이르니 둘러 있는 봉우리가 푸른 물굽이를 굽어보고 있었다. 그 모양이 거북이 형상이라 물굽이 이름을 구만이라 하였다.

장자莊子는 〈추수秋水〉편에 죽은 지 3천 년 된 거북이 뼈에 대해, "죽어서 뼈다귀로 남아 귀하게 되려 하겠는가? 아니면 살아서 흙탕물 속에 꼬리를 끌고 싶어 하겠는가?"

장위항은 "진흙 속에 꼬리 끄는 일 나의 진락이니〔塗中曳尾眞吾樂〕" 세상에 나아가 영욕의 세월을 보내기보다는 자연에서 즐겁게 사는 것이 진락眞樂이라 생각하였다.

구만곡龜灣曲의 금광 2리 금강부락은 시장이 설 정도로 넓었었다. 운포에서 물길을 따라서 거슬러 오르면 불로봉 아래로 흘러오는 내성천은 이곳에서 굽어 돌았고 가랑봉의 창애는 절경을 이루었다.

구만에는 중앙선 철로가 지나가고 그 동쪽에는 평은역이 있었다. 구만은 하늘에서 내려다보면 지형이 거북이 모양이어서, 평은역 앞 들판을 '구만이들'이라 하였다.

제5곡 〈운포곡雲浦曲〉

> 五曲堂中地最深　오곡이라 당중은 지세 가장 깊은데
> 淸溪幾度到雲林　맑은 시내 몇 번이나 운림에 이르렀나.
> 須看表裏江山勝　강산의 경치는 겉과 속을 보아야 하니
> 造物開張定有心　조물주 만들 때 정히 마음 두었으리.

제5곡은 산이 빙 둘러 있는 지형이다. 이 굽이에 들어서면 닫힌 공간이라 바깥을 볼 수 없었을 것이다. 운포구곡의 중심지로 구름이 드나드는 물가란 뜻을 가지고 있다

장위항은 이 굽이에 운곡서당雲谷書堂을 이건하고, 숙야재夙夜齋·역락헌亦樂軒·사우포四友圃를 짓고 강론하였다. 강산의 경치는 겉과 속을 보아야 한다고 하였다. 경치 안에 존재하는 진정한 의미를 볼 수 있어야 한다는 말이다.

영주시 평은면 금광리 금광 부락 뒤쪽으로 뒷개들에서 다시 내를

건너면 운곡이 된다. 전담箭潭에서 물길을 따라서 거슬러 오르면 시내가 한번 크게 굽이 도는 지점에 이르는데, 이 굽이가 운포雲浦이다. 산과 시내, 숲과 골짜기가 어우러진 굽이의 명칭을 운곡雲谷과 옛 지명인 북포北浦를 절충하여 운포雲浦라 명명하였다.

금광 2리(금강 마을)에 대대로 세거해 왔던 인동 張氏들은 1723년 운곡서당을 세워 후학을 지도했는데, 1780년 운곡서원으로 승격되어 장여화와 장진의 위패를 봉안했다.

금광리는 종가宗家를 중심으로 유구한 전통과 격조 높은 고택 등 유형·무형의 문화유산의 보고寶庫였다. 운곡서원이 산으로 둘러싸여 마치 무릉도원을 연상케 하는 곳이었으나, 지금은 서원이 헐린 자리에 세운 '운곡서원雲谷書院 유허지遺墟地' 비각과 '錦江마을' 표지석이 남아 있을 뿐이다.

제4곡 〈전담곡箭潭曲〉

四曲懸崖百尺巖　사곡이라 가파른 벼랑의 백 척 바위에
風梳石髮影氈氈　바람이 돌머리 빗질하여 그림자 길게 드리우네.
箭入的中眞善喩　화살이 과녁에 드는 비유 정말 좋으니
請君看取水趨潭　그대는 물이 못에 드는 모습 볼지어다.

전담에 이르러 높이 솟은 바위 벼랑의 돌 틈에 자라는 풀들이 사람의 머리털과 같이 바람에 휘날리고 바위의 그림자가 길게 전담에 드리웠다. 벼랑 아래 전담은 화살이 과녁을 향하여 날아가듯 시냇물

이 빠르게 못으로 흘러들었다. 와은은 쉬지 않고 받아들여 맑아지는 전담을 통해 그는 자신을 되돌아보았다.

"그대는 물이 못에 드는 모습을 볼지어다〔請君看取水趨潭〕."

전담 위쪽에 영주댐이 건설되고, 호수의 물이 화살처럼 빨리 쏟아져 내리면서 발전을 하게 되었으니, 전담은 이미 오래 전에 댐의 운명을 지니고 있었다.

전담箭潭은 영주시 평은면 용혈리 놋점 부락에서 시작된다. 용추龍湫에서 물길을 따라서 거슬러 오르면 시내 오른편에 바위 벼랑이 높이 솟은 굽이를 만나는데, 바위 벼랑은 장구봉杖屨峯이고 위로는 신라시대 전통 사찰인 진월사가 있다.

강물이 굽이를 돌면서 만들어진 오른편의 '살목들', 왼편에 '놋점들' 사이를 내성천이 가로질러 빠르게 흘러간다. 이 굽이에서 멀지 않은 곳에 유기鍮器를 만들던 마을이 있어서 놋점이고, 들 이름이 놋점들이며, 지금은 영주호 캠프장이 설치되었다. 놋점 마을을 지나 전담에 흘러드는 작은 실개천을 유계鍮溪라 하였다.

제 3곡 〈용추곡龍湫曲〉

三曲巖窪斲似船　삼곡이라 바위 구덩 배처럼 깎여 있어
龍騰壯迹幾千年　용이 오른 장한 자취 몇천 년 되었나.
若敎神用今猶在　신이한 능력 지금도 발휘될 수 있다면
涸轍生靈定見憐　곤경에 처한 사람 사랑받게 되리라.

용추 위로 솟아 있는 바위는 깎인 모양이 배와 닮았다. 그 바위 아래의 연못을 바라보며, 용추에서 승천한 용이 현재 이 연못에서 신이한 능력을 발휘할 수 있다면, 곤경에 처한 세상 사람들이 그 도움을 받을 수 있다고 생각하였다.

운포구곡 제3곡은 미림 마을에서 안동시 북후면 월전리 직곡 마을 납들고개에서 진월사 가는 길 위쪽에 있다. 석혈石穴에서 쏟아지듯 바위 사이로 떨어지는 물은, 마치 폭포의 형상을 하고 바위 아래에 소沼가 깊다. 용추에서 흘러내린 세류는 물레방아를 돌린 후 멀리 내성천으로 합류된다. 내성천에서 한참 떨어져 있지만, 배 모양을 한 바위가 있고 그 경관이 아름다워 운포구곡의 한 굽이로 설정한 듯하다. 월전의 석간이 10리를 힘차게 흘러 폭포가 되어 떨어져 용추龍湫를 이루면서 용강에 흘러든다. 용이 오른 곳이라 하여 용추의 남쪽에는 용유령이 있다.

용담 권유선權有善이 건립한 영강정은 '영화가 있으면 모름지기 욕됨이 있거니, 분수를 지켜 강호에 늙음만 못하랴.〔從古有榮須有辱, 不如守分老江湖.〕'에서 취하였다. 영주댐에서 미림교 건너기 직전 우측에 영강정이 있다. 내성천이 돌고 돌아 마치 외로운 섬이 물 가운데 있는 듯하여 그 경치가 절경이다. 향산 이만도는 영강정 위에서 술잔을 나눌 때면 물속에 비친 달의 영허盈虛를 보며 그 감동을 이길 수가 없었다고 했다.

미림美林 마을은 이름처럼 '아름다운 숲의 도원'이다. 영주댐 건설로 중앙선 철교가 미림 마을을 가로질러 있어, 21세기 무릉도원은 열차가 날아가는 곳인 듯하다.

내성천은 여러 가지 이름으로 불린다. 제1곡 우천을 흐르는 시내를 금강錦江, 제3곡 용추가 흘러드는 시내를 용강龍江, 운곡을 흐르는 시내를 운계雲溪라 하였고, 이 굽이에 흐르는 내성천을 용강龍江이라 한 것은 용추의 전설이 있기 때문인 듯하다.

제2곡 〈송사곡松沙曲〉

二曲山從鶴駕峯　이곡이라 이 산이 학가봉에서 오니
峯前蒼翠歲寒容　봉우리 앞 푸른빛은 세한의 모습이네.
塵途遠近君休問　세상 길 멀고 가까운 지 그대 묻지 마오,
山幾回環水幾重　산이 몇 겹 둘렀고 물이 몇 겹인가를.

제2곡 송사에 이르러 학가산에서 뻗어 나온 대미산 봉우리 앞에 있는 소나무를 보니 그 푸른 빛에서 변치 않는 세한歲寒의 기상을 느낄 수 있었다. 쉽게 변하는 세상 사람들과 구별되는 소나무를 바라보며, "세상 길이 멀고 가까운 지 묻지를 말라." 하였다.

운포구곡 제2곡은 영주시 평은면 용혈리에 위치한다. 미림교에서 내성천을 따라 내려가면 시내가 한번 크게 도는 굽이에 모래톱이 넓게 펼쳐 있어 소나무와 어우러진 송사松沙이다.

달미산 북쪽 아래에서 시내가 크게 한번 굽이 돌고, 산 아래 평평한 '속세들'과 하얀 모래톱은 지금도 변함없으니, 제4곡 전담을 지나서 제1곡 우천까지는 운포의 명맥을 유지하고 있는 셈이다.

제1곡 〈우천곡愚川曲〉

一曲巖崖可繫船　일곡이라 바위 벼랑 배를 맬 수 있으니
誰將愚字强名川　누가 우愚자로 시내를 억지로 이름하였나.
仙翁舊躅無尋處　선옹이 남기신 옛 자취 찾을 곳이 없고
笙鶴時時降紫煙　생학들이 때때로 붉은 이내紫煙에 내리네.

제1곡 우천에 배를 메고 굽이를 바라보았다. 누가 '愚' 자로 시내를 불렀는가 하면서, 우천愚川 정칙鄭侙 선생을 생각하였다. 우천은 정칙이 살았던 삶을 드러내는 것이고 장위항이 살고 싶은 삶의 표상일 수 있다.

운포구곡 제1곡은 영주시 문수면 승문리 불갱이 마을에 위치하여, 내성천이 크게 굽이 돌아 내려가는 곳이 우천이다. 시내 오른쪽은 논과 밭이 펼쳐 있고 그 뒤에 야산이 솟아 있다. 그 산 너머 승문 마을은 계단식 논과 밭을 일구어 농사를 짓고 있다.

정칙鄭侙이 정자를 지었는데, 만시輓詩에 '문장은 천고의 업이고, 풍월은 한 시내의 정자이다.'가 곧 우천정이다.

정칙은 안동에서 출생하였는데, 진사가 되어서 참봉에 올랐다. 1636년 병자호란 직전에 〈논시사언죄論時事言罪〉를 지어서 경상좌도의 병영 이전 등 7개 항의 시폐 개혁을 요구하고, 왕도정치를 주청하였다. 청나라와 강화가 이루어지자 귀향하여 우천정을 지어서 후학을 지도하였다.

미림 마을에서 내성천에서 벗어나서 좌측으로 난 길을 넘어가면 또 다른 강을 만난다. 그것은 수도리를 한 바퀴 돌아나온 내성천이다. 길가 우측의 멀리 산 언덕에 수도사 절이 있다.

〈운포구곡雲浦九曲〉은 여섯 번의 S자를 그리며 굽이굽이 흐르는 감입곡류嵌入曲流 지형으로 이뤄진 지포, 동저, 금탄, 구만, 운포, 전담, 용추, 송사, 우천 9개의 지역의 특징을 노래하였는데, 지금은 영주댐 건설로 당시의 모습을 찾기가 쉽지 않다.

내성천이 영지산을 휘돌아 나가는 송리원유원지 백사장 지포芝浦, 평평하고 서늘한 동저東渚, 비단처럼 아름다운 금탄錦灘, 금강 마을을 휘돌아 흐르는 구만龜灣, 구름이 머문다는 운포雲浦, 물이 화살처럼 빠르게 흐른다는 전담箭潭, 미림 마을을 휘돌아 가는 용추龍湫(용이 승천하는 웅덩이), 모래톱이 아름다운 송사松沙, 우천愚川 정직의 정자가 있던 우천愚川을 노래하였으나, 영주댐과 함께 대부분 훼손된 상황이다.

영주댐 건설로 수몰되는 평은면 지역 이주민과 함께 인동 張씨 종택, 만연헌, 장석우 가옥, 의관댁, 영강정, 직방재, 금강사지, 서낭당 등 유서 깊은 고택들이 이주 단지에 옮겨지게 된다.

그러나 '모래톱에 뒹굴고 멱 감던 하동夏童들, 꽃가마 타고 외나무다리 건너던 신랑신부, 강가 높다란 정자에 둘러 앉아 창수唱酬하던 선비들, 새벽 안갯속의 평은역을 향해 숨 가쁘게 구마이재를 넘어가던 그 학생들…' 무형의 유산, 역사까지는 옮겨갈 수 없다.

나는 내성천을 따라가면서, '在此衙國寶 在彼虧天成 世巧焉得嬰'의 의미를 생각해 보았다. 강물의 오염을 걱정하는 반면에 농사에 절대적으로 필요한 사람도 있다. 홍수 때 가족과 재산을 잃고 탄식하는 사람, 국경이 된 강을 꿈속에서만 건너는 사람도 있다.

신필영 시인은 그의 詩 〈에스프레소 혹은, 라면〉은 주전자의 끓는 물을 보면서, 어떤 이는 커피를 생각하고, 어떤 이는 라면을 생각한다고 했다.

> 왁자지껄 끓고 있는 난로 위 주전자 물
> 당신은 에스프레소, 그 향을 떠올리는데
> 왜 나는 후~불어 먹는 라면이 생각날까.
>
> 짧기도 한 봄 한철이 아직은 창밖인데
> 입맛만 다시다가 우두커니 앉은 저녁
> 안전핀 뽑지 않아서 우린 아직 안전한가.
>
> 한 치 어김없이 매사가 딱 맞기를
> 목숨을 걸어가며 안달할 일 뭐 있을까,
> 제자리 놓이고 보면 비대칭도 편안한걸.

자유·민주·공화체제에서 다양한 논의는 필요하다. 그러나 올바름(정의justice)이란 '개인에게 그의 것'을 주는 것이다. 정의를 강자의 편익(이익)으로 무책임하게 결론에 꿰맞추거나 물리적 압력으로 해결될 문제는 아니다. 정의가 덕德이고 부정의가 '잘 사는 것'이라는 것은, 이미 그 자체로 병든 것을 행복하다고 하는 자기모순이다.

퇴계는 산수를 사랑하여 자연물과 대화를 나누는가 하면, 산수를 선계仙界와 동일시하였다. 퇴계의 詩 〈고의古意〉는 자연 그대로의 것을 그리워하는 마음이다.

溫溫荊山玉　형산에서 나는 훈훈한 옥이
淑氣含精英　맑은 기운 머금어서 가장 뛰어나도다.
夜夜虹貫巖　기름접시의 불이 석굴을 밝히니
山鬼自遁驚　산 귀신은 놀라 스스로 달아나는 구나.
抱哭何氏子　何씨의 아들을 안고 울며
三獻不避刑　세 번이나 빌어도 피할 수 없었구나.
斲爲萬乘器　이것을 다듬고 갈아 황제의 옥새가 되니
雄誇價連城　고귀한 그 가치 여러 고을에 크게 뻗치니
在此衒國寶　여기에서는 이것을 국보라 자랑하지만
在彼虧天成　저기에서 보게 되면 자연을 훼손했도다.
君看鼉社珠　그대가 보는 십리를 비춘다는 벽사주 구슬이
光彩奪月明　밝은 달빛을 앗아 가는데
出入有無間　드나듦에 관계할 바 없이
世巧焉得嬰　인간의 솜씨로 어찌 어린아이 같은 순수함 얻으리.

世巧焉得嬰, 인간의 힘으로 '깊으실'을 되돌릴 수 있을까? 결국 어둠에 어둠을 더할 뿐이다.

가정稼亭 이곡李穀(李穡의 아버지)은 그의 차마설借馬說에서,

"나는 간혹 남의 말을 빌려서 타곤 한다. 야윈 말을 얻었을 경우에는 채찍을 대지 못한 채 넘어질 것처럼 전전긍긍하고, 개천이나 도랑이라도 만나면 또 말에서 내리곤 한다. 반면에 준마를 얻었을 경우에는 의기양양하여 채찍을 갈기기도 하고 방자하게 고삐를 놓기도 하면서 질주하곤 한다.

…사람이 가지고 있는 것 가운데 남에게 빌리지 않은 것이 또 뭐가 있다고 하겠는가. 사람들이 대부분 자기가 본래 가지고 있는 것처럼 여기기만 할 뿐 끝내 돌이켜 보려고 하지 않으니, 이 어찌 미혹된 일이 아니겠는가."

江과 山이 어우러진 풍경을 그림으로 그리고 詩를 짓는 것도 인간이 자연을 빌린 것(借景)이다. 우리는 미래의 자손들에게서 오늘의 江山을 빌려서 쓰고 있을 뿐이다.

강물은 그냥 맑아지지 않는다. 내성천 물속에 맨발을 담그면 발밑에서 모래가 꼼지락거리는 것은 모래가 강물에 흐르는 현상이다. 강물이 모래톱에 찰랑일 때 모래톱은 강의 숲이 된다. 모래톱은 산의 숲처럼 호흡하고 강물을 정화淨化하는 생물이다. 물은 모래 속에서 생성과 소멸을 거듭하면서 흐른다.

나는 우천을 따라서 강둑으로 우천의 물처럼 천천히 자전거를 몰았다. 내성천 문평교 가까이 왔을 때, 갑자기 천둥 치듯한 굉음을 몰고 '은하철도 999'가 하늘 위로 날아갔다. 옹천역에서부터 긴 터널을 빠져나온 열차가 하늘에 닿을 듯 서있는 교각 위의 철교로 '철거덕 철거덕' 꼬리에 꼬리를 물고 지나갔다.

영주는 동東쪽으로 내성천이 흐르고, 서西에는 서천이 흐른다. 초암사에서부터 흘러온 죽계천과 순흥 태장에서 흘러온 홍교천, 그리고 죽령과 희방사 계곡에서부터 흘러온 남원천 등 세 물길이 귀내에서 만나 서천西川이 된다.

귀내 마을 앞에 큰 느티나무가 한 그루 있어서 느티나무 괴槐와 시내〔川〕를 써서 괴천槐川 또는 '괴내' 라 부르기도 하고, 오래된 나무의 옛〔古〕자에 시내〔川〕를 써서 고천古川 또는 '고내'라고 부르다가 '귀내'가 되었다고 전해지고 있다.

주세붕의 〈유청량산록遊淸凉山錄〉에, 「1544년 4월 9일 청량산을 유람하고자 일찍 풍기군의 군재郡齋에서 출발하니, 이날 승문원承文院 저작著作인 박승간朴承偘과 승정원 주서注書인 박승임朴承任 형제가 다례를 열었으니, 그 형인 박승건朴承健, 박승준朴承俊도 계묘년(1543년) 생원시에 합격하여 축하하는 예를 아울러 거행한 것이었다.」

주세붕이 청량산 유산길에 들렀던 잔칫집이 퇴계 이황의 제자 소고 박승임의 사당과 육우당 종택이 있는 귀내이다.

박록의 장남 육우당 회무朴檜茂는 귀내에서 종가를 이었으나, 차남 삼락당 박종무朴樅茂는 하한정(초곡)에 정착했으며, 그 후손들은 서릿골에 박시원의 역가헌亦可軒, 내림리에 박승진의 청하재聽荷齋를 중심으로 터전을 잡고 살고 있다.

소백산의 지령과 순흥 금성단錦城檀의 절개와 소수서원의 선비정신을 품은 서천은 귀내에서 구성산을 굽이 돌아 휴천으로 흘러서 숭문에서 운곡을 빠져나온 동천(우천)을 만나 내성천에 합류되어 무섬을 돌아나간다.

내성천이 학가산에 막히면서 하얀 모래톱 쌓아놓고 천천히 돌아 흐른다. 물 위에 뜬 '물섬마을'이 '무섬〔水島〕'으로 불리게 되었다. 중국의 섬계剡溪(절강성 조아강)의 상류와 비슷하다 하여 '섬계마을'이라고 불리기도 하였다.

반남 박씨 박침朴琛의 후손들은 원정골을 중심으로 무섬, 머럼, 고랑골 등 내성천을 따라서 모여 살았다. 머럼〔遠岩〕에 살았던 박침의 후손 박수朴檖가 강 건너 무섬에 터전을 잡았다. 박수朴檖의 손서孫壻 김대金臺(박이장朴履章의 사위)가 혼인하여 무섬으로 들어와 살기 시작하면서 그의 후손 선성 金씨와 반남 朴씨가 집성촌을 이루게 되었다.

무섬의 입향조 박수朴檖의 8세손 박승훈朴勝薰의 만죽재晚竹齋와 병조참의 박제연朴齊淵의 오헌㠯軒, 의금부도사 김낙풍金樂豐의 해우당海愚堂 등의 전통 가옥들이 내성천과 어우러져 마을 전체가 국가문화재로 지정되었다. 대원군의 시류에 편승하지 않고 귀향한 청퇴정淸退亭의 오헌유거 詩碑에 무섬의 모래톱과 물굽이가 그림 같다.

剡溪一曲流	섬계 한 구비 물결에
爲我卜居幽	조용한 나의 살 곳 정했도다.
草漲眠黃犢	초원 모래톱엔 송아지 잠들고
沙明穩白鷗	맑은 모래밭엔 해오라기 평온하네.
山光當戶暎	산 빛은 나의 집 비추고
水勢繞檻浮	물굽이 감기는 곳 난간이 떠 있는 듯
未罷漁樵話	어부와 나무꾼 이야기도 끝나기 전
於焉月上樓	어느새 둥근달 누각 위에 떠 있네.

박제연朴齊淵의 당호 '오헌㠯軒'의 편액은 1875년 환재瓛齋 박규수朴珪壽가 썼으며, 여백에 당호의 의미를 쓴 것이 특색이 있다.

환재瓛齋 박규수朴珪壽는 연암 박지원의 손자이다.

衆鳥欣有托	새들도 깃들 곳 있음을 기뻐하듯
吾亦愛吾廬	나 또한 내 집을 사랑하노라.
此爲陶令襟期	이는 도연명의 흉금으로
物吾同樂	사물과 내가 함께 즐거워하는 것이니
渾然天眞語也	혼연하고 천진스러운 말이다.
夫知吾者鮮矣	무릇 자신을 아는 자는 드물지만
而全吾者爲尤鮮	자신을 온전히 하는 자는 더욱 드문 법이다.
吾有所愛然後	내가 사랑하는 바가 있은 뒤에야
乃能從吾所好	내가 좋아하는 바를 따를 수 있는 것이다.
可語此者	이렇게 말할 수 있는 자가
吾宗有其人也	우리 종친에 있으니 바로 오헌공이다.

무섬에는 주민을 계몽하고 일제에 항거하는 독립운동을 하던 '아도서숙亞島書塾'이 있었다. '아세아 조선반도의 수도리〔亞細亞朝鮮半島水島里〕'라는 뜻을 품었으며, 서숙書塾은 학문을 가르치는 곳으로 서당보다 큰 의미이다.

무섬 마을의 항일독립운동가 김성규 가옥은 청록파 시인 조지훈趙芝薰의 처갓집이다. 조지훈의 시 〈별리別離〉는 무섬 마을을 배경으로 신혼 초에 처가에 왔다가 신부만 홀로 두고 떠나야 하는 이별의 정한과 그리움을 읊었다.

푸른 기와 이끼 낀 지붕 너머로
나즉히 흰 구름은 피었다 지고
두리기둥 난간에 반만 숨은 색시의
초록 저고리 당홍 치마 자락에
말없는 슬픔이 쌓여 오느나
십 리라 푸른 강물은 휘돌아가는데
밟고 간 자취는 바람이 일어 가고

방울 소리만 아련히
끊질 듯 끊질 듯 고운 메아리

발 돋우고 눈 들어 아득한 연봉을 바라보니
이미 어진 선비의 그림자는 없어
자주 고름에 소리 없이 맺히는 이슬방울

이제 임이 가시고 가을이 오면
원앙침 비인 자리를 무엇으로 가리울고.

꾀꼬리 노래하던 실버들가지
꺾어서 채찍 삼고 가옵신 임아!

무섬 마을의 김난희金蘭姬는 19살 때 경북 영양의 조지훈趙芝薰(동탁)과 혼인하여, 마흔여덟에 시인이 세상을 떠난 뒤 4남매를 키웠다. 무섬 마을 전시관 뜰의 조지훈 시인의 〈별리別離〉 시비는 시인의 아내의 궁체를 볼륨이 묵직한 화강암에 새긴 것이다.

무섬 마을 여인들에게 외나무다리는 새색시의 초록 저고리 당홍 치맛자락이 떠오른다. 가마 타고 시집을 때 건너왔던 그때를 생각하면 지금도 가슴 두근거려지고, 징용에서 돌아오지 않는 신랑을 기다리며 석양에 물든 내성천이 서러운 여인도 있었다. 가마 타고 시집 온 무섬 마을 여인들은 상여를 타야만 되돌아갈 수 있었다.

고택은 흔히 볼 수 있지만, 모래톱 사이로 흐르는 실개천 위에 걸쳐진 가늘고 구불구불한 외나무다리는 무섬 마을에만 있다.

1979년, 수도교가 놓이기 전까지 무섬 마을의 유일한 교통로는 오직 외나무다리였다. 그나마 장마철 불어난 강물에 다리가 떠내려가면 또 만들어야 했다. 모래톱과 실개천, 그리고 외나무다리 중 어느 한 가진들 사라진다면 온전한 무섬 마을일 수 없다.

실경산수화가 오용길은 실경을 그리되 순수한 먹빛과 치밀한 용필을 발휘하여 주관적으로 조형화한다. 그는 소수서원의 아취와 금선계곡의 운취를 화폭에 담았으며, 외나무다리가 용틀임하는 수도리의 목가적牧歌的 풍경에서 모래가 사르르 흐르는 물빛을 그렸다.

나는 무섬 마을을 나와서 수도교 난간을 잡고 서서 눈앞에 펼쳐지는 모래톱과 실개천, 그리고 외나무다리를 무섬 마을과 아울러 전체적으로 조망하였다. 무섬 마을 건너편 원창동이고, 수도교에서 직진하면 머럼 마을이고, 머럼 마을 가는 길 중간쯤 샛골 입구에서 좌측으로 가면 샛골·잔드리로 가게 된다.

잔드리 고갯마루의 길 오른편 쉼터에 거북 받침 위의 오석烏石에 「반남박씨세적지潘南朴氏世蹟地」라 써있으며, 잔드리 삼거리를 지나서 샛골 마을 입구에도 「반남박씨세장지潘南朴氏世庄地」라 새긴 큼직한 표지석이 길가에 서있다.

소백산에서 발원한 서천이 귀내에서 흘러서 승문에서 내성천에 합류되어 무섬을 돌아나가듯이 인간의 역사도 강물 따라 흐른다. 귀내에 살았던 소고 박승임과 봉화 창평의 낙한정 박승준, 무섬 마을 박수의 후손들, 조제助梯리의 원창·머럼·샛골〔間谷〕잔드리〔棧道里〕에는 조선 세종 때 좌의정 박은朴뿔의 후손들이 살고 있는 반남潘南 朴씨 집성촌이다.

《세종실록》1419년 2월 16일, 좌의정 박은이 세종에게 계하였다.
"문신文臣을 선발하여 집현전集賢殿에 모아 문풍文風을 진흥시키는 … 만들어 주시옵소서."
좌의정 박은朴뿔에 의해 설치된 집현전은 학문 연구와 왕의 자문기관으로 한글 창제 등 많은 업적을 이루었다.

박은朴블의 아버지 박상충朴尙衷이 고려의 자주 독립을 위해 친원파를 제거하려다가 유배길에서 타계하였다.

안동의 《영가지永嘉誌》에 수록된 〈반남세고潘陽世稿〉는 〈부모를 뵈러 안동에 가는 생원 김자수金子粹를 전송하며[送金子粹生員歸覲安東]〉라는 박상충의 詩이다.

浩然歸志白雲秋　호연히 돌아갈 듯 가을의 흰 구름 같으니
太學諸生可得留　태학의 여러 학생들이 붙들 수 있겠는가.
侍奉高堂應不暇　어머님을 모시는데 아마 틈이 없으리리,
那堪一醉映湖樓　어찌 영호루에서 한 번 취할 수 있으랴.

박은朴블은 외숙부 목은牧隱 이색李穡의 가르침을 받아 세종 때 좌의정으로써, '집현전集賢殿' 설치를 주장하여 조선의 문화 융성의 기틀을 마련하였다. 박은의 손자 홍주 판관 박병균朴秉鈞의 부부가 전염병으로 갑자기 타계하자, 고아孤兒가 된 박숙朴礬은 15세에 능성 具씨의 안동 입향조 구익명具益命의 사위가 되어 서울에서 안동 와룡 지내리 나주골(나죽골)에 정착하였다.

박숙朴礬의 세 아들 중 장남 박침朴琛이 문수면 월호리(원창, 원정골)에 첫 터전을 잡았고, 2남 박진朴璡은 안동 와룡면 나주羅州골, 3남 박형朴珩은 선성 김씨 김만일金萬鎰(金淡의 아우)의 사위가 되어 영주 두서리(뒤새)에 터전을 잡았다.

장남 박침朴琛의 후손들은 원정골을 중심으로, 무섬, 머럼, 고랑골, 샛골, 장수 보통골 등지에 뿌리내려 지금까지 집성촌을 이루어 살고 있다.

안동 와룡 명계(명잩) 덕동에 박은朴訔의 손자 홍주 판관 박병균朴秉鈞의 묘소와 낙남선조 승지공 박숙朴왂의 묘소를 수호하는 덕동재德洞齋가 있다.

종가를 보존하기 위한 종손宗孫들의 삶은 고단하다. 도시를 떠나 농촌의 불편함을 감수해야 하고, 농촌에서 살아야 하는 처지에 삶의 방편을 모색해야 한다. 종손(28세손) 박천주朴天柱는 선영先塋이 있는 안동 와룡 명계(명잩) 마을 덕동재德洞齋에서 자랐으나, 축산학을 공부하여 원정골 산비탈에 한우를 방목放牧하고, 종부 김이숙은 전통장류와 천연발효식품, 토종벌사육, 황토방 팜파티 등 '하늘기둥농장'을 운영하고 있다.

박침朴琛의 둘째 아들 소장紹張은 조제리 샛골〔間谷〕로 분가한 후, 후손들이 머럼〔遠岩, 탄산리〕과 무섬 마을에 뿌리를 내렸다. 소장紹張의 5대손 박수가 1666년 무섬 마을을 개척하여 섬계剡溪라 이름 했다.

「반남박씨세장지潘南朴氏世庄地」 샛골의 추원재追遠齋는 박침朴琛과 그의 아들 소장紹張 후손들의 재사齋舍이며, 운강정雲岡亭과 영모재永慕齋, 봉은정사鳳隱精舍가 있다. 일제 강점기에 반남 朴씨 집안에서 운강정 앞에 조제간이학교를 짓고 젊은이들을 가르쳤다.

박형朴珩의 후손은 신재 주세붕이 "아들 7형제가 모두 문유文儒이니 그 복이 한량없다."고 하였던 영주 귀내에 살았다. 소고 박승임의 〈봉별자열중씨奉別子悅仲氏〉는 그의 형 박승간이 사마시에 입격하여 함께 귀향할 때 김광진金光軫(호 子任)을 만나기 위해 혼자 조령을 경유하였다.

一家同榜世稀聞	한 집안에서 함께 급제한 것 세상에 드문데,
作伴還鄕士所云	짝 지어 고향 간다고 선비들이 말하네.
丹陛聯辭天北極	대궐에서 임금님께 나란히 작별하고 떠나니
秋風同望嶺頭雲	가을바람 맞으며 죽령 구름을 함께 바라보네.
漢津微雨鴒飛並	한강나루 이슬비 속을 형제가 함께 갔고
達水斜暉鴈影分	달천수에서 석양에 형제가 갈라섰네.
獨指迂程離恨劇	홀로 길을 돌아가니 이별의 한 사무치고
萱堂先把壽杯醺	어머니께 잔을 잡고 헌수 먼저 올리리라.

박승임의 후손은 원당, 귀내, 한정, 서릿골 등 영주를 중심으로 집성촌을 이루었고, 박승간은 봉성 만퇴晩退에, 박승준은 봉화 창평에 자리 잡았었다.

「반남박씨세적지潘南朴氏世蹟地」를 벗어나 분계 마을 지나니 눈앞에 하얀 모래톱 사이로 내성천이 유유히 흐르고 강을 가로질러 안동으로 통하는 석탑교가 길게 뻗어 있었다. 다리를 건너면 석탑리로 가게 된다. 나는 강변 우측으로 난 문수로를 따라서 강마을의 풍경을 감상하며 천천히 나아갔다.

문수면 조제 2리 멱실은 안동·예천 경계의 내성천변 마을이다.
조제 2리는 경주 金씨의 멱실覓室과 영해 朴씨의 삼계三溪와 예천 林씨의 금영골수寧谷을 비롯하여 최근에 새로 들어선 하늘꽃마을로 이루어져 있다. 멱실 마을은 피난처를 찾던 중 내성천과 학가산이 어우러져 산수 수려한 이곳에 터를 잡은 뒤 마을 이름을 '찾을 멱覓'자에 '집 실室'자를 써 멱실覓室이라 했다고 한다.
피난처란 안전하고 흉년이 들지 않고 전염병이 없어서 좋지만, 외지에서 드나들기 힘든 오지奧地일 수밖에 없다. 강변길이 없었으니, 외지로 통하는 길은 오직 산을 넘는 것이었다.

멱실은 학가산과 내성천이 가로막고 있어서 무엇보다 자녀들 교육과 병원 진료가 문제였다. 1931년에 설립된 멱실 교회는 영문서숙을 열어서 신학문을 교육했으며, 1947년 조제분교를 멱실에 설립하기도 했다. 6.25 동란 전에는 학가산에 근거지를 둔 빨갱이들이 강을 건너와서 양식을 빼앗아가기도 하고 그들의 총질에 희생자도 있었다.

오늘날은 하얀 모래톱이 아름다운 내성천을 따라서 문수로가 이어져 있어 오히려 사람이 살기 좋은 청정지역이 되었다. 무섬을 돌아나온 내성천은 남류하다가 석탑리에서 산에 막혀 탄산리에 모래톱을 쌓아놓고 서류하다가 조제리에서 W로 두 번 돌아서 다시 남류한다.

영주댐 상류는 모래가 사라졌지만, 무섬 마을에서 이곳까지 이어지는 문수로 강변길에서는 모래톱 사이로 강물이 흘러가는 내성천의 옛 그대로의 모습을 볼 수 있었다.

내성천은 기곡 마을 앞을 지나서 장산리까지 직류한다. 보문면 기곡基谷(텃골)리 간운 마을, 마을 아래로 흐르는 내성천과 하얀 모래톱, 그리고 강 건너 학가산과 마주하는 산촌 마을이다. 높은 산 위에 있어서 구름 사이에 있다는 뜻의 '간운間雲 마을'은 준雋이 말한 '근根이 형'의 고향 마을이다.

'근根이 형'은 키가 작으면서 행동이 민첩했으며, 달리기와 씨름에서 져본 적이 없다고 했다. 밤새워 공부하고 새벽에 산에 올라서 큰소리로 영어 웅변을 하는 그의 꿈은 외교관이었다. 세 살 많은 '근根이 형'은 준雋에게 데미안(Demian)과 같은 존재였다. 준雋이 내가 생각할 수 없는 저 너머의 것을 볼 수 있는 혜안을 가졌던 것은 '근根이 형'과 같은 눈높이를 가졌기 때문이었다.

싱클레어가 불량한 크로머에게 혹독하게 시달렸듯이, 준儁은 뒷자리의 홍만에게 늘 시달렸다. 시험 답안지를 보여주지 않았다는 앙갚음으로 복도 청소하던 밀대 걸레를 휘둘러서 준儁의 새하얀 교복 저고리에 흙탕물 지도가 그려졌다. 그날은 종업식이 있었고 여름 방학을 맞아 고향집에 가는 날이었다.

학교 앞 북문 둑 다리 난간에 앉아 어두워 오는 고향 하늘만 바라보고 있는 준儁에게 '근根이 형'이 다가왔다.

근이 형이 시키는 대로 준儁은 홍만네 집에 갔다. 밤낮 사흘 만에 홍만이가 울면서 잘못했다고 빌었다. '근根이 형'은 고자질은 더 비겁하다고 했으나, 말 한마디 않고 참는 것은 쉬운 일이 아니었다. 새롭게 태어나기 위해서는 하나의 세계를 깨뜨려야 했다.

준儁이 말한 '근根이 형'이 지금 어디에 살고 있는지 늘 궁금했다.

나는 보문면이 고향인 친구들에게 그 '근根이 형'에 대해 수소문해 보았다. 예전의 그를 잘 알면서도 근황을 아는 사람은 없었다.

해병으로 입대하여 청룡부대원으로 참전했다가 더불백만 달랑 하나 메고 귀국한 후 소식을 모른다고 하면서, 오히려 나에게 그의 소식을 귀띔해 주기를 바라는 눈치였다. 그가 외국에 가서 살고 있을 것이라고도 했지만 그것도 짐작일 뿐이다. 여러 정황으로 미루어 보아서 간운 마을에 그가 있으리라고는 여겨지지 않는다.

간운 마을은 옥계천과 내성천, 그리고 학가산이 가로막고 있어, 영화 미션(The Mission)의 이구아수 폭포 위의 원주민 과라니족 마을처럼 강을 건너서 산을 올라야 갈 수 있는 구름 위의 산촌 마을, 에덴(Eden)이다.

나는 환상 속에서 정의로운 세상을 봅니다.
그곳에서 모두 정직하고 평화롭게 살아갑니다.
난 떠다니는 구름처럼 항상 자유로운
영혼을 꿈꿉니다.

간운 마을 아이들은 내성천 건너 수계首溪 마을의 초등학교에 다녔다. 마을에서 산길을 내려가서 내성천을 건너야 학교에 갈 수 있었다. 겨울철의 칼바람에도 얼음 위를 걸어서 건널 수 있었지만, 여름 장마철에는 배를 타고 건너야 했다. 어느 때는 배가 뒤집혀서 불어난 강물에 휩쓸려 한참이나 떠내려 간 적도 있었다.

내성천 모래톱은 간운 마을 아이들의 씨름판이었고, 강물을 거슬러 오르는 은어와 버드나무 그늘의 붕어나 여울목의 피라미는 저녁 반찬꺼리가 되었다.

황톳물이 흐르는 강을 건너고 언덕을 오르내리면서 학교까지 시오리, 하루 삼십 리 길을 뛰어다녔던 '근根이 형'은 거센 황톳물 장애障礙에도 굴하지 않고 자신감이 넘쳤다. 준雋에게 '근根이 형'이 데미안과 같은 존재였다는 의미를 알 것 같았다.

나는 간운 마을 초입에서 서성거리다가 한 어린아이를 보았다. 책보자기를 등에 질끈 동여 맨 그 아이는 다람쥐처럼 재빠르게 오르막길을 올라서 구름 속으로 사라졌다.

영화 《미션》의 테마 곡인 가브리엘의의 넬라 환타지아의 몽환적인 'Gabriel's oboe' 연주가 그 숲에서 흘러나올 것 같았다.

무섬 마을 오헌 고택에 적힌 실학자 성재性齋 허전許傳이 쓴 '오헌기吾軒記'를 되새겨 보았다.

'내가 오吾(나)라고 한 의미는 무엇인가? 대체로 나란 자신을 일컫는 말로 物과 다르고 人과도 달라서 크게 분별이 된다. 그렇다면 나로써 나를 이름하고, 나로써 나에 대해 글 지음은 이에 사람과 사물과 크게 분별을 하지 않을 것인가? 명名이란 실實의 빈賓이요. 글이란 道를 담는 기器(그릇)이다. 손賓은 實을 떠난 적이 없으며, 그릇은 道를 떠난 적이 없으니, 사람과 사물도 또한 어찌 나에게 구비되지 않겠는가!…'

나 자신에게 물었다.

'그대는 어찌해서 근본으로 돌아가지 않는가?'

'근根이 형'의 간운 마을, 지금은 중앙고속도로가 옥계천을 따라 남북으로 지나가고 마을 앞에는 보문로가 예천과 안동으로 통하고, 마을 아래에는 문수로가 있어 예천과 영주로 통한다. 교통로는 物과 人만 통하는 것이 아니다. 생각들을 바뀌게 하고 삶의 방식도 달라진다. 간운 마을은 이미 환타지(Fantasi)가 아니다.

간운 마을 아이들이 건넜던 내성천에 오신교 다리가 놓여 있었다.

나는 오신교 다리를 건너서 수계리로 들어갔다. 수계리는 학가산 보문사 골짜기의 계류가 내성천에 합류하는 곳으로 멀량·쌍계·장숫골·점마·가라골·오암 등의 자연부락이 들어서면서 그중에서 가장 큰 멀양〔首陽〕 마을의 수首와 쌍계雙溪의 계溪를 따서 수계首溪라 하였다. 멀양은 마을 앞에 넓은 농토가 펼쳐져 있는 큰 마을이고, 점마는 옛날에 옹기점이 있었던 마을이며, 장숫골 마을 주민들은 대개 오래 산다고 한다.

‘근根이 형’이 다녔다던 수계리 보문 초등학교가 폐교되고, 아이들 소리가 사라진 학교 안을 늙은 느티나무가 지키고 있었고, 폐교 한 켠에는 이 학교 졸업생인 시인 수계首溪의 문학관이 들어섰다.

《별과 꽃과 사랑의 노래》는 그 시인이 신문 지면의 ‘차 한 잔의 여유’에 연재한 후 詩와 그림을 함께 엮은 것이다.

누구나 가슴에 담고 사는 이름 하나 ‘당신’. 당신은 절대적 존재이며, 무한한 생명력을 갖고 있다. 그는 이 詩에서 영원불멸의 초상으로 당신을 새겨 보았다. 지울 수 없고, 지워지지 않는 이름. 그 대상을 향해 그는 부르고 또 부른다고 했다. 시인이 부른 이름들 중에 근根이, 정자, 정자 동생 환이, 광호와 학동이도 쓰고 지웠을 게다.

수계首溪 김영진은 이 시집 한쪽에 자신의 詩 〈당신〉을 실었다.

> 돌에다 맨손으로 당신을 씁니다.
> 흙에다 물방울로 당신을 씁니다.
> 나무에다 바람으로 당신을 씁니다.
> 하늘에다 기도로 당신을 씁니다.
>
> 당신은
> 아무리 쓰고 써도 지워지지 않는 이름입니다.

해마다 여름철이면 학교 마당이 시끌벅적해진다. '학가산 달빛 내성천에 일렁이고' 음악회와 문학회, 동창회도 열린다.

"예천의 산이나 강에는 어머니가 살고요, 골짜기마다 풀어헤친 젖무덤에서 단물이 꿀처럼 흘러요…"

수계의 詩를 교가처럼 노래하는 그날이 기다려지는 할아버지 느티나무는 가지마다 짙푸른 잎을 달고 춤을 춘다. 희망이 있으면 음악이 없어도 춤을 춘다.

수계에서도 '근根이 형'의 흔적을 찾지 못한 채 오신교 다리 위에서서 강 건너 간운 마을 쪽을 올려다보았으나, 구름 속에서 기어코 얼굴을 내밀지 않았다.

영주시 장수에서 발원하여 감천과 보문을 흘러 온 옥계천이 수계에서 내성천으로 합류하고, 소백산맥 천부산에서 발원해 수락대 구곡을 노래하며 간방리에서 내성천으로 합류한다.

내성천은 아름다운 옥계천을 품에 안고 미호리와 읍호정을 탱고(tango)를 추며 돌고 돌아서 선몽대 정자까지 멈추지 않고(baile con corte) 남류南流한다.

내성천을 따라서 고속도로와 철로가 나란히 달린다. 중앙고속도로 위의 차들은 폴카(polka)를 추며 초침처럼 달리는데, 강 건너의 고평역에서 어등역으로 가는 열차는 황혼을 머리에 이고 최백호의 '비 내리는 밤의 항구'에 흐느적거린다.

멀양 마을 앞 강둑길은 붉은색 자전거 전용도로였다. 수계에서 멀량·읍실·작곡리 앞 들판을 지나서 보문교를 건넜다. 보문면 소재지는 내성천이 마을 앞을 둘러서 눈썹처럼 보인다고 미호리眉湖里이다. 남하정 정자가 있는 남쪽 마을, 미호리 동쪽의 동짝마, 뒷산이 수려하고 앞강물이 맑은 청심대 마을이다.

미호리의 표절사表節祠에 들었더니, 사당 초입에 '萬古忠節' 표지석이 길을 안내했다. 계단을 올라서 명도문을 들어서니 '풍원군율은김선생신도비'가 율은 선생의 업적을 설명해주고 있다. 양편으로 마주한 선덕재 홍인재를 지나서 충의문을 들어서니 표절사 사당이다.

고려 말 충의지사 율은栗隱 김손金遜과 아들 계절당繼節堂 김전金鈿, 손자 퇴신재退愼齋 김두金斗 삼대의 위패가 모셔져 있다. 고려 말 삼은三隱 이색·길재·정몽주와 더불어 고려 말 대표적 충신이었다.

1361년, 홍건적의 난 때 왕을 모시고 안동에 이르러 예천의 어림성御臨城을 수축했고, 1374년 공민왕이 시해弑害되자 예천 은풍 사동殷豊巳洞(은풍면 큰밤실)으로 내려와 살았다. 초당에 밤나무를 울타리 삼아 남하정南下亭을 짓고 스스로 율은거사栗隱居士라 하였다.

"이성계가 고려의 충신을 죽이고 임금을 폐하여 나라를 빼앗으려 하니 내 마땅히 그를 죽여 종묘사직을 보전하리라."

1389년, 최영 장군의 족당族黨 전前 부령副令 정득후鄭得厚와 함께 귀양가 있는 우왕禑王을 만나니 왕이 울며,

"이 칼을 내가 믿는 판서 곽충보에게 주라." 하였다.

팔관회 때 거사할 것을 결정했으나 곽충보郭忠輔가 이성계에게 알려바쳤다. 우왕이 믿었다는 곽충보가 팔관회를 핑계 삼아 나타나지 않았다. 김손이 정득후와 이성계의 집으로 잠입하였으나 정득후는 자살하고 김손은 하옥되었다. 이 사건으로 이색, 우현보 등 28명의 충신들이 유배되고 우왕은 강릉으로 창왕昌王은 강화도로 보냈다.

김손은 울분을 토하여 옥중에서 폭사하니 시체를 저자에서 효수梟首했는데, 이때 한 마리의 청조靑鳥가 날아와서 시체 위에서

"고려충高麗忠"이라고 세 번 울고 어디론지 날아갔다.

예천군 보문면 미호리는 별동 윤상이 벼슬에서 물러나 터를 잡은 곳으로, 예천 尹씨의 집성촌이다.

〈거위와 구슬〉의 주인공이 별동別洞 윤상尹祥이다.

윤상이 여행을 하던 중, 날이 저물어 어느 주막에 들게 되었다. 주막에 앉아 방 밖을 내다보고 있노라니, 어린아이가 구슬 한 개를 가지고 놀다가 구슬을 손에서 떨어뜨리자, 그 옆에 있던 거위가 구슬을 집어삼켰다. 한참 후 주인집에서는 야단법석이 났다. 그때 이 주막에 있는 손님은 윤상 한 사람밖에 없었으니, 그에게 구슬을 내놓으라 하였다. 그는 내일 아침까지만 기다려주면 찾아준다고 하였지만, 주인은 그를 밧줄로 꽁꽁 묶어서 관가에 끌고 가려고 하였다. 이때 윤상은 태연한 자세로 저기 있는 거위도 다리를 새끼로 매어서 내 옆에 있게 해주면, 내일 아침 식전食前까지 틀림없이 구슬을 돌려주겠다고 주인에게 사정하였다.

이튿날 날이 밝자, 윤상 옆에 거위가 똥을 누었다. 이때 윤상은 주인을 불러서 거위의 똥 속에서 구슬이 있으니 찾으라고 하였다. 구슬을 찾은 주인은 묶은 줄을 풀어주면서, 거위가 구슬을 먹은 줄 알면서 왜 그런 말을 하지 않고 밤새도록 묶여 고생하였느냐고 물었다.

"거위가 구슬을 먹었다고 하면 급한 마음에 어제 당장 구슬을 찾기 위하여 주인장께서 그 거위를 죽였을 것이니, 내가 하룻밤만 고생하면 구슬도 찾고 거위도 죽이지 않을 것이 아니요."

윤흠신尹欽信과 동생 흠도欽道는 별동 윤상의 후손으로 봉화 춘양에 살았는데, 임진왜란이 일어나자 의병장 류종개柳宗介와 소천 화장산 전투에 참여하였다.

　1592년 임진왜란이 발발한 이듬해 봄, 의병장 류종개는 적이 통과할 봉화군 법전면과 소천면의 경계에 위치한 화장산 바로 아래에 있는 목비골과 전피현前皮峴(노루재)에 의병 6백 명을 매복시켰다.

　왜적의 선발대가 의병이 매복한 곳을 통과할 때 일제히 공격하여 적의 깃발을 뺏고 수많은 적을 무찔렀다. 그러나 이틀 후 왜적의 본대 3천여 명을 맞아 끝까지 결사항전하였으나 신식 무기인 조총을 가지고 있는 적의 세력을 감당하지 못하고 류종개 창의대장 이하 600여 명의 의병이 장렬하게 전사했다.

　왜군은 이 전투에서 심각한 피해를 입고 혼비백산하여 방향을 바꿔서 울진항蔚珍港으로 철수하였다.

　전사한 윤흠신의 목 없는 시신을 전장에서 부하가 발견하고 그 시신을 업고 진평동에 와서 동네 사람에게 장례를 치러줄 것을 부탁하였다. 그 부하는 본인도 죽거든 장군님 발아래에 묻어줄 것을 말하고 자결하여 그 부하도 윤흠신 묘 아래에 묘를 썼다고 한다. 이들은 관직이 추증되고 정려되어 봉화 소천면 현동 충렬사에 모셔졌다.

　나는 미호리에서 내성천에 걸린 미호교를 건넜다. 강은 굽이칠 때마다 모래를 쌓아놓고 흘러간다. 내성천은 미호교 아래를 지나서 한맥 골프장 언덕에 막혀서 모래를 쌓아놓고, 미호리 마을 앞을 흐르다가 동호東湖 언덕에 막혀서 신월리 마을 앞에 넓은 모래톱을 쌓았다.

미호교 아래의 모래는 사막처럼 넓었다. 아이가 사막을 뛰어가고 그 뒤로 누렁이가 혀를 빼물고 따라갔다.

다리 아래에 자전거를 세워놓고 다리 교각 콘크리트 받침 위에 앉아서 바라본 강가 모래톱에서 어울려 뛰노는 아이와 누렁이는 마치 소행성(B612)에서 온 어린왕자와 여우처럼 보였다. 강물과 모래, 그리고 아이와 개 한 마리가 펼치는 풍경은 평화롭고 목가적이었다.

한맥CC 노블리아 골프장 아래의 내성천 강변로를 3km 정도 따라가다가 강과 갈라져서 오르막을 올랐다. 소망실 마을로 내려가는 갈림길에서 오른쪽으로 난 서원 나들목으로 들어서니, 서원은 보이지 않고 언덕 아래로 내성천의 절경이 발을 멈추게 했다.

내성천은 신월리 마을 앞에 모래톱을 쌓아놓고 S자로 돌아서 고평교로 흘러가고, 신월리 마을 뒤로 펼쳐지는 기름진 충적평야를 경북선 철로가 가로질러 보문면 소재지 미호리 마을 앞으로 돌아나간다.

언덕 아래 굽이치는 내성천과 미호리 마을이 평화롭고, 나뭇가지 사이로 멀리 한맥 골프장 언덕의 전원주택단지 '노블리아 골프 빌리지'의 울긋불긋한 서양식 건물들이 이국적으로 보였다. 유럽의 어느 강 마을에 온 느낌이었다.

도정서원은 1640년 지방 유림의 공의로 사당을 건립하고 예천읍
내 향현사에 모시던 약포의 위패를 이곳으로 옮겨왔다. 사당채는 정
면 3칸 측면 2칸으로 되어 있고, 강당채는 정면 4칸 측면 2칸으로 전
면에 난간을 돌려 누각형식을 취하였다.

1697년 강당 채를 건립해 서원으로 승격했고, 1786년 선생의 3자
인 청풍자 정윤목鄭允穆을 추가 배향했다. 서원 입구의 팔덕루에는
도정서원 편액이 걸려 있다. 서원에서 오른편에 기숙사인 지경당과
동재·서재, 전사청. 서원 앞의 읍호정邑湖亭은 1601년에 가파른 경사
면을 깎아 강물을 뜰 듯이 강 가까이 세운 정자이다.

1723년에 향현사鄕賢祠 위판을 옮겨 봉안하고, '도정서원道正書院'
이라 일컬었다.

약포의 고향 고평리高坪里 집은 들판을 바라보고 내성천 물가에
있어 녹야당綠野堂과 오교장午橋莊 같은 승경이다. 그 집에 편액하기
를 '망호재望湖齋'라 했으며, 망호당望湖堂 잡영雜詠 7수七首를 지어 읊
었다.

약포는 은퇴하여 귀향하였지만 관직을 띠고 있어 참 은퇴가 아니
기에 시국을 근심하여 밤마다 강호를 꿈꾸었다.

高坪是綠野　고평은 바로 녹야이니

芳草每年年　향기로운 풀들이 해마다 짙푸르네.

復有長橋在　게다가 긴 다리도 여전히 남아 있어

明霞落照前　밝은 노을이 석양 전에 비추네.

洞府自寥曠　골이 본래 으슥하고 한적하여

陰晴成歲年　흐렸다 갰다 하며 한 해가 다 갔네.

誰知四序興　누가 알리오, 사계절의 흥취가

渾在一堂前　온통 망호당 앞에 있음을.

약포 정탁은 읍호정에서 고향 친구들과 어울리기도 하고, 내성천에서 낚시를 하면서 만년을 즐기고 있었다.

어느 날 배 위에서 낚시를 하고 있었는데, 강가에서 한 젊은이가 큰 소리로 정탁을 불렀다.

"늙은이, 강 건너에 약포가 사신다는데 맞는가?"

"그렇다고 합니다만."

"약포를 만나러 가는 길이니, 나를 업어 배를 좀 태워 주게."

정탁은 아무 말 없이 젊은이를 업고 와서 배에 태워 강을 건넜다. 젊은이가 배에서 내리면서 또 물었다.

"요새 약포는 어떻게 지내신 다든가?"

"아, 네. 낚시도 하고 길손도 업어 물을 건네준다고 합니다."

도정서원에서 고평교까지 강변길은 강 건너 경북선 철로와 나란히 내성천을 따라 조성된 벚나무 가로수길이다. 하얗게 모래톱을 쌓으며 흐르는 내성천을 따라서 곧게 뻗어 있는 십리 벚꽃 길은 싱그런 강바람을 맞으며 달리는 최상의 자전거 라이딩 코스이다. 벚꽃 피는 봄철, 바람에 눈처럼 날리는 벚꽃을 맞으며 달리는 기분은 어떨까.

바이커(biker)라면 봉화 석천에서 회룡포까지, 내성천변을 라이딩하지 않고 예천을 안다고 할 수 있을까. 마치 K2(8,611m)를 오르지 않고 에베레스트(Mount Everest 8,849m)를 다 안다고 할 수 없음 같다.

내성천 강물이 영주댐에 갇히어 흐름을 멈추니, 강 바닥이 풀과 잡초와 자갈이 뒤섞이어 황무지로 변하였다.

이제, 내성천은 모래가 흐르지 않는 강이 되었다.

내성천은 고평리를 지나서 저우리를 S자로 돌아나가면서 양쪽 강변에 넓고 하얀 백사장을 내려놓고 예천읍에서 경상북도 도청으로 이어지는 오천교 아래를 흘러서 선몽대 앞으로 유유히 흘러간다.

선몽대는 소나무 숲과 내성천, 그리고 퇴계의 후손들이 집성촌을 이루는 백송리 마을을 배경으로 한다. 퇴계가 태어난 온혜 마을 뒷산 용두산의 지맥이 백송리까지 이어져 왔으니 단순히 우연이 아니다.

서홍瑞鴻이 여덟 살 때, 둘째 형 서귀[河]를 따라서 소를 먹이러 들에 나갔다. 그때 형이 풀을 베다가 칼에 손을 다쳐 피를 흘리자, 서홍이 형을 안고 울었다. 어머니가 그에게 물었다.

"네 형은 손을 다치고도 울지 않는데, 너는 왜 우느냐?"

"형이 울지는 않지만 피를 저렇게 흘리는데, 어찌 손이 아프지 않을 수 있겠습니까?"

서홍瑞鴻은 퇴계의 어릴 때 불리었던 초명이다. 그의 둘째 형 서귀[河]의 손자가 우암遇巖 이열도李閱道이다. 이열도는 퇴계의 조카 굉宏(河의 차자)의 아들로서, 1576년 별시 문과에 급제하여 승문원에 들고 벼슬이 예조좌랑에 이르고 만년에 선몽대仙夢臺를 지어서 강과 송림이 어우러진 자연을 즐겼다.

선몽대는 퇴계의 종손從孫이며 문하생인 우암遇巖 이열도李閱道가 조선 명종 18년(1563)에 세운 정자이다. 선몽대의 이름 '선몽대' 세 글자는 퇴계의 친필로 알려져 있고, 정자 내에는 당대의 석학인 퇴계 이황, 약포 정탁, 서애 류성룡, 청음 김상헌, 한음 이덕형, 학봉 김성일 등의 친필 詩가 목판에 새겨져 지금까지 전해오고 있어 선인들의 삶의 흔적을 엿볼 수 있는 역사적 공간이다.

퇴계는 선몽대의 경관을 그림 그리듯 詩를 지어서 그의 후손 열도에게 〈선몽대에 지어보냄〔寄題仙夢臺〕〉을 보냈다.

松老高臺插翠虛　노송 속 높은 누대 푸른 하늘에 꽂혀있고
白沙靑壁畵難如　흰모래 푸른 절벽 그려내기 어렵노라.
吾今夜夜憑仙夢　내 지금 밤마다 선몽에 의지하여 구경하리니
莫恨前時趁賞疎　지난번 진작 감상 못한 소홀함 여한이 없노라.

선몽대의 숲은 선몽대를 품은 백송리 마을을 보호하기 위하여 조성된 전통적인 마을 숲이다. 100~200여 년 수령의 소나무 노거수와 은행나무, 버드나무, 향나무 등이 함께 자라는데, 홍수나 바람으로부터 마을을 보호하는 수해방비림, 방풍림, 수구막이 숲이자 풍수상 단점을 보완하는 비보림의 역할을 해온 것으로 보인다.

선몽대는 다산 정약용 집안과도 관계가 있었다. 정약용의 7대조인 정호선이 경상도관찰사로 있을 때 이곳의 아름다운 경치를 본 뒤 詩를 남겼다. 1780년, 다산 정약용은 예천 군수인 아버지 정재원丁載遠을 따라와서 형 약전과 함께 관아 서편의 반학정伴鶴亭에서 글을 읽었다.

다산은 아버지 정재원을 따라 선몽대를 다녀가면서 기문과 詩를 남겼는데, 아버지와 아들이 선대 할아버지의 시판의 먼지를 닦아내었다.

「예천에서 동쪽으로 10여 리 되는 곳에 가면 한 냇가에 닿는다. 그 시내는 넘실대며 구불구불 이어져 흐르는데, 깊은 곳은 매우 푸르고 낮은 곳은 맑은 파란색이었다. 시냇가는 모두 깨끗한 모래와 흰 돌로 되어 있었으며, 바람에 흩어지는 노을의 아름다운 모습이 사람의 눈에 비쳐 들어온다. 시냇물을 따라 몇 리쯤 되는 곳에 이르면, 높은 절벽이 깎아 세운 듯이 서있는데, 다시 그 벼랑을 따라 올라가면 한 정자를 볼 수 있으며 그 정자에는 '선몽대仙夢臺'라는 방榜이 붙어 있다.

선몽대의 좌우에는 우거진 수풀과 긴 대나무가 있는데, 시냇물에 비치는 햇빛과 돌의 색이 숲 그늘에 가리어 보일락 말락하니, 참으로 이색적인 풍경이었다. 대개 태백산 남쪽에서 시내와 산의 경치가 뛰어난 곳은 오로지 내성·영주·예천이 최고인데, 선몽대는 유독 그 기괴한 모양 때문에 여러 군에 이름이 났다.

하루는 아버지를 따라 약포 정상국鄭相國의 유상遺像을 배알하고, 길을 바꾸어 이 누대에 올랐다. 배회徘徊하며 바라보다가 이윽고 벽 위에 여러 시가 있는 것을 보았는데, 그중의 하나는 관찰사를 지내신 나의 선대 할아버지께서 일찍이 지으신 것이었다.

시판詩板이 깨어져 글자는 갈라지고 한쪽 구석이 떨어져 나가기도 했으나, 자구字句는 빠진 것이 없었다. 아버지께서 손으로 먼지를 털어내고 나에게 읽으라 하고서 말씀하셨다.」

다산이 선몽대에서 바라보았던 그 맑은 물과 새하얀 모래는 수년 전까지도 변함없이 그때 그대로였으나, 지금의 내성천은 강이 아니라 사막이다. 백사장은 사라지고 풀이 무성한 황무지로 변했다.

백송 마을 선몽대와 내성천을 사이에 두고 마주하고 있는 고미 마을은 진성 李씨들이 세거하고 있는 마을이다. 그들의 조상인 이고원 李古園이 처음 터를 잡을 때 산세가 거문고를 타는 형국이라고 하여 고산鼓山 이라 하였다가 후에 고산古山이라 했다. 이곳에 이동표李東標를 제사하는 고산서원古山書院이 있었다.

난은懶隱 이동표李東標의 할아버지 지형之馨은 퇴계의 숙부 송재 이우李堣의 현손玄孫으로 도산면 온혜에 살았으나, 동표東標의 아버지 운익雲翼이 종숙從叔 지복之馥의 양자로 출계出系하여 예천 호명면 종산리 고미 마을(고산古山)에 살았다.

이동표李東標가 살았던 사회는 병자호란 이후 서인의 경신환국 (1680), 남인의 기사환국(1689), 노론의 갑술환국(1694)으로 남인과 서인이 엎치락뒤치락하던 당쟁과 사화, 장희빈 폐비 사건을 둘러싸고 소용돌이치던 시대이었다.

소현세자와 봉림대군이 볼모로 심양으로 갈 때 통역관으로 수행 隨行했던 장현張炫이, 싸움에 진 왕자가 고국을 떠나면서, 새 봄이 오면 돌아와서 치욕을 씻게 되기를 기원한 詩를 읊었다.

압록강 해진 후에 어여쁜 우리 임이
연운만리燕雲萬里(연경까지)를 어디라고 가는고.
봄풀이 푸르고 푸르거든 즉시 돌아오소서.

역관 장현張炫은 북벌을 추구하던 효종의 비호를 받아 사신使臣 대행 역관으로서 뛰어난 외교 실력으로 조선을 위기에서 구하였고, 청나라의 기밀문서 입수와 제조가 금지된 화포를 밀입하는데 생명과 재산을 아끼지 않았다.

장현의 종질녀 장씨는 나인內人으로 뽑혀 궁중에 들어왔는데 얼굴이 아름다웠다. 명성왕후가 승하한 후 임금이 불러들여서 총애하였다. 장씨의 교만하고 방자함은 더욱 심해져서, 어느 날 내전이 명하여 종아리를 때리게 하니 더욱 원한과 독을 품었다. 끝내는 내전內殿(민비)을 사제私第로 물러나게 하였으며, 장씨張氏가 대신 곤위崑位에 올랐으니…

사간원 헌납 이동표는, 민비를 폐위시키고 장희빈의 왕비 등극은 옳지 못한 처사라고 극간極諫하면서,
"옥산玉山의 새 언덕에는 양마석羊馬石이 솟고, 여양驪陽의 옛집에는 근심과 걱정에 쌓이었다."
옥산은 장희빈, 양과 말은 장희재요, 여양은 인현왕후의 옛집을 비유하였다.

1701년, 장현의 종질녀 희빈이 숙빈 崔씨(영조의 母)의 고발로 '인
현왕후의 죽음'을 기원하였다는 혐의를 받고 자진自盡하였다.

민비閔妃 폐비사건을 차츰 후회하게 된 숙종은 구금되었던 자들
을 석방하고, 오히려 남인계의 정승과 고관들을 유배 또는 극형에
처하고 장씨를 희빈으로 강등시키고 민비를 복위시켰다.

채제공蔡濟恭은 이동표의 묘갈명墓碣銘을 지었다.

"인현왕후를 폐하고 장희빈을 왕후로 봉한 국변을 당하였을 때
소를 올려서 바른말을 하였고, 권귀의 무리들을 배척하여 촌교寸膠
로서 탁한 하수河水를 맑게 하여 공맹의 도를 밝혔으니 영조께서 덕
을 추모하여 빛나는 정경正卿으로 증직贈職을 내리었다.

살아서는 뜻을 펴지 못하였으나 죽어서는 은혜와 영광을 입었다.
내가 유풍遺風을 우러러 태산북두泰山北斗 같이 여기었다. 묘문墓門
에 詩를 새기어 만세에 길이 첨앙瞻仰하리라."

난은 이동표의 학문과 덕행을 추모하기 위해, 1779년(정조 3) 지
방 유림의 공의로 예천군 호명면 종산리에 고산서원古山書院이 창건
되어 위패가 모셔졌으나, 대원군의 서원철폐령으로 1869년(고종 6)
에 훼철된 뒤 복원하지 못하였다. 1845년(현종 11), 예천의 원산서
원元山書院에 배향되었다.

소백산맥 흰봉산(1,261m)에서 발원한 계류가 예천군 효자면 송월호에서 40만㎾의 양수발전揚水發電을 한 후 은풍으로 흘러내린 한천이 용문사 골짜기에서 금당실 마을 초간정을 돌아나온 금곡천을 생천리에서 합류하여 예천읍 시가지를 S자로 흐른 뒤 유천들판에 '캥마쿵쿵' 울리면서 경진교에서 내성천과 합류한다.

노세 노세 캥마쿵쿵노세.
낙락장송 고목 되면 캥마쿵쿵노세.
눈먼 새도 아니 오네 캥마쿵쿵노세.
비단옷도 떨어지면 캥마쿵쿵노세.
행주 걸레로 다 나가네 캥마쿵쿵노세.

한천漢川은, 곧 예천醴川이다. 예천의 정신이 한천으로 흐르기 때문이다. 백두대간 소백준령이 지리산을 향해 뻗어가는 줄기의 골짜기에 귀틀집을 짓고 살다 고인돌에 묻힌 변진미라동국 수주촌 사람들에서부터 견훤과 왕건이 힘겨루기 한 용문사의 전설이 예천의 역사와 함께 한천을 따라 흘러왔기 때문이다.

예천 사람들의 다정한 벗이 되었다가 다시 먼 길을 떠나는 한천은 경북선 철교 아래를 지나자 남으로 향해 들판 가운데로 유유히 흐른다. 소백산맥을 타고 흐르던 구름의 기운氣雲이 골짜기마다 어머니처럼 한없는 사랑을 베풀고 흘러간다.

봉화군 물야면 선달산(1,236m)과 문수산(1,207m)에서 시작하여 쉼 없이 달려온 내성천은 한천의 울적함을 달빛으로 쓰다듬어 준다. 모래톱이 없어지고 잡초만 무성하게 사막으로 변한 내성천은 달빛 이외 줄 수 있는 게 없어서 내성천은 슬프다. 지나오면서 쌓아놓았던 무수한 모래톱은 모래성처럼 허물어지고 눈물도 마른 지 오래다. 자갈과 진흙과 잡초들만 무성한 사막이다.

구상 시인은 그의 시 〈강江〉에서, 어떤 폭력에도 저항하지 않지만 자기를 잃지 않고 영원으로 흐른다고 했다.

강은 그 어떤 폭력이나 굴욕에도 무저항으로 임하지만
결코 자기를 잃지 않는다.
강은 스스로가 스스로를 다스려서 어떤 구속에도 자유롭다.
강은 생성과 소멸을 거듭하면서 무상 속의 영원을 보여준다.

나는 죽전 마을 앞을 지나 작은 고개를 넘으면서 내성천과 헤어져 회룡포 마을로 돌아들었다. 내성천은 회룡포를 감싸 안으려 하지만, 강물을 바깥으로 밀어내듯 모래톱이 마을을 빙 둘러 감싸고 들었다. 모래톱에 떠밀려서 산자락 아래로 흐르는 내성천이 정든 부모 곁을 떠나야 하는 눈물어린 새색시 같아서 애처롭다.

자전거를 타고 회룡포 강둑을 몇 바퀴 돌았다. 강둑에는 사과·배·자두 등 과일 나무 가로수가 줄지어 서 있었다. 사과나무들이 끝나면 배나무, 배나무 다음으로 자두나무들이 구간 별로 과일 나무의 종류도 달랐다. 회룡포 주민들은 논밭에 심는 곡식의 종류를 색깔별로 디자인하여 가꾼다. 비룡산의 전망대에서 바라볼 때 회룡포 마을 전체가 한 폭의 그림이 된다.

나는 강둑을 넘어서 모래톱으로 들어섰다. 사해沙海를 건너서 모래톱 위에 걸쳐진 뿅뿅다리를 건넜다. 물은 맑고 모래는 새하얗다.

회룡 마을을 지나서 회룡교를 건너면 용궁으로 가는 길이다. 회룡교 앞에서 왼편으로 난 길로 고개를 넘어서 내성천과 헤어져서 왼편 골짜기로 들어서서 한참 오르다가 장안사 주차장에 자전거를 세워놓고 비룡산 장안사로 올라갔다.

장안사 앞을 지나서 고개에 오르니, 내성천이 휘돌아가는 회룡포 마을이 보이기 시작했다. 비룡산의 전망대 오르는 길 옆 나무에 걸린 〈도솔가〉는 월명이 누이동생의 죽음을 애석히 여겨 지은 향가이다.

생사의 길은 예 있으매 두려워지고
나는 간다 말도 못다 이르고 어찌 갔느냐.
어느 가을 이른 바람에 여기저기 떨어지는 잎처럼
한 가지에 나서 가는 곳 모르온저
아! 마타찰에서 만날 나 道 닦아 기다리련다.

回龍浦
金陵　印印

금릉 김현철, 회룡포, 27.5×56.5cm, 삼베에 진채, 2003

내성천이 죽은 월명의 누이동생 같다는 생각이 들어서 울적한 기분으로 비룡산 전망대 팔각정에 올라서니, 이규보의 〈장안사에서〉 시판이 걸려 있어 고려 시대의 고인古人을 만나는 기분이었다.

> 산에 이르니 번뇌가 쉬어지는구나
> 하물며 고승 지도림支道林을 만났음이랴.
> 긴 칼 차고 멀리 나갈 때는 나그네의 마음이더니
> 한 잔 차茶로 서로 웃으니 고인의 마음일세.
> 맑게 갠 절 북쪽에는 시내의 구름이 흩어지고
> 달이 지는 성 서쪽 대나무 숲에는 안개가 깊구려.
> 병으로 세월을 보내니 부질없이 졸음만 오고
> 옛 동산 소나무와 국화는 꿈속에서 찾아드네.

회룡포는 여름철 큰 물이 흐르면 의성에서 소금 실은 배가 와서 의성포라 부르기도 했다는데, 큰 홍수가 나면 회룡포 전체가 물에 잠길 수 있다는 생각이 들었다.

이제 마지막 여정을 준비하는 듯 시집가는 새색시처럼 이별이 서러운 지 용포 마을 앞에서 지나온 물길을 되돌아보고 전망대 아래에서 부끄럽고 서러워서 옆으로 돌아서서 흐른다. 뿅뿅다리 모래톱을 돌아서자 획 돌아 서서 남색 치마폭 휘날리면서 여울목으로 사라진다.

상주시 함창 사람 허백당 홍귀달洪貴達은 젊은 시절에 회룡포 모래톱에서 놀았던 기억을 살려서 회룡포記를 썼다.

1504년, 손녀인 언국彦國의 딸을 궁중에 들이라는 연산군의 명을 어겨, 장형杖刑을 받고 경원으로 유배되던 중 단천端川에서 교살되었다. 그는 죽어서도 회룡포 근처 영순면 율곡리 언덕에 묻혔다.

"용궁 사천沙川의 맑고 얕은 것과 늪이 깊숙하고 울창함은 남주南州에 알려졌다. 내가 어렸을 적에 고을 사람 주씨周氏의 문하에서 글을 배웠는데, 틈만 있으면 친구들을 데리고 자주 시내 숲 사이를 걷다가 피곤하면 객사에 나아가서 휴식하였다. 문을 나서면 맑은 시냇물이 비단 펼쳐 놓은 듯이 흐르고, 물을 사이하여 깊숙한 수풀이 무성하게 서있으니 승경이라고 할 만하다."

《동명왕편東明王篇》을 쓴 고려의 문장가 이규보李奎報는 회룡포를 '신선이 사는 곳'이라 읊었다.

> 푸른 호수엔 가벼운 노 목란주木蘭舟,
> 눈에 가득한 연기 파도는 모두 시름뿐일세.
> 올해는 점점 작년 모습이 아니니,
> 타향에서 고향에 놀던 것 생각하누나.
> 용추龍湫에 해 저무니 구름 모이고,
> 만령蠻嶺에 가을이 차니 장기瘴氣가 거두어지네.
> 길 끊어져 방호方壺(신선이 사는 곳)에 갈 수 없고,
> 옥지玉芝(신선이 먹는 약)가 창주에서 늙는데 어찌할꼬.

회룡포를 돌아 나온 내성천은 용궁 들판을 유유히 흐른다. 멀리 용궁 들판 금남리에서 천년을 살아온 황목근黃木根이 긴 여정을 마치려는 내성천을 전송하는 듯 바람에 잎을 흔들었다.

용궁은 조선시대 용궁현이 있었던 곳이다. 용궁이라는 지명은 용담소龍潭沼와 용두소龍頭沼의 용龍이 지상에도 용궁을 만들어보자는 뜻에서 지은 것이라 한다. 조선시대에는 동헌이 용비산 북쪽의 낙동강 지류인 남천 유역에 있었으나 철종 때 서쪽으로 옮겨 성화천省火川 주변에 자리 잡았다.

서거정은 용궁에 한거할 때 난계蘭溪 김득배金得培가 시를 보내 왔으므로, 그 시를 차운하였다〔龍宮閑居金蘭溪得培寄詩次其韻〕.

江闊脩鱗縱　강물이 넓으니 물고기가 자유롭고
林深倦鳥歸　숲이 깊으니 지친 새가 돌아온다.
歸田是吾志　전원에 돌아옴만이 나의 뜻이요,
非是早知幾　부귀의 위태로운 기미를 일찍 안 건 아니어라.

오늘날과 달리 조선시대에는 외부와의 연결은 도로보다 하천을 많이 이용하여 낙동강의 하풍진河豊津이나 사창社倉 등을 통하여 물자를 운반하였다. 당시에는 부산의 낙동강 하구에서 소금을 실은 배가 안동까지 올라왔고, 세곡선이 낙동강을 오르내렸다.

문경의 조령산성鳥嶺山城에 용궁의 산창山倉이 있어 충청도 지역으로 물자를 조령으로 운반하였다. 하천 유역에는 부취루浮翠樓·수월루水月樓·청원정淸遠亭 등의 누정이 있었는데, 수월루는 용궁현 동쪽에, 부취류는 서쪽에 있었다.

퇴계는 용궁부취루龍宮浮翠樓에 올라서, 병이 깊어 돌아갈 수 없음을 읊었다[如何終日不歸山].

高樓花事撩人間	높은 누대에서 보니 꽃 일삼아 사람 붙들어 놓네,
最愛山茶映竹間	사랑스럽기는 동백꽃이 대 사이로 비치는 것이네.
好鳥豈無春晚恨	아름다운 새 어찌 봄날 저무는 한 없으리오만,
如何終日不歸山	어찌하여 종일토록 산속으로 돌아가지 않는지?

용궁면의 '읍부'라는 지명은 읍의 중심지라는 뜻이다. 1867년 이전 향석리가 용궁현의 중심지였는데, 현 위치로 관아와 함께 옮겨온 누각이 바로 만파루이다. 만파루는 옛 용궁현을 상징적으로 보여주는 누각이다.

오늘날 교통이 다양해져 이용객이 줄어들면서, 경북선 용궁역은 간이역으로서 카페로 변해 있다. 역 입구에 〈별주부전〉을 장식하여 용궁을 표현하였다. 용궁에는 오래된 막걸리 양조장과 순대국밥이 알려져 있어, 용궁역을 중심으로 순대 국밥집이 도로를 따라서 늘어서 있으며, 회룡포를 오가는 관광객들이 표를 받아서 줄을 서서 기다리는 풍속도가 정겹다.

황장산 생달 골짜기의 옹달샘물이 천주산을 돌아 나와 경천호수에 모여서 금천을 이루어 산양 들판을 적시고 영순면 달지리에서 내성천을 기다렸다가 두 강이 서로 만나자마자 삼강나루에서 낙동강과 합류하면서 내성천은 110㎞의 여정을 마치고 더 넓은 대하大河로 나아간다.

문수산 계곡 두곡(띠띠물)에 산수유 꽃을 피우고 흐르는 계류가 석천의 너래반석을 타고 흐르면서 하루가 천년 같은 무릉도원武陵桃源을 이루어 '복사꽃이 아득히 흘러간다〔桃花流水杳然去〕.'

무릉도원을 빠져 나온 내성천은 한천과 남원천, 단산천, 낙화암천을 한줄기로 모아 때로는 남쪽으로, 때로는 서쪽으로 이리저리 뒤틀면서 기름진 옥토를 이루고 아름다운 풍광을 펼치면서 굽이마다 대를 이어 살아가는 이야기가 역사가 되어 흘렀다.

모든 강의 상류는 아침 이슬같이 맑고 평화롭고 겸손하여, 새와 짐승들이 마시고 산과 들녘에 꽃을 피우고 열매를 맺게 한다.

산은 산맥을 뻗어가며 물을 가두려 하지만, 물은 흩어졌다가 모이면서 지구의 중력이 작용하는 한 강물은 아래로 흐름이 이어질 것이다.

내성천은 '복사꽃이 아득히 흘러간다〔桃花流水杳然去〕.'는 무릉도원이었다.

유안진 시인은 〈쇼스타코비치의 '맑은 강'을 들으며〉에서 파아란 하늘을 닮아가는 '맑은 강'을 염원했다.

산을 그리워하면
나도 세상도 어디서나 험준한 멧부리가 되어 가로막아 서고
물을 그리워하면
세상도 나도 맑은 강물이 되어 낮은 데로 흘러가
바다가 되고
마침내는 파아란 하늘도 닮아가는.

유안진 시집, 봄비 한 주머니, 창비시선 195, 2014

시 읊으며 거닐었네

③ 소백산 마가리

초판 인쇄 2022년 1월 24일
초판 발행 2022년 1월 28일

지은이 | 박대우
발행자 | 김동구
편 집 | 이명숙
발행처 | 명문당(1923. 10. 1 창립)
주 소 | 서울시 종로구 윤보선길 61(안국동)
          우체국 010579-01-000682
전 화 | 02)733-3039, 734-4798, 733-4748(영)
팩 스 | 02)734-9209
Homepage | www.myungmundang.net
E-mail | mmdbook1@hanmail.net
등 록 | 1977. 11. 19. 제1~148호
ISBN 979-11-91757-34-7 (13810)

20,000원

시 읊으며 거닐었네

① 신화의 땅 · ② 에덴의 동쪽

> **"작가는 퇴계가 거닐었던 길을 순례길로 정하고 가는 곳마다 詩를 읊고 은근한 이야기를 담았다."**

시 읊으며 거닐었네 ① 신화의 땅

2019년 봄, 퇴계 선생 마지막 귀향길(1569년) 450주년을 맞아 서울에서 도산서원까지 320km를 걷고 시를 읊었습니다. 인간성 상실과 갈등의 시대에 퇴계의 실천 철학이 필요한 때입니다. 젊은 시절의 이황이 '시 읊으며 걸었던 청보리밭 길'은 정정의 길이요 희망의 길입니다.

박대우 글·오용길 그림
150×210판형 / 372쪽 / 값 **18,000**원

시 읊으며 거닐었네 ② 에덴의 동쪽

'에덴의 동쪽'은 한반도의 동쪽에 위치한 '봉화'를 의미한다. 한강과 낙동강의 분수령인 태백의 봉화에서 『시 읊으며 거닐었네 2』를 시작한다.

박대우 글·오용길 그림
150×210판형 / 332쪽 / 값 **18,000**원

우리말 항아리

박대우 엮음 · 오용길 그림
150×212판형 / 484쪽 / 값 **20,000**원

우리의 고유 언어는 우리 민족 특유의 문화나 정서를 표현하며, 정서적 감수성을 풍요롭게 한다. 나쁜 말은 사투리가 아니라 남을 비방하거나 품위 없는 말이다. 팔도의 억양을 ㉠~㉭까지 '쌍계사 가는 길' 따라 우리말 항아리에 소담스럽게 담아 풀이하였다.